神々が支配する世界で 上

Worlds governed by Gods.

佐島　勤 Tsutomu Sato

カバーイラスト：浪人　本文イラスト：谷 裕司

——世界は我々が暮らすこの宇宙一つではない。
無数の単宇宙を包含する高次元空間。

——一つの人格が他の魂魄を全て呑み込み、
自分の為に単なるエネルギーに変換した。

空間も時間も定まっていない虚空に物質は存在しない。

――一つの次元世界の一つの世界に、
存在できる知的種族は一つだけなのだ。
どんな世界で、誰がいても、あなたが帰ってくるのはこの世界。

――自分は、あの男に勝った。

自分の怒りと憎しみを糧にして戦った。
自分の価値観を貫いて、「正義」を拒んだ。
彼は、自分自身の正義の上に戦った。
顕在意識だけでなく、潜在意識もエネルギーにする。
むき出しの思念だけでなく、裏に隠れた想念をも、戦闘力に変える。
全ては仮定だ。検証できない仮説だ。どうでも良かった。

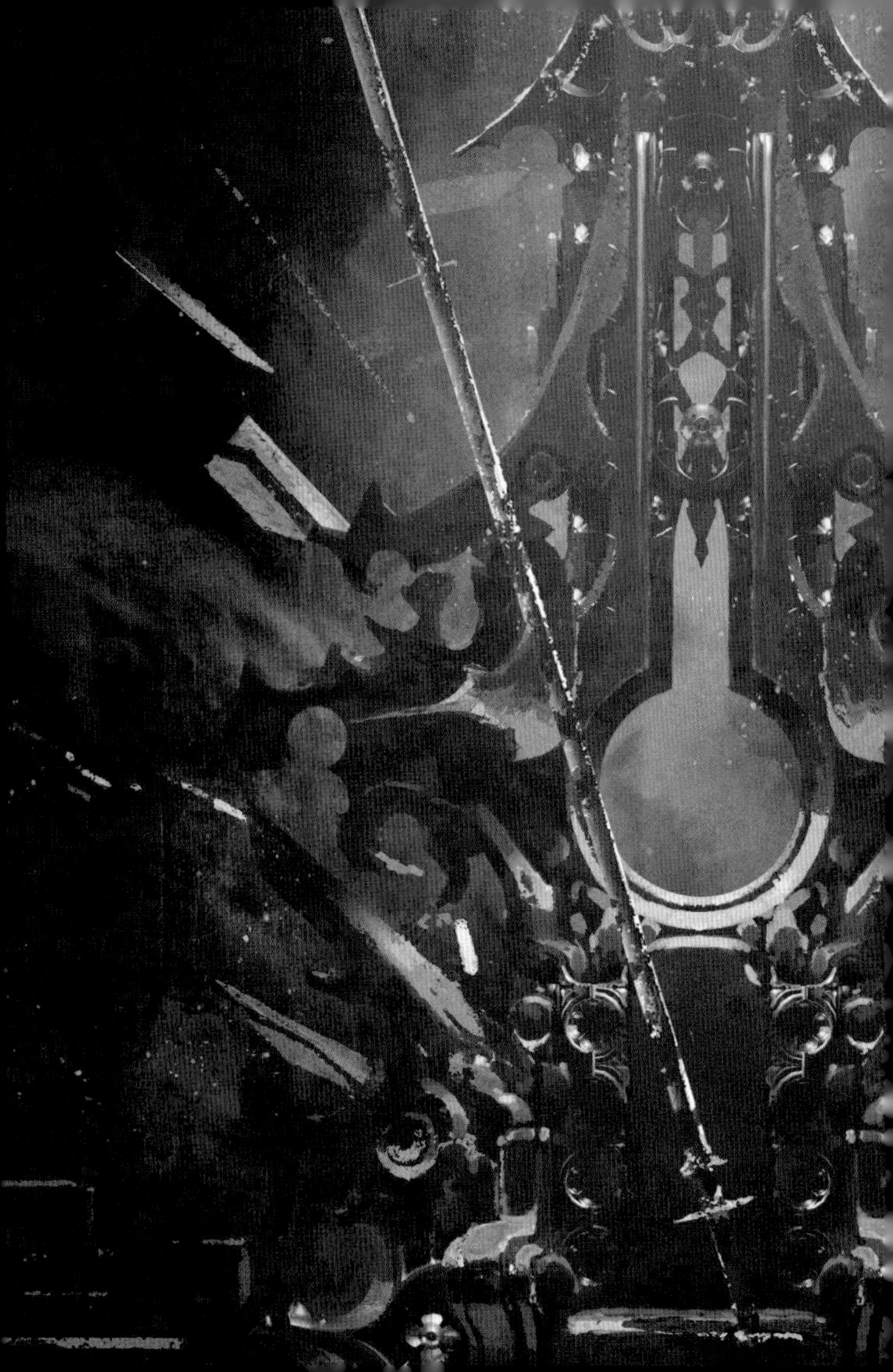

God' s Armores and characters **神鎧&人物紹介**

——神々の戦士と邪神の戦士を一括りにして『神鎧兵』と呼ぶ。

神々の戦士／従神戦士

——平和、即ち現在の為に戦え。

新島荒士（あらしま・こうじ）

2001年（神暦元年）4月21日生まれ。神から与えられた『神鎧』を扱うための養成所、富士アカデミーに入学が決まった少年。この富士アカデミーは女性候補生ばかりで、現在所属している男性は荒士ただ一人である。

邪神の戦士／善神の使徒
──進化、即ち未来の為に戦え。
古都鷲丞（こみや・しゅうすけ）
1996年8月14日生まれ。神々の戦士として訓練を受けていたが、行方不明になっていた。
邪神『アッシュ』から、「グリュプス」のコードネームを与えられている。

CONTENTS

Worlds governed by Gods.

佐島 勤 Tsutomu Sato

カバーイラスト：浪人　本文イラスト：谷 裕司

【プロローグ】

多元宇宙（マルチバース）。

無数の単宇宙（ユニバース）を包含する高次元空間。

単宇宙（ユニバース）は三次元空間と一次元時間から成っている。

その一方で、多元宇宙（マルチバース）は単宇宙（ユニバース）からのみ構成されるものではない。

単宇宙（ユニバース）と単宇宙（ユニバース）の間には三次元空間としての構造も時間の流れも持たない虚空（こくう）、『次元狭界（じげんきょうかい）』が存在する。

空間も時間も定まっていない虚空（こくう）に物質は存在しない。物質が時空に固定されたエネルギーである以上、空間的にも時間的にも座標を特定できない次元狭界（きょうかい）においては、物質は存在できない。

ところが「今」。

次元狭界（きょうかい）で刃を交える二つの人影があった。

一方はクラシック、あるいはファンタジー映画的でスマートなフルプレートアーマーを着用し、猛禽（もうきん）類を模した兜（かぶと）を被（かぶ）っている。身長は百八十センチ強か。

もう一方は近未来的、あるいは特撮ドラマ的なボディスーツの上に胸甲や手甲などの装甲を着け、仮面で顔を隠しヘルメットを被（かぶ）っている。身長は百七十センチ台後半。

クラシックな方の戦士の得物は刃渡り一メートル前後の長剣。

近未来的な方の戦士の得物は全長二メートル半の大身槍（やり）。

槍兵が繰り出す大身槍の穂先を剣士がブレイドの側面で逸らす。
剣士が振るう長剣の一薙ぎを槍兵は後退して躱した。
睨み合う剣と槍の戦士。
二人は上も下もない虚空で、あたかも同じ地面に立っているかのように対峙している。
彼らが手を止めたのは一瞬だった。
「コォミヤァ、シュウスケェェ！」
槍兵が吼える。
「アァラシマァ、コォウジィィ！」
剣士が応える。
穂先と刃先に討滅の光を宿し、二人の戦士が激突する。
幾度目になるか分からぬ激突を繰り返す……。
…………。
…………。

【1】

邪神の標的

「俺は裏切り者だが、邪神の兵士ではなく、善神の使徒だ」

世界は我々が暮らすこの宇宙一つではない。

たどってきた歴史だけでなく物理法則からしてかけ離れている宇宙もあれば、つい最近まで同一の歴史を歩んできた世界もある。

これはそういう、同一の物理法則に支配され歴史のほとんど――西暦一九九九年六月までの歴史を我々と共有した世界の物語。

その宇宙に存在するもう一つの地球は、西暦一九九九年七月十四日から十五日に掛けて、地球外知性体の一斉攻撃を受けた。日付が跨がっているのは、日付変更線の東西に関係なく、世界中が同時に攻撃されたからだ。

この第一撃による死者は攻撃の規模に対して、ごくわずかだった。

地球外知性体は地球の技術を遥かに超える人形の兵士と浮遊砲台を物質転送技術により世界の主要都市に送り込むことで、各国政府中枢をほぼ無血制圧したのである。銃弾も爆弾もミサイルも、オーバーテクノロジーの産物である人形兵士と浮遊砲台には通用しなかった。

この日の犠牲者は政府が無謀な抵抗を命じた独裁国家で発生したのみであり、多少なりとも民主的に運営されていた国々では地球のテクノロジーが通用しないと判明した時点で国民の保護に舵を切った。

しかし残念ながら、地球外知性体の侵略は最小の犠牲で終わらなかった。

ゲリラ戦術による抵抗が世界各地で勃発したからだ。

無秩序な抗戦は政治的指導者の煽動で発生したケースも少なくなかったが、それ以上に、宗教的な熱に突き動かされた集団によるものが多かった。

この事態を招いた原因はおそらく、侵略者の自称にあった。

地球外からの侵略者は、『神々』を名乗ったのだ。

聖戦と化した抵抗は直接、間接に十万以上の人命を犠牲にした。

しかしその甲斐無く、グリニッジ標準時一九九九年十二月三十日、地球は神々によって完全に制圧された。圧倒的と言うも愚かな、まさに次元が違う技術力を持ちながらなぜ制圧完了に半年も掛かったのかについては「神々が人命の損失を避けようとしたからだ」というのが定説になっている。

武力制圧完了後、神々は一年を掛けて地球統治のシステムを構築した。彼らは地球人を直接支配しようとせず、国家の枠組みを温存し各国政府を通じて統治する形態を採用した。神々に対する無謀な抵抗を命じなかった政府については、そのまま存続することを認めた。

そして西暦二〇〇一年元日のグリニッジ標準時正午、神々はその統治の始まりを宣言し、まず手始めに世界が変わったことの象徴として暦を神暦元年と定めた。

そして神々は、全人類の心に直接メッセージを送った。

◇◆◇◆◇◆◇

神々が全人類に向けて直接メッセージを放った時、古都鷲丞(こみやしゅうすけ)は四歳だった。

物心付いたばかりの幼児には難しい内容だったが、二十一歳になった今でも心に直接響いた神々の言葉をはっきり覚えている。


——我々は『神々』である。

——だが我々は君たち地球人が思い描く宗教的な存在ではない。

——我々は数多(あまた)の次元に跨(また)がる文明を築き、精神生命体に進化した知性体である。

——我々はこの星の造物主ではないが、星を創造し生命を創り出す能力を持つ。

——我々は信仰を強要しない。君たちには宗教的な自由を保障する。

——我々の要求はただ一つ、我々『神々』の軍勢に加わる戦士を提供することのみ。

——次元間文明を築いた知性体は、我々だけではない。

——我々は邪悪な知性体『邪神群』と長きにわたり闘争を繰り広げている。

——恐れる必要は無い。邪神と戦う為(ため)の力は、我々が授ける。

——君たちは我々が用意する「鎧(よろい)」に適合する者を、我々『神々』に捧(ささ)げるのだ。

——さすれば我々は、地球に加護を与える。

神々は地球人類にこう告げた。

そしてその言葉どおり、神々の力を宿した鎧『神鎧』を人類に与え、これに適合する人間を選び出し育成する社会制度を定めた。

鷲丞もかつては、神々の僕に選ばれた神鎧の適合者だった。

しかし、今は……。

「鷲丞、何を考えている？」

いきなり話し掛けられたことより不意に生じた圧倒的な存在感に、鷲丞は振り向き、片膝を突いて頭を垂れた。

いきなり、ではあったが驚いたわけではない。鷲丞がこの部屋にいるのは、話し掛けてきた相手に呼ばれたからだった。

「我が神、アッシュ」

恭しく、だが遜り過ぎていない口調で鷲丞がその存在の名を呼ぶ。

「おいおい、鷲丞。そのように大袈裟な儀礼は不要だと、何度も言ってあるだろう？　私たちは神々を名乗る魔神の軍勢と共に戦う同志なのだから」

「しかし……」

鷲丞が拝跪の姿勢を崩さないのは敬意や尊崇ばかりが理由ではない。このモノトーンの衣服に身を包んだ、一見二十代半ばの中肉中背の美青年から滲み出る存在感に圧倒されているからでもあった。

それも、無理のないことだ。

鷲丞が「我が神」と呼んだように、この美青年『アッシュ』は人間ではない。

アッシュは地球人と同じ姿を取っているが、その正体は神々と同じ精神生命体。数多の次元で神々と戦い続けている『邪神群』の一人だ。いや、人ではないから一柱と呼ぶべきか。あるいは、神々同様邪神群も自らを宗教的な存在ではないと認めているから、一体と表現すべきかもしれない。

「とにかく、顔を見せてくれないか、鷲丞。その姿勢では話をしにくい」

鷲丞が膝を突いたまま顔を上げる。

アッシュは、それだけでは満足しなかった。

「……いや、座って話そう」

邪神がそう言った直後、何の調度品も無かった部屋に忽然と二脚の豪華な、見るからに座り心地の良さそうな椅子が出現した。

物質転送で持ってきたのではない。

物質創造――物質転送と並んで代表的な「神の御業」である。

「掛けてくれ」

アッシュの口調はフレンドリーなものだ。しかしその声には抗いがたい「力」が込められていた。アッシュが意図したものではない。これもまた、「神」の特性の一つ。強制力が存在感のもたらすプレッシャーを上回り、鷲丞は拝跪の体勢から立ち上がった。

こうして向かい合わせに並ぶと、鷲丞とアッシュ、二人の目線はほぼ同じ高さにあった。共に身長は百八十センチ強。見た目は線の細い優男のアッシュに対して、鷲丞は大男という印象こそ無いものの肩幅は広く、全身良く鍛え上げられているのが服の上からも分かる。

顔立ちも、柔和な美貌のアッシュに対して鷲丞は切れ長の目がシャープな印象を与える。容姿の威圧感は、明らかに鷲丞が上回っている。

しかしそもそもアッシュは精神生命体、今見せている身体は仮初めのアバターにすぎない。内包するエネルギーを外見で測ろうとしても、最初から意味は無かった。

自分で造り出した椅子にアッシュが腰を下ろす。邪神に目で促されて、鷲丞もその向かい側に座った。

「アッシュ。お話は何でしょうか」

鷲丞が「アッシュ」と呼び捨てにしているのは、この邪神自身から「そうしてくれ」と命じられているからだ。しかし鷲丞にはこの辺りが限界だった。「儀礼は不要」と言われても、対等の口調で話すことなど鷲丞にはできない。幾ら意識が命じても、心が「生命体」あるいは「存在」としての格の差から目を逸らせないのだった。

アッシュもそれを理解しているのか、鷲丞にフラットな態度を強要はしなかった。

「もうすぐアカデミーの入学式だろう？」

「はい」

邪神の問い掛けに、鷲丞は硬い表情で頷いた。

この神暦の時代において「アカデミー」という単語は特別な意味を得ている。神々の武具・神鎧に適合した地球人を神々の戦士へと鍛え上げる訓練機関として七つのアカデミーが開設され、国家から独立した神々の統治機構によって運営されている。

ちょうど一週間後の九月一日は世界各地のアカデミーに共通の、神々の戦士となり得る新たな候補者を迎える日だった。

「懐かしいかい？」

「いえ」

鷲丞が硬い顔をしているのは、彼もアカデミーに在籍していたからだ。

「ならば、後悔している？」

「いいえ、我が神よ。貴方には感謝こそあれ、貴方の兵士となったことに後悔はありません。真実を知らずあのまま魔神の操り人形になっていたかと思うと、ぞっとします」

神々とそれに従う者は、敵対する精神生命体を悪魔ではなく邪神と呼ぶ。邪神群は邪神たちの総称だ。

それに対して邪神とそれに従う者の方では、神々を魔神と呼んでいた。なお、邪神は自分たちを善神と称し、配下にもそう呼ばせている。

「間に合って良かったよ、鷲丞(しゅうすけ)。正式に魔神の使徒――彼らが言うところの従神戦士(じゅうしんせんし)となった後では、私たちの力を以(もっ)てしても洗脳の解除は無理だからね」

邪神アッシュが口にした『従神戦士(じゅうしんせんし)』というのは、神鎧(じんがい)をはじめとする神々の武具に適合し神々の軍団に加わった地球人のことだ。これと対をなす邪神の戦士のことは、神々の陣営からは『背神兵(はいしんへい)』、邪神群側からは単に『使徒』と呼ばれている。

なお地球人の間では従神戦士(じゅうしんせんし)（Warrior Of Gods：WOG）という正式な名称以外に、神暦(しんれき)の世でも未(ま)だ優勢な英語で『セイクリッド・ウォリアー』――「聖戦士」ではなく「捧(ささ)げられた戦士」の意味――と呼ばれることも多い。

「残念です。我々にもう少し力があれば、もっと多くのアカデミー生を魔神の手から救い出せるのですが……」

悔しそうにそう言って、鷲丞(しゅうすけ)はハッとした表情で「申し訳ございません！」とアッシュに頭を下げた。

「我々というのは自分たち使徒のことで――」

「分かっているよ」

鷲丞(しゅうすけ)の謝罪――あるいは言い訳――をアッシュが遮る。

「君に私たちを非難する心が無いのは理解している。それに、私たち善神の力が不足しているのも厳然たる事実だ。この星は既に魔神の支配下にある。魔神のテリトリー内では、私たちの力は制限されてしまう」

　アッシュは憂い顔でため息を吐いた。

「この星の人々にはすまなかったと思っている。私たちが先にこの『ジアース世界』を見付けていれば、魔神の侵略から守ってあげられたのだが」

「アッシュ、あなた方が責任を感じる必要はありません。アッシュは我々に真実を教え、魔神の支配と戦う力を与えてくださいました。それだけで十分です」

　鷲丞の力強い宣言に、アッシュは憂いを消し、笑みを浮かべた。

「頼りにしているよ、鷲丞。ジアース世界人の君たちなら、星を覆う魔神のテリトリーに力を殺がれることはないからね。ただ魔神の支配を覆す為には、もっと仲間を増やすことが必要だ」

「心得ております」

　アッシュの言葉に鷲丞がその意図を察した顔で頷く。

「今年のアカデミー新入生にスカウトすべき者がいるのですね？」

「富士アカデミーの新入生、新島荒士。この星の男性で初の、F型適合者だ」

　鷲丞が浮かべた驚愕の表情に、アッシュはニヤリと人間臭く笑った。

◇◆◇◆◇◆◇

神暦十七年（西暦二〇一七年）八月三十日の夕暮れ時。二日後にアカデミー入学を控えた少年、新島荒士は川沿いの道を全力疾走に近いペースで駆けていた。朝夕のランニングはアカデミー入学が決まる前から、彼の日課だった。

百七十センチ台前半の身体は良く引き締まっているが、遠目には細身に――線が細く見える。だが走る姿は力強く、少年にありがちな弱々しさは全く無い。真夏にも拘わらずしっかり着込んでいる長袖、長ズボンのトレーニングウェアに隠れているが、二の腕にも太ももにもしっかりと筋肉が付いているに違いなかった。

川にかかる小さな橋の手前に、小柄な人影が腰の後ろで手を組んでたたずんでいた。夕日に赤く染まったシルエットは、荒士が近づくにつれてディテールが明らかになっていく。

涼しげなミニスカート姿の少女が「ガ・ン・バ・レ」という形に口を動かす。

既にそれを見分けられる距離まで近づいていた荒士は、ラストスパートとばかりピッチを上げて少女の前を駆け抜けた。

クールダウンしながら少女の許へ戻ってきた荒士は、ゆっくりとした走りを歩きに切り替えて少女に話し掛けた。

「陽湖、横浜に帰ったんじゃなかったのか？」

少女の名前は平野陽湖。荒士とは所謂「幼馴染み」の間柄だが、彼女はこの町の住人ではない。陽湖の祖父がこの地で剣道と護身術の道場を開いていて、荒士は小学生になる前からその弟子という関係だった。

長期休暇で祖父の家に泊まりに来た孫娘と毎日道場に通っていた熱心な少年門下生。少子化が進んだ山間の町で同い年の子供二人が仲良くなるのは、自然な成り行きだった。

「その予定だったんだけど、パパに急なお仕事が入ったみたいで。入学式までお祖父ちゃんの家でお世話になることになったの」

「急な仕事？」

「独立派が会社に押し掛けて、パパを出せって騒いでいるらしくて」

独立派というのは神々の統治に反対する組織で、日本だけのものではない。外国の組織の中にはテロリスト集団と化して地下に潜っているものもある。各国の独立派は別組織という建前になっているが、テロリストを含めて、裏でつながっているというのが一般的な認識だった。

陽湖の父親の会社が独立派の標的になったのは、今回が初めてではない。それどころか「またか」という感想がすぐに浮かぶ頻度だった。

陽湖の父、平野隆通は実業家で『株式会社ＨＩＲＡＧＡ』という商社を経営している。平野隆通は現代の政商だ。彼が社長を務めるＨＩＲＡＧＡは神々の地球統治組織である代行局に多くの商品を納入している。独立派から目の敵にされるのも、それが理由だった。

「独立派か。バカな連中だ」

嫌悪感を剝き出しにして荒士が罵倒の言葉を吐き捨てる。

「神々の統治で、一般人が一体何の不利益を被ったというんだ？　神々は人間の日常生活に関与しない。司法も行政も経済も、人間の手に委ねられている。凶悪犯罪者に天罰すら下さない」

それが気に入らない人もいるんじゃない？　と陽湖は思ったが、口には出さなかった。独立派に対する嫌悪感は、彼女も荒士と同じだった。

「それに神々は、戦争や大災害から人々を守っている。俺たち日本人はそのことを良く知っているだろうに。七年前の東海大地震で町が津波に呑まれなかったのは、代行局が展開してくれたエネルギーシールドの御蔭じゃないか。人間にはどうしようもない自然災害だけじゃない。人間の愚かしさが引き起こす戦争も結局人間だけでは止められず、東欧でも中東でも発生と同時に代行局が鎮圧した。独立派は一体何が気に食わないんだ」

「支配されているのが気に入らないんじゃない？　本当の理由は知らないけど」

「……ところで陽湖。今日は入学前に家族団欒の予定だったんじゃなかったか？　隆通さんも分からず屋の相手なんか、弁護士や警察に任せておけば良いだろうに」

陽湖の冷めた口調で自分がすっかり熱くなっていたことに気付いて、荒士は少し恥ずかしそうに話題を変えた。

陽湖(ようこ)も荒士(こうじ)と同じく、アカデミーに入学することになっている。

アカデミーは「神々の戦士」の候補者を教育する一種の軍事機関。普通の軍人向け教育機関ほど規律は厳しくないが、それでも自宅から通ったり自由に帰宅したりはできない。

アカデミーに入学する新入生は入学式の直前に身内でその栄誉を盛大に祝うのが、日本だけでなく世界中で見られる光景だった。

「パパは良(い)いのよ。どうせ、しょっちゅう顔を見に来るんだろうし」

確かに、代行局と太い取引パイプを持つ隆通(たかみち)はアカデミーに出入りする機会も多い。

「だから今日は、ママとお祖父(じい)ちゃんの家でパーティをすることになったんだ」

「そうか」

「……荒士(こうじ)君も来る？」

「この後、師匠のお宅にはお邪魔するつもりだった。だがそういうことなら、ご挨拶だけで失礼させていただく」

「柄にもなく遠慮してるの？」

「柄にもなくって……失礼なヤツだな。ご家族水入らずに割り込む程、俺の面の皮は厚くないんだよ。それとも、何か？　俺に来て欲しかったのか？」

「はっ？　そんなわけないでしょ。礼儀として誘っただけよ」

荒士も陽湖も、それ以上この話題を深掘りしなかった。

何となく黙り込んだまま、肩を並べて二人は歩き出す。行き先は同じ、陽湖の祖父の家。別々に行く（帰る）のも不自然だと二人とも考えたのだろう。荒士は陽湖の歩調に合わせて歩く速度を落とし、陽湖は荒士と付かず離れずの距離を保った。

良い雰囲気だった。

ただ誰かにそう言われたなら、二人はすぐに否定しただろう。

慌てて――ではなく、笑いながら。

照れ臭そうに――ではなく、面倒臭そうに。

真っ赤になって――ではなく、白けた顔で。

二人は幼馴染みだが、恋人ではない。今も、昔も。

陽湖の地元からこの町まで、最短で約三時間。

一緒にいたのは長期休暇の間だけ。小学校を卒業した後は、年間の日数を合計しても一ヶ月に満たない。同じ「学校」に所属するのは今回のアカデミー入学が初めてだ。

会うたびに懐かしく、再会してすぐに気の置けない空気を取り戻す。それが荒士と陽湖の関係だった。

しかしその穏やかで心地の良い時間は、道半ばでいきなり断たれた。

突如、緊迫した気配が二人を包む。

夕暮れ時の優しい風が淀み、鳥肌を誘う冷え冷えとした空気に変わる。晴れていた夕焼け空からいきなり光が失われ、今にも雨が降り出しそうな暗雲が頭上を覆っていた。

「荒士君、雨が降りそうだよ。走ろう」

陽湖の言葉は、本心ではない。この異常な変化が単なる天候の急変ではないと、本当は彼女にも分かっていた。

陽湖の提案とは逆に、荒士は彼女を背中にかばうようにして足を止めた。

「――誰だ⁉」

鋭い誰何が荒士の口から放たれる。

十六歳とは思えない、気迫のこもった一喝。

とはいえ、虚勢混じりだったことは本人にも否定できないだろう。

「――大したものだ。我が神の目に留まるだけのことはある」

薄闇の向こう側から、人影が歩み出た。まるで舞台の演出に使われる濃いスモークを抜け出てきたように。

陽湖がビクッと震える。それが荒士の背中に伝わってきた。

荒士は口の中が緊張でカラカラに乾いていた。

背中には逆に、冷や汗が滲み出している。先程までのランニングでウェアがまだ湿っているのを、荒士は心の片隅でラッキーだと感じていた。――御蔭でビビっている格好の悪い自分を

陽湖に覚られずに済む。

「その姿……」

荒士の正面で立ち止まった青年は、鼻まで完全に覆う猛禽のようなフェイスガード付きの西洋式の兜とスマートなフルプレートアーマーを身に纏っていた。色は黒銀。羽根のような模様が刻まれた追加装甲が両肩と肩甲骨を覆うように回り込んでいる。

一見金属製だが、鏡のように光を反射するのではなく自ら微かな光を放っているように見える不思議な材質だった。

「そして、神？　アンタ、邪神に寝返った戦士か⁉」

アカデミー入学者には神鎧と従神戦士について事前に学んでおくよう、教材が貸与される。だから分かった。青年の鎧は、明らかに地球人類の技術による物ではない。だが神々の戦士は自分たちが仕える相手のことを「神々」と複数形で呼ぶ。「神」と単数形で呼ぶことはない。

荒士の叫びに、青年の口角が苦笑の形に上がった。

「無知故のセリフを咎めるつもりは無い。だが二度と間違えないでくれ。確かに俺は裏切り者だが、邪神の兵士ではなく善神の使徒だ」

気圧されたのか、荒士の表情が歪む。

「……その使徒様が、一体俺に何の用だ」

だが、荒士の声は震えていなかった。

「神様が目を付けたとか言っていたから、用があるのは俺なんだろう？」

「話が早いな。頭の回転が速いガキは嫌いじゃないぞ」

「そりゃどーも。人をガキ扱いする程、兄さんも年食ってないだろ」

邪神の使徒は先程より柔らかな苦笑を浮かべた。

「まあな。まだおっさんと呼ばれる程の年ではない」

男はすぐに、兜の下で表情を改める。

「新島荒士。一緒に来てもらおう」

「俺の名前を知っているようだが、俺はアンタを何と呼べば良い？」

「仲間の間では『グリュプス』と呼ばれている」

「コールサインみたいなものか？」

「そうだが……」

意味があるのか疑わしい質問に、グリュプスと名乗った邪神の使徒が兜の下で訝しげに眉を顰める。

「もしかして、時間稼ぎのつもりか？」

荒士の顔に動揺が過る。

それでも彼が返答の言葉に詰まることはなかった。

「……時間稼ぎに何の意味がある？　警察や自衛隊の武器じゃ、アンタたちにかすり傷一つ付けられないんだろう？」

荒士の言い訳を聞いて、邪神の使徒・グリュプスは「フッ……」と鼻先で笑った。

「そうだ。時間稼ぎなど役に立たない。それが分かっているなら、さっさと来い」

「……条件がある」

「条件を付けられる立場ではないと理解できないのか？」

「聞いてくれ！」

それまでにない荒士の真剣な形相に、グリュプスの態度が軟化する。

「……言ってみろ」

「用があるのは俺だけなんだろう？」

荒士が背中にかばっている陽湖へ肩越しに目を向ける。

それにつられたのだろう。グリュプスの視線も陽湖へと誘導された。

「だったら彼女は家に帰してやってくれ」

「ちょっと！　荒士君、何を言ってるの⁉」

目を見開いた陽湖が、荒士の背中に掴み掛かる。

それに構わず、グリュプスは荒士の要求に頷いた。

「元々、そのつもりだ。お前が大人しくついてくれれば、彼女には手を出さない」

「アンタの言葉を信じないわけじゃないが、こいつを先に帰らせてやってくれないか。そうすれば俺は、安心してアンタに同行できる」

「良いだ……」

「格好付けてんじゃないわよ！」

良いだろう、と言い掛けたグリュプスの返事を遮って陽湖が叫ぶ。

「荒士君、それ、自己犠牲のつもり？　そんなの、ダサいだけだからね！」

「陽湖！」

荒士は振り返らず――『グリュプス』から目を逸らさずに、陽湖の名を強い口調で呼んだ。

「な、何よ！」

「冷静になってくれ。今の俺たちでは、どう足掻いたってアイツには手も足も出ない。神々の戦士が偶然駆け付けてくれでもしない限り、どんな抵抗も無意味だ。アイツはどうやら、俺に何かをさせたいらしい。その為の取引材料として、お前を一緒にさらうことだってできるんだ」

荒士の今までで一番真剣な口調に、陽湖がたじろいだ素振りで俯いた。

そこへすかさず、グリュプスが口を挿む。

「そのとおりだ、お嬢さん。心配しなくても、君の彼氏には何の危害も加えない。神が彼氏に会って話をしたいと望んでいるだけなのだ」

「彼氏じゃない……」

俯いたまま、陽湖がボソリと低い声で呟く。

「ムッ？　何か言ったか？」

そのセリフが聞き取れず、グリュプスは反射的に問い返した。

「彼氏じゃなくて、友達よ！」

陽湖が勢いよく顔を上げる。甲高い声で叫んだ彼女の顔は、赤みを帯びていた。

「そ、そうか」

その勢いに圧倒されたのか、グリュプスはわずかに仰け反った。

「それに適当なことを言わないで！　連れて行ったらもう帰さないんでしょ！　荒士君が帰りたいと言っても！　危害は加えない？　拉致監禁は立派な危害よ！」

しかし更に詰め寄られて、グリュプスは逆に、冷静な態度を取り戻した。

「……そうだな。不誠実なセリフだった。真実を知れば、魔神の手先にさせられると分かっていて『帰りたい』などと言うはずはないんだが、今の段階で約束できることではないな」

猛禽の顔に似たフェイスガードからのぞく両眼が冷たい光を放って陽湖の心を射貫く。

「………………」

眼光に気圧されて、陽湖は言葉を失う。

「お嬢さん、お友達は連れて行かせてもらう。その代わり、君には手出ししないと誓おう」

「それで良い」

硬直した陽湖に代わって、荒士がその言葉に頷いた。

「荒士君⁉」

慌てて陽湖が、荒士の背中に縋り付く。

荒士は肩越しに振り返って、陽湖に微笑み掛けた。

「陽湖、行くんだ」

「ダメよ、諦めちゃ！　もう帰ってこられなくなるのよ！」

「だが、どうしようもない」

「そんなの分からない！　粘っていれば偶然、従神戦士が駆け付けてくれるかもしれないじゃない！」

「諦めたまえ。そんなご都合主義的展開は、現実には起こらない」

必死に反論する陽湖に、グリュプスが言い聞かせるように話し掛ける。

しかしその直後。

「そうでもない」

大音声のくせに淡々とした口調に聞こえる声と共に、上空からグリュプス目掛けて光の矢が襲い掛かった。

「クッ⁉」

グリュプスは大きく後方に跳躍して、その一撃を避けた。

光の矢が舗装されていない道の真ん中に突き刺さる。

その横に、銀色の甲冑を纏い背中に二対四枚の光る翅を広げた若い女性が舞い降りてきた。彼女の甲冑はグリュプスの物とは違い、肩当て、ガントレット、胸当て、アーマースカート、装甲ブーツが別々のパーツになっている。鎧の下、装甲がカバーしていない部位から、黒地に銀のラインが走るエナメル光沢のボディスーツを着込んでいるのが見えていた。

彼女の両足が地面に付くと同時に、光の翅が消える。

「このような展開は確かに希少な例外だが」

そう付け加えて、女性戦士は荒士と陽湖の方へ振り返る。彼女の兜に、フェイスガードは付いていない。代わりに半透明のシールドが鼻から上を完全に覆っていたが、家族やそれに準ずる者が人相を見分けられなくなる物ではなかった。

彼女の登場に、荒士も陽湖も驚いていなかった。

「お姉ちゃん、やっと来たの」

軽く咎めるように陽湖が言い、

「名月さんですか？」

少し自信無げな口調で荒士が訊ねた。

「そうだ。荒士とは久し振りだな。陽湖とも……半年ぶりくらいか」

陽湖の姉、平野名月は四年前、アカデミーに入学し、今月正式に神々の戦士として取り立てられた。荒士が彼女に会うのは、名月のアカデミー入学直前以来だ。

「名月さんが来てくれるとは思いませんでした」

「ほぅ。助けが来るのを予想していたような口ぶりだな？」

意外というより面白がっている表情で名月は問い返した。

「敵の戦士の出現に気付かない程、神々の支配は甘いものじゃないでしょう？」

それに答える荒士の顔は平然としたものだ。さっきまで浮かべていた必死さや諦観の表情は、彼の顔に跡形も無い。

「ハハハ、それもそうだ。陽湖は、私が来ると予想していたようだな」

「今晩のお食事会にお姉ちゃんも出席する予定だったんだから、来て当然でしょ」

名月は二人と会話しながら、両手にしっかり弓と矢を構え、その矢はグリュプスに狙いを定めている。

「……俺は一杯食わされたということか」

グリュプスの声には、隠し切れない口惜しさが滲んでいた。

「こいつらは昔から抜け目が無い。その様子から察するに、陽湖、随分時間稼ぎを頑張ってくれたようだな？」

姉の問い掛けに、陽湖は小さく肩を竦めた。

「当たり前じゃない。じゃなかったら、さっさと私だけ逃げてるわよ」

「お前たちの小芝居を見物できなくて残念だよ」

薄情にも聞こえる妹の答えに、名月は「ククッ」と喉の奥で笑う。

グリュプスの兜の奥から、ギリッと奥歯を軋らせる音が漏れた。

それに誘われたように、名月がグリュプスに顔を向ける。

「ところでその声……。お前、鷲丞だな？」

「……」

「お前の正体は古都鷲丞だろう。最終試験直前の訓練中に事故死したと聞いていたが、生きていたのか」

「…………」

「真鶴は、知っているのか？」

グリュプス——鷲丞は、答えない。

「遮るものよ！」

答える代わりに、鷲丞はそう叫んだ。

彼がそのフレーズを言い終える前に、名月は立て続けに三本の矢を放っていた。

最初の一本は鷲丞の胸部装甲を直撃し彼をよろめかせたが、続く二本の光矢は鷲丞の左腕に突如出現した円形の大盾に阻まれた。

「斬り裂くものよ！」

その叫びと共に、今度は鷲丞の右手に刃渡り一メートルを超える、真っ直ぐな幅広の剣が現れる。

「振り薙ぐものよ！」

そう唱えたのは名月だ。

彼女の手の中で弓が光に変わり、次の瞬間、光は薙刀の形を取った。

盾を前に翳し、名月目掛けて突進する鷲丞。

名月はその突撃を、横や後ろに躱すのではなく、一歩前に踏み出すことで迎え撃つ。

薙刀の石突きが、真っ直ぐ、一度の傾きも無く垂直に盾を打つ。

鷲丞の突進が止まり、名月が突きの姿勢のまま後退った。

鷲丞が右足を踏み出し、盾の後ろから身体を曝け出し、剣を振りかぶる。

名月が左足を引き、それによって生じた旋回力を乗せて薙刀の刃を横薙ぎに走らせる。

剣と薙刀が激突する。

全くの互角。

すかさず鷲丞が右腕を引き絞り、名月が身体を軸に新たな回転を作り出す。

再現される激突。

またしても互角。

しかし、五合を数えたところで均衡が崩れる。

右斜め上空から撃ち込まれた光弾が、鷲丞の身体を跳ね飛ばした。

転倒し、すぐに起き上がる鷲丞。

翳した盾に次弾、第三弾が襲い掛かる。

名月の薙刀が、盾の下にのぞく鷲丞の胴へ打ち込まれた。

その斬撃を辛うじて剣の根元で受けて、鷲丞は弾き飛ばされるように跳躍する。

空中で、両肩の追加装甲から一対の翼が出現した。装甲と同じ黒銀の、翼の形に固定されたエネルギー。名月の背中にあったのが妖精の翅なら、今鷲丞に生じたのは天使の——あるいは堕天使の翼に似ている。

それは単に、形が似ているだけなのだろう。

羽ばたくのではなく広げたままの翼から微かな光を放ちながら、鷲丞が空へと舞い上がる。

「ナタリア！」

「引き受けました！」

空中から鷲丞を銃撃した従神戦士が、飛び去っていく鷲丞の追撃を開始した。

邪神の戦士が去ったことで暗雲が消え去り——おそらく邪神が衛星軌道からの監視を遮って

いたのだろう――、入れ替わりに戻ってきた心地よい夕暮れ時の風の中で、荒士は全身の力みを吐き出すように「フーッ」と大きく息をついた。

「どうした、荒士。緊張していたのか？」

薙刀を消した名月が、目敏く荒士の変化に気付き問い掛ける。

「そりゃ、緊張してましたよ。助けが来るとは思ってましたが、間に合うという確信はありませんでしたからね」

「成程な」

納得感を表情と声音で表現しながら、名月は右手の指先で喉元に触れた。

そこには虹色の微光を放つ宝石が――宝石らしき物が一粒はめ込まれたチョーカーが巻かれていた。

名月の全身が、宝石と同じ虹色の燐光に包まれる。

燐光が消えた後には、ノースリーブのシャツ、七分丈のパンツ、メッシュのパンプスという夏らしいファッションに身を包んだ名月が立っていた。

荒士の隣にいた陽湖が「靴まで変わるんだ」と感嘆の声を漏らす。それを聞いて荒士は、鎧の下に見えていた黒いボディスーツだけでなく脛と脹ら脛を守る部分鎧を兼ねたロングブーツまでもが、色もデザインも全くの別物へと変じているのに気付いた。

不思議と言うしかない。神々の超技術を荒士は改めて実感した。

「ところで、お姉ちゃん」

「んっ、何だ？」

「荒士君が邪神に狙われたのは、やっぱり一人目のF型適合男子だから？」

地球と神々の絶望的な技術格差に意識を囚われていた荒士は、陽湖が名月に向けた質問を聞いて我に返った。

自分のことだ。関心を持たずにはいられない。——否、無関心は許されない。

「間違いなく、それが理由だろうな」

陽湖と荒士に見詰められながら、名月はしっかりと頷いた。彼女の態度は、言葉以上に曖昧さとは無縁だった。

「何で邪神は荒士君のことを知ってたんだろうね？　アカデミーの生徒の個人情報は守られてるんじゃなかったっけ？」

小首を傾げる妹に、名月は「分からない」というように頭を振った。

「荒士の場合はその特殊性を鑑みて、個人情報が特別厳重な管理下にあると聞いている。一体どうやって嗅ぎつけたのか、皆目見当が付かない」

「邪神も神……ということでしょうか？」

「そうだな……」

荒士の言葉に名月がため息を吐く。

「とにかく」

そしてすぐに、気を取り直した顔を荒士に向けた。

「ここに突っ立っていても仕方が無い。祖父さんの家に行こうか」

「うん、賛成」

陽湖が気持ちを切り替えた態度で荒士へと振り向いた。

「ほら、行くよ」

「……そうするか」

荒士は躊躇いがちに頷き、平野姉妹の後に続いた。

鷲丞は従神戦士ナタリアの銃撃を盾で防ぎながら、後ろ向きに飛ぶ格好でひたすら上昇していた。
彼が纏う神鎧は——この名称は神々の鎧にも邪神群の鎧にも使われる。両者は本質的に同じ物だ——邪神・アッシュが彼の為にデザインした物で「神々の戦士」が使用する規格化された物とはデザインも性能も違う。だが彼自身の適性はあくまでもG型に対するものであり、彼専用の鎧『グリュプス』の機能もその枠組みに縛られている。

神鎧はG型とF型の二種類に分類される。

G型の性質はパワー、堅牢性に優れた近接戦闘タイプ。

それに対してF型は機動性、多様性に優れた遠近両用タイプ。

特に飛行性能に関しては、F型が圧倒的に優れている。地球人の中にはG型を陸戦用、F型を空戦用と分類する者もいる程だ。

鷲丞の『グリュプス』は通常のG型に比べて飛行能力が大幅に強化されているが、それでもF型には見劣りする。その上、今彼を追跡しているナタリアは遠距離銃撃戦を得意とするタイプの従神戦士だった。

空中戦では相手に分があると、鷲丞はすぐに覚った。

不利な点は、それだけではない。

地球を支配する神々に仕える従神戦士は、地球上の至る所に瞬間移動が可能だ。任意の地点から任意の地点への転移はできず、基地に置かれた物質転送機をいったん経由しなければならないという制限はある。それでも任意のタイミングで援軍を呼び寄せられるし、不利になれば何時でも撤退できる。

対して邪神の使徒である鷲丞の方は、高度三百キロメートルまで上昇しなければ転移で自分たちの拠点に帰還できない。

高度三百キロメートル、厳密に言えば二十九万九千七百九十二メートル——高度一ミリ光秒までの領域は神々の支配力が特に強く働く第一次神域。この領域内では、邪神の力は著しく制限される。そして瞬間移動は従神戦士の力ではなく神々のテクノロジー、背神兵の力ではなく邪神のテクノロジーで実現している。

第一次神域で背神兵が瞬間移動する為には、転移元・転移先の座標固定に三十秒前後の静止状態を必要とする。しかもその間、神鎧のスペックは半減してしまう。

相手が地球の在来戦力ならともかく、従神戦士と交戦中に三十秒間も防御力半減状態でじっとしているなど自殺行為でしかない。鷲丞が従神戦士・ナタリアの追撃を振り切る為には、何としても第一次神域の外、高度三百キロメートルまで上がらなければならなかった。

一方、ナタリアの方も正規の従神戦士として、第一次神域内における背神兵のウィークポイントは十分に理解している。鷲丞が神域からの脱出を狙っているのを彼女は追撃開始当初から見抜いていた。

「こちらジアース防衛隊ナタリア・ノヴァック、高度百キロに到達」

高度百キロメートル、『カーマン・ライン』。ここから先は伝統的に宇宙空間と見なされている。しかし次元の狭間に存在する「虚無」での戦闘を想定している神鎧にとっては、真空も宇宙線も障碍ではない。むしろ神鎧は、地上よりも宇宙でその真価を発揮する。

『貴官の現在位置を特定しました。予定どおりスフィアを送ります』

虚空に話し掛けたナタリアの耳に、代行局からの応答が届いた。

「お願いします」

そう言いながらナタリアは、わざと上方に外した光弾を撃ち込んだ。

この光弾は半ば物理的な物質、半ば精神的なエネルギーの性質を持ち、物質だけでなく神鎧にもダメージを与える力を秘めている。幾ら邪神の技術で造り出した盾でも、直撃を受け続ければいずれは耐えられなくなる。

ナタリアの思惑どおり、鷲丞は上昇スピードを落として回避した。

ちょうどそのタイミングに合わせて鷲丞の頭上に直径約二メートルの、二十を超える真鍮色の球体が出現した。

（あれは……魔神の浮遊砲台か！）

自分の逃げ道を塞ぐように出現したちょうど二ダースの球体の群れを見て、鷲丞は奥歯を強く噛み締めた。

十八年前、神々——鷲丞にとっては魔神——が顔の無い人型兵器と共に地球侵略に使用した浮遊砲台。鷲丞に十八年前の記憶は無いがその時のＶＲ記録は何度も体験しているし、「善神の使徒」として戦いを重ねる中で何度もその姿を目にしていた。

鷲丞は咄嗟に、盾を頭上に翳す。

直後、盾を支える彼の左腕に爆発的な負荷が掛かった。

神鎧は物理的な攻撃を全て遮断する。精神エネルギーを併用した攻撃でなければ鎧や盾を破壊することも、それを纏う戦士を殺傷することもできない。

しかし、神々の鎧を纏っていても「そこにいる（ある）」という事実は消せない。障碍物は避けなければならないし、爆風を受ければ押し戻される。

浮遊砲台『スフィア』の滑らかな表面から放たれる反重力エネルギー弾。着弾点を中心として前方百八十度の半球状に外へ向かう力場を発生させるエネルギー兵器だ。それは命中箇所に大質量実体弾に勝るとも劣らない衝撃を発生させる。

その圧力に押されて、鷲丞は数百メートルを落下した。

「グッ！」

空中で体勢を立て直した鷲丞の背中を激しい衝撃が襲う。反射的に回避機動を行うのと同時に鷲丞は振り返った。

彼の視線の先では、ナタリアと呼ばれた従神戦士が彼に銃口を向けていた。

鷲丞は瞬時の判断で盾を前に翳す。

左腕に伝わる衝撃。

従神戦士の攻撃は邪神の武具にダメージを与え、これを破壊し得る。

従神戦士と背神兵の武具『エネリアルアーム』は、神々の技術で半物質化したエネルギーを戦士の想念力で成形し固定している物だ。それ故、武具がダメージを負えば、それがオーナーである神鎧兵——従神戦士と背神兵を一纏めにしてそう呼ぶ——には分かる。

（クッ……、直撃を喰らいすぎた！）

鷲丞は自分の盾が危険水域までダメージを蓄積していると理解した。

（……口惜しいが、ここは逃げの一手か）

続いて襲い掛かるナタリアの光弾を盾で斜めに受けて逸らし、鷲丞は頭上を見上げた。

上空へのルートは、二ダースの浮遊砲台『スフィア』によって塞がれている。

戦闘力だけを見れば、スフィアは神鎧兵の敵ではない。規格品ではなく専用にカスタマイズされた神鎧を与えられている鷲丞の場合、戦力差は尚更はっきりしている。二十四対一程度の数的優位でこれを覆すことはできない。万が一にも鷲丞が後れを取ることはないだろう。

相手がスフィアだけであれば。

鷲丞が真に警戒しなければならないのは、敵の従神戦士とスフィアの連携だ。

如何に戦闘力格差があるとはいえ、スフィアも神々の超技術の産物だ。神々の浮遊砲台はスフィア、ソーサー、ヘドロンの三種類に分類される。その中でスフィアは特に頑丈な機種だ。

撃破する為には、それなりの力を割かなければならない。

敵の従神戦士・ナタリアと鷲丞が正面から戦えば、専用の鎧を与えられている鷲丞に分があるだろう。しかしその戦力差は、決して絶対的なものではない。現にこうして相手の土俵で戦うことを強いられれば、追い詰められるのは鷲丞の方だ。スフィアを攻撃している最中にナタリアの狙撃を受ければ、決定的なダメージを負ってしまう可能性がある。

（どうする？）

スフィア単体は直径約二メートルの球体。それが連係して作り出している壁を突破する前に、わずかな時間だけでもナタリアに隙を作らなければならない。

その為には……。

（……ぶっつけ本番だが、やってみるか）

ナタリアから光弾が放たれる。

鷲丞は盾を右に傾けて、それを受けた。

（リリース）

同時に、盾を手甲に固定していた留め具を思考操作で解除する。

着弾の衝撃で盾が手甲から外れた。

鷲丞の左手が飛び去っていく盾を追い掛け、その縁を素早くキャッチする。

身体の捩れを巻き戻す勢いを利用して、鷲丞は円形の大盾をナタリア目掛けて投げ付けた。

自らの放った光弾が邪神群の戦士・背神兵の盾を撥ね飛ばしたのを見て、ナタリアは心の中で「チャンス」と呟いた。

彼女は背神兵に決定打を与えるべく、相手の頭部に狙いを定める。頭を直撃すれば、兜を破壊できなくても着弾の衝撃で敵を無力化できる。その戦術自体は合理的なものだ。「功を焦った」と決め付けるのは、ナタリアに対して酷だろう。

だがこの状況における正解ではなかったのも確かだ。結果論だが、彼女は慎重に狙いを付けるのではなく、間髪を容れず畳み掛けるべきだった。

「なにっ⁉」

ナタリアの口から驚愕が呟きとなって漏れた。

撥ね飛ばしたはずの盾を背神兵が摑み、こちら目掛けて投げ付けてきた。——その信じ難い光景にナタリアは空中で硬直してしまう。

神々の武具も邪神の武具も、戦士の想念力によって具象化している。光弾や光矢のように、最初から撃ち出すことを前提として作られているのでない限り、戦士の手を離れれば短時間で具象化が解け拡散してしまう。故に、「盾を投げる」という使用法は想定されていない。

ナタリアを驚かせたのは、それだけではなかった。

彼女に襲い掛かる盾のスピードは、人の手で投げたとは信じられないものだった。

彼我の距離は約三キロメートル。だがあっと言う間に——具体的には一秒と少しでその中間地点を通り過ぎている。

無論ナタリアも神鎧兵の能力は、人の範疇に収まらないと知っている。今相手にしている背神兵の鎧がパワーに優れたG型の亜種ということも理解している。

だが人間と同じ外見、同じサイズの手から投げられた円盤が銃弾以上のスピードで迫ってくる光景は、そういう理屈では納得しきれない衝撃をもたらしたのだった。

とはいえナタリアも神々の軍勢に加わることを許されたエリートだ。驚愕に支配されながらも、光弾を撃ち出す全長百二十センチの大型ライフル――これもまた、エネルギーを物質化した神々の武具――の銃口を自身に向かって飛んでくる盾へと向けて、引鉄を引いた。

盾を光弾が迎え撃ち、衝突した直後、激しい閃光が生じた。

前述のとおり神々の武具『エネリアルアーム』は、戦士の想念力によって具象化したエネルギー。戦士の手を離れれば、物質としての「形」を失う。そこに凝縮されたエネルギー弾がぶつかった。その結果、盾の形に固定されていたエネルギーが光となって解放されたのだ。

鼻から上、サイドは頬骨の下までを覆っている兜のシールドが濃く濁り、ナタリアの目を守る。実際には、ナタリアは肉眼で敵の姿を視認していたわけではない。だがもたらされた結果は同じ。見掛け上シールドの透明度が下がることで彼女の視界は制限される。

その瞬間、ナタリアは背神兵――鷲丞の姿を見失った。

破壊された盾が撒き散らす閃光に目を眩まされたのは、鷲丞も同じだった。

この状況は彼にとっても予想外のもの。鷲丞はナタリアが盾を躱した隙を突くつもりだったのだが、彼の切り替えは早かった。

(今だ!)

鷲丞(しゅうすけ)は足下に足場となる板状の力場を形成し、グッと膝を屈(かが)めた。

一瞬静止し、両足で勢い良く足場を蹴る。

G型装着者の特徴は堅牢(けんろう)性とパワー。そのパワーには持続的な力だけでなく、瞬発的な投擲(とうてき)力や跳躍力も含まれている。

鷲丞(しゅうすけ)は飛行能力に跳躍力を上乗せし、一気に飛び上がった。

上空で壁を作っているスフィアは、マシンならではの反応速度と正確性で鷲丞(しゅうすけ)にエネルギー弾を浴びせてくる。

だが、先程までとは鷲丞(しゅうすけ)の速度が違う。反重力エネルギー弾の嵐が鷲丞(しゅうすけ)を捉えるが、彼を押し戻すには至らない。

ナタリアが戦闘に復帰するよりも早く、鷲丞(しゅうすけ)はスフィアが壁をなしている高度に達した。

彼が得意とするエネリアルアームは『斬り裂くもの』。その形状は幅広の長剣。

剣の間合いに入れば、浮遊砲台は鷲丞(しゅうすけ)の敵ではない。

彼は縦横無尽に剣を振るって、スフィアの壁を突破した。

再度足場を作って跳躍し急上昇する鷲丞(しゅうすけ)を、下からの光弾が掠(かす)める。

視界を回復したナタリアの攻撃だ。彼女は銃口を上に向けて鷲丞(しゅうすけ)を追い掛けている。

単純な飛行速度なら鷲丞のG型甲冑亜種『グリュプス』よりもナタリアのF型甲冑が上だ。

だがパワーに優れた『グリュプス』の跳躍力で加速した鷲丞の上昇スピードは、ナタリアのそれに劣るものではなかった。

差が詰まらないまま、高度三百キロが迫る。

光弾の銃撃が激しさを増した。

鷲丞は回避せず、一直線に空を翔け上がる。

足や翼に着弾した光弾が鎧の耐久力を削っていくが、同時に着弾の衝撃が上昇をわずかながら後押しする。

光弾による銃撃が止んだのは、ナタリアがそれに気付いたからだろう。

敵の従神戦士が少しずつ近づいているのを、鷲丞は感知した。

銃撃に費やしていたエネルギーを飛行力に回して加速したのだ。それを察知しても、鷲丞の心に焦りは生まれなかった。

現在の高度、二百九十キロメートル。第一次神域の境界面まで、あと十キロ。

現在の上昇速度は秒速三キロメートル。

相手が追い付くより、鷲丞が第一次神域を突破する方が早い。

追いつけないと、ナタリアも覚ったのだろう。

彼女の気配が消える。

瞬間移動を使ったのだ。だが神々の瞬間移動も邪神群の瞬間移動も、いったん物質転送機を経由して再ジャンプしなければ任意の場所には跳べない。

ナタリアが高度三百キロの上空に出現した瞬間、鷲丞も神域の境界面に達していた。

ナタリアが鷲丞に銃口を向ける。

彼女が引鉄を引いた直後、鷲丞の姿が消えた。

第一次神域を抜けたことにより回復した、鷲丞を加護する邪神の力による空間跳躍だ。

放たれた光弾は、熱圏の希薄な大気を虚しく切り裂いた。

神々は地球を直接統治するのではなく十二の代官――『代行官』を置いた。肉体を持たぬ神々の代行官は、肉体を備えた人ではなかった。人間を超越した超人でもなければ、天使のような霊的生物でもなかった。
代行官は地球の遥か先を行く超技術で建造された巨大な人工頭脳だった。ただ「遥か先」とはいえ代行官に用いられた技術は現在地球で使用されている機械技術の延長線上にあるもの。地球人には、理解はできなくても分かり易い存在だ。自分たちの統治に対する迷信的な恐怖を和らげるため、神々は敢えて機械技術の産物を統治機構のトップに据えたのだった。

ただこの統治機構は、無人ではなかった。

十二体の代行官の内、南極に置かれている『総代行官（グランドアルコーン）』を除いて、代行官には『代行局』が併設されている。代行局は代行官を補佐する統治補助機構で、選ばれた人類と、神々が創造した合成人間『ディバイノイド』が勤務している。

ディバイノイドと人間の、外見上の差異はごくわずかだ。代謝機能も見掛けの上では人間と同じ。酸素を吸い二酸化炭素を吐く。有機食品を摂取して肉体を維持する。

ディバイノイドは機械部品を持たない完全有機体だが、機械技術とは異なる神々のテクノロジーで代行官と直接つながっている。代行官から直接指令を受けるディバイノイドは代行局において、人間の局員よりも上位に位置する。

とはいえ、人数は人間の局員の方が圧倒的に多い。代行局運営の実務面は大部分が人間局員に任せられていた。

代行局に勤務する人間は、謂（い）わば世界政府の職員だ。従神戦士（じゅうしんせんし）程ではないが、局員は神暦（しんれき）の世界におけるトップエリートだった。

荒士（こうじ）と陽湖（ようこ）が入学することになっている『富士（ふじ）アカデミー』は、その名称から分かるとおり日本の富士山麓（ふじさんろく）にある。そこには、隣接する形で代行官・代行局も置かれていた。アカデミーは代行局の付属施設という位置付けだから、ある意味で当然だ。

アカデミー入学を目前に控えた貴重な従神戦士候補が背神兵の襲撃を受けたという報せは、富士代行局を大きく揺さ振った。新入生の安全が確保されたことで動揺は一先ず収まった。しかし背神兵を逃がしてしまったことで、明後日に控えている入学式の警備態勢見直しが各部署で慌ただしく論じられていた。

その混乱の最中、一人の従神戦士が管理部を訪れた。神鎧を着用していないスーツ姿だったが、その男性のことは代行局員ならば誰もが知っていた。

代行局の管理部は従神戦士の配置やスケジュールのマネジメント、および作戦上の後方支援や私生活の厚生を担当する部署だ。それを考えれば、従神戦士が個人的に訪れてもおかしくはない。

「翡翠、少し良いか」

「兄さん。ええ、良いわよ」

まして、この会話でも分かるとおり訪ねた従神戦士と訪ねられた管理官は兄妹同士。彼の訪問に奇異の目を向ける者はいない。――憧憬の眼差しは向けられていたが。

従神戦士は人々の尊敬と羨望を集める存在だが、その男に向けられる視線はそのような一般的なものではなかった。

彼の名は今能翔一。地球人で最初に従神戦士となった七人の内の一人。その中で唯一、今も現役の戦士として神々に仕えている英雄だった。

憧れと崇拝を集めながら、翔一には少しもその功績を鼻に掛けている様子が無い。局員の視線に気付いていないかの如き無表情だ。

尊崇を当然のものとする傲慢とも違う。一切の余計な感情を排して任務にのみ邁進するプロフェッショナルの姿、とでも言うべきだろうか。そんなたたずまいが彼にはあった。

今も翔一は自分に向けられている視線を全て無視して、というより全く意識せずに、妹であり管理官である翡翠に話し掛けている。

「富士アカデミーに入学予定の新候補生が背神兵に襲われたと聞いた。現時点で判明している情報が欲しい」

「耳が早いわね……。もしかして代行官閣下から対応を命じられたの？」

代行局員は人間もディバイノイドも完全な機械でしかない巨大人工頭脳を「閣下」の敬称付きで呼ぶ。なお余談だが、ディバイノイドは人間の代行局員から「卿」を付けて呼ばれている。

翡翠の反問に、翔一は「否」と首を横に振った。

「代行官閣下から直接話があれば、態々お前を煩わせには来ない」

そしてこう補足する。

「兄さんのサポートが私の役目なんだから、煩わしくなんて思わないけど」

「お前は俺の専属ではないだろう」

翡翠は何か反論し掛けた。

「それより襲撃について教えてくれ」

だが翔一がリクエストを繰り返す方が早かった。

既に述べたとおり、管理部の仕事は従神戦士の後方支援全般。任務に関わる可能性がある情報の開示を求められたなら、答えないわけにはいかない。

特に翔一は富士代行局に所属する従神戦士のリーダー格だ。むしろ要求される前に事件の詳細を伝えておくべき相手だった。

「出現した背神兵は一体。襲われた候補生に被害は無し。平野名月とナタリア・ノヴァックの二名で撃退したわ」

「その背神兵の名称は？」

翔一が「名前は」と訊ねなかったのは、コードネームしか分からないケースがほとんどだからだ。

背神兵の素性は邪神の力でカモフラージュされている。神々に直接コントロールされている戦闘用ディバイノイドならば、カモフラージュを突破することも可能かもしれない。だが神々に武器を与えられているだけの従神戦士には、邪神本体の手による偽装は破れない。

「特殊G型背神兵『グリュプス』」

「あいつか」

グリプスはこの次元の地球――マルチバース内では『ジアース世界』と呼ばれている――では有名な背神兵だ。

「襲われた候補生はよく無事だったな」

心配しているとは余り感じられない声音で、翔一が独り言のように漏らす。

「名月が偶々近くにいたというのもあるけど、彼女が現場に駆け付ける時間を新候補生が稼いでくれたのが大きかったわね」

その一方で、翡翠の口調は苦笑気味だった。

「ほう、何という候補生だ？」

それまで感情の揺らぎがほとんど見られなかった翔一だが、この回答には興味をそそられたようだ。――もっとも、平均的な人々に比べれば反応は希薄だったが。

「名前は新島荒士。私たちと同じ日本人の男子よ」

「ああ、ジアース世界男性で初めてのＦ型適合者か」

翡翠は「日本人の男子」と言い、翔一は「ジアース世界男性」と表現した。

翡翠は神々に仕える代行官だが、勤務地は富士代行局に固定されている。

それに対して翔一は、地球防衛が現在の主な任務だが他の次元へ派遣されることもある。

数年前までは別次元を主戦場としていた。

異次元世界を知識としてしか知らない翡翠と、マルチバースを飛び回ってきた翔一の意識の違いが二人の言葉に反映したのだろう。

「邪神にとっても貴重なサンプルのようだな」

「兄さん……。『サンプル』なんて言い方は止めて」

翡翠が兄をたしなめる口調は、余り強いものではなかった。

「そうだな。すまん」

だからなのか、それともそういう話し方が癖になっているのか。翔一の謝罪は「悪かった」という感情が伝わってこない、淡々としたものだ。

翡翠はそれ以上、翔一を咎めなかった。

「一人の候補生に護衛の戦力を固定するのは、現実的ではないな」

「貴重な人材とはいえ、兄さんの言うとおりね……」

翔一の指摘に、翡翠がため息を吐きながら相槌を打つ。

「自衛の術を身に付けさせねばなるまい」

「……兄さんが教えてくれるの？」

「命令が出ればな」

翔一は神々に仕える正規の戦士。神々の命令無しに勝手なことはできない。

それは従神戦士の規律に則った発言だったが、傍で聞き耳を立てていた人間の代行局員には薄情なセリフに聞こえた。

◇◆◇◆◇◆◇

荒士は陽湖、名月と共に、彼女たちの祖父の家に着いた。

木造の伝統的な日本家屋で、敷地はかなり広い。ただ敷地の大半は道場で占められ、家自体のサイズは平均的だ。平屋で、現代風に言えば2LDK+Sの間取りになる。

門柱に掛かっている表札は「片賀」。これは陽湖の母親の旧姓だ。

陽湖の祖父、片賀順充は現在この家に一人で暮らしている。家事は通いの家政婦が片付けているが、夜は一人だ。身寄りは陽湖の母以外にその兄がいるのだが、現在は仕事の関係で家族と海外に住んでいる。妻とは、十年以上前に死別していた。

順充は杖術、槍術、剣道の心得があり、若い頃は地元の警察で杖術を教えていた。警察の警杖術と順充が使う杖術は似ていても別のものなのだが、それでも警察が教えを請うほど、順充の技は優れていた。

ただ、警察の仕事はある事件が切っ掛けで辞めている。今は敷地内の道場で、子供に剣道を教える傍ら、気に入った若者を弟子に取り、商売気を抜きにして扱くのを老後の楽しみとしていた。

ちなみに荒士は、剣道教室の教え子ではない。彼は父親の縁で順充の弟子になった。荒士の父は警察の道場における順充の一番弟子とも言えるような存在で、二人の間には仕事上の関係を超えた付き合いがあった。

その友誼の厚さは、荒士の父親が殉職した直後の一時期、順充が荒士とその母の後見役を務めた程だ。後見役といっても法的なものではないが、順充が様々な形で手助けした御蔭で大黒柱を失った荒士の一家は立ち直れたという面があったのは否定できない。専業主婦だった母親の就職も、順充の口添えで何とかなった。

順充が荒士を弟子にしたのも彼の父親との縁、後見役としての手助けの一環だった。

五歳で父親を亡くした荒士にとって、順充は恩人で師匠であると同時に、父親代わりであり祖父代わりでもある。——なお、実の祖父母は父親より先に全員死亡していた。荒士は血族との縁が薄い子供だった。

「おお、陽湖。名月も良く来たな。さあ、遠慮せずに上がりなさい」

順充は二人の孫娘を、好々爺の笑みで迎えた。

「荒士。暫し道場で待っておれ」

そして荒士には、厳格な師の顔でそう命じた。

扱いの違いに、荒士は不満を覚えない。片賀順充は自分の師。父親代わりを必要していた時期を、荒士は疾うに卒業していた。

言われたとおり荒士は、無人の道場に上がって順充を待った。

板敷きの床に正座し、背筋を伸ばしたまま待つ。彼は剣道教室の生徒ではなく、杖術と槍術の弟子だった。

そのまま十五分以上が経っただろうか。

「すまん。待たせたな」

その言葉と共に順充は道場に来て、荒士の前、神棚を背にした上座に座った。

順充が腰を落ち着けた直後、荒士は平伏した。

「師匠。これまで御指導、ありがとうございました」

両手を突き、額を床すれすれまで下げた状態で、荒士が用意しておいた口上を述べる。

「礼ならば、顔を見せて言うが良い」

順充は少し時代掛かった言い方で物言いをつけた。——彼は古い時代劇を愛好しており、専門の有料チャンネルを契約している。

言われたとおり、荒士は顔を上げた。真面目くさった表情だが、呆れ顔のようにも見えた。

「師匠、弟子が巣立ちの挨拶をしているんですから、ご自分の趣味は横に置いておいてくださいよ」

「何が巣立ちか。学校に入るだけで、現場に出るわけではあるまい」

「敵に襲われることはあるようですけど」

順充は軽く目を見開いた。それに合わせて、白い眉毛が上がる。だが順充は、詳しい話を訊かなかった。

「古来より『男子家を出ずれば七人の敵あり』と言う。お前は邪神とやらから敵視されるだけでなく、人々からも羨まれる選ばれた存在だ。敵は何処にでもいる。常在戦場の心得で覚悟を持って過ごすがいい」

師として、厳かに諭す順充。

だがそれを聞いて荒士が浮かべた表情は、皮肉げで冷めた笑みだった。

「人間の敵ですか……。例えば、父を殺した連中のような？」

「そうだ」

順充の答えも、冷たく、血が通っていると感じられないものだった。

しかしその直後、武人は老人に姿を変えた。横溢していた精気に替わって、年月により積み重ねられた疲労と後悔と諦念が順充の両肩から漂い出ていた。

「そんなことはない、と言うべきなのかもしれない」

順充の言葉は間違いなく荒士に向けられたものだが、何処か独り言めいていた。

「過去を憎むのは止めろと、諭すべきなのかもしれない」

「そうですね。非建設的ですし」

間違いなく自分が言われているセリフなのに、荒士の応えは他人事のようだった。

「少なくとも私は実戦の——殺し合いの技術を、お前に教えるべきではなかったと思う」

この道場で順充が荒士に教えていたのは、相手を傷つけずに取り押さえる逮捕術につながる杖術ではなく、順充が「昔の合戦場で武士や足軽が実際に使うとしたら」を考えて工夫した実戦槍術だった。

「神々の戦士に選ばれれば、それが役に立ちますよ」

「荒士」

順充が表情を改め、居住まいを正す。彼は再び武士の空気を纏った。

「はい、師匠」

荒士も同じように居住まいを正し、表情を引き締めた。

「お前はこれから、大きな力を得ることになる」

「はい」

実際には、順充の言うとおりになると決まったわけではない。

アカデミーに入学した時点で、いったんは神鎧——神々の武具を与えられる。しかし四年で一定のレベルまで達しなければ、神鎧は取り上げられてしまう。

だがこのことは、一般には知られていない。一般人だけでなく、アカデミーから与えられた事前教育課題を真面目に終わらせている荒士でも、まだ知らないことだった。

順充が言うように、自分はもうすぐ大きな力を手に入れることになる。——荒士はそれを、疑っていなかった。彼のシンプルな「はい」という返事は、その確信の表れだった。

「使い古された戒めの言葉だが、力には責任が伴う。大きな力には、大きな責任が。分かるか、荒士？」

「理解できている、と思います」

荒士の返事は、今度は歯切れが悪かった。まだ十六歳の彼は「力に伴う責任」などと言われても実感を持てなかった。

順充は弟子の消化不良に気付いていたが、念を押したりはしなかった。

同じ注意を繰り返すこともなかった。

「荒士。たとえお前に確かな正義があったとしても、恨みを晴らす為にその力を使うなよ」

「……師匠は結局、恨みを捨てろとは仰らないんですね」

荒士が隠そうとしているが隠し切れないシニカルな口調で訊ねる。

「そんなことを言うつもりはない」

順充は苦々しい声音で、それでも口ごもりはせず即答した。

「母さんは口癖のように言っていますよ。過去に囚われるな、父さんを殺した連中を恨むな、前を向いて生きろって」

「立派なご意見だ。……私には真似できない」

荒士と順充が目を合わせる。

二人の目には同種類の、どろりと濁った闇が蟠っていた。

「お前の父親は立派な男だった。警察の腰抜け官僚どもに見殺しにされて良い人物ではなかった。あんな連中に先生先生と煽てられて好い気になっていた自分が今でも腹立たしい」

順充の面に、老人のものとは思われぬ憤怒と憎悪の表情が一瞬、過った。このとき順充は十一年前の過去を見ていた。

荒士の父は刑事だった。交番勤務から始めて県警本部の私服刑事になった叩き上げだった。

その彼が殉職したのは、神々に対する抵抗組織を捜査している最中のことだ。

追い詰められた抵抗勢力が警察署を襲撃し、立てこもり、自爆テロを起こした。荒士の父親は、それに巻き込まれた。

順充が昏い怒りを抱えているのは、その時に県警幹部が保身を図ったことで荒士の父が犠牲になった面があったからだ。

襲撃後すぐ代行局に対処を任せていれば、テロリストは自爆すらできなかった。

しかし警察署が襲われるという不祥事の解決を代行局に委ねることは、警察のメンツに懸けてできなかったのだ。――結果は、恥の上塗りに終わったが。

警察とテロリストに対する怒りと憎しみが一瞬で去った跡には、過去に囚われ過去を悔いる老人がいた。

「……だが荒士、報復の念は正当なものであっても、結局は恨みを晴らしたいという欲だ。人を超えた力を欲望のままに振るえば、行き着く先はおそらく破滅。運良く破滅を免れられても最早、人ではいられまい。神々の力とは、きっとそういうものだ」

順充は代行局関係者ではない。神々の技術について傍観者以上のことは知らないのだが、このときの彼の警告は真実の一端を突いていた。馬齢ではなく歳月を重ねた年の功と言うべきだろうか……。

亜空間に築かれた邪神の神殿で鷲丞は神鎧を纏ったまま、この神殿の主である邪神・アッシュの前に跪いていた。

「頭を上げてくれ、鷲丞」

アッシュにそう言われても、鷲丞は深々と頭を下げたままだ。

「罰を与えろと言うが、私にそんなつもりはない。そもそも君は私の僕ではなく協力者だ」

「もったいないお言葉。しかし」

「それに」

アッシュは、なおも謝罪を連ねようとする鷲丞の言葉を遮った。

「今回の失敗は私の見込みが甘かった為でもある。まさか魔神の兵士が二人も出てくるとは予想していなかった」

「そのようなことは、決して！」

鷲丞が慌てて顔を上げ、アッシュの責任を否定する。

「いや。あの者は私が考えていた以上に、魔神にとっても重要な存在のようだ」

しかし神の言葉を否定することもまた、不敬であり冒瀆。

そう思い至った鷲丞は、それ以上口を挿めなかった。

「今回は失敗したが、あの者の洗脳が完了するまでにはまだ時間がある」

アッシュのセリフは、気休めではなかった。

邪神が言うような「洗脳」を神々が従神戦士に施している事実は無い。だが正規の従神戦士が使う神鎧には、反逆防止の機能が追加されている。逆に言えば正規の戦士に取り立てられない限り、神々に対する反逆は可能だった。――例えば、鷲丞のように。

何故神々が背神の余地を残しているのかは不明だ。鷲丞などはそれを「魔神の傲慢」と解釈していた。

「それまでに我々の仲間にできれば良いのだ。鷲丞、期待しているよ」

「挽回のチャンスをくださるのですか？　ありがとうございます！」

アッシュが続けたセリフに、鷲丞は喜び勇んだ。

「アカデミーの教練には、亜空間を使ったものがあったね？」

「神鎧の性質上、それは変わっていないと思われます」

鷲丞は背神兵となる前、『マウナ・ケアアカデミー』所属の従神戦士候補生だった。内容に多少の違いはあるだろうが、訓練の大枠は富士アカデミーでも同じであるはずだ。

「惑星の結界は破れなくても、亜空間ならば付け入る隙はある。鷲丞、その時はよろしく頼むよ」

「かしこまりました。今度こそ、必ずや」

鷲丞が頭を下げる。

その体勢はさっきと同じだったが、全身に漲る気力は、先程は見られないものだった。

アカデミー入学

「富士アカデミーは女子校じゃないよ」

Worlds governed by Gods.

神々が自らの軍勢に加わる戦士を育成する為の施設、アカデミー。

神々に代わり地球を統治する『代行官』とその手足となって働く『代行局』は、地球上に七箇所のアカデミーを建設した。

小アジア・トルコのアララト山麓に設けられた『アララトアカデミー』。

アフリカ・タンザニアのキリマンジャロ山麓に設けられた『キリマンジャロアカデミー』。

北アメリカ・USAのレーニア山麓に設けられた『レーニアアカデミー』。

南アメリカ・エクアドルのチンボラソ山麓に設けられた『チンボラソアカデミー』。

オーストラリアのマウント・オーガスタス山麓に設けられた『オーガスタスアカデミー』。

オセアニア・ハワイのマウナ・ケア山麓に設けられた『マウナ・ケアアカデミー』。

極東アジア・日本の富士山麓に設けられた『富士アカデミー』。

以上の七つである。

代行局によって運営されるアカデミーでは毎年九月一日午前九時に、一斉に入学式が行われる。――「一斉に」と言っても現地の暦で九月一日午前九時だから、世界で最初に入学式が行われる富士アカデミーと最後に入学式が行われるマウナ・ケアアカデミーでは約一日の時間差があるのだが。

そして神暦十七年（西暦二〇一七年）最初のアカデミー入学式が、今まさに富士アカデミーで始まろうとしていた。

◇◆◇◆◇◆◇

富士アカデミー入学式を前にした新入生——新たな従神戦士候補生は全員が今、整然と並べられた講堂の椅子に腰掛けている。席順の指定は無かったので、知り合いがいる者は顔見知り同士、そうでない者は適当に座っていた。

新島荒士は前者。ただし知人は一人だけ。その旧友の少女——世間一般では「幼馴染み」と表現する——が隣の席から話し掛けてきた。

「予想どおり、注目を集めているね」

少女の名は平野陽湖。身長は百五十センチ台半ばと小柄だが、十六歳の日本人女性にしてはメリハリの利いた体型、ショートボブにした艶やかな黒髪と長い睫に縁取られたくっきり二重瞼の目が印象的な美少女だ。

彼女が言うように、荒士は注目を集めていた。こっそり盗み見る視線だけでなく、ぶしつけに品定めするような視線も少なくない。

「予想どおりか。分かっちゃいたがな……」

嘆息する荒士。彼の顔には、諦めの表情が浮かんでいた。

富士アカデミーに今年入学する候補生の数は百十二名。その内、百十一名はスタンドカラーの白いジャケットに白のプリーツスカートの制服を身に着けている。

富士アカデミーはＦ型――『タイプ・フェアリー』の神鎧適合者専門の訓練機関だ。Ｆ型適合者は去年まで、女性のみだった。神鎧にはＦ型の他にＧ型――『タイプ・ギガース』があって、こちらは現在も適合者は男性のみである。

百十二名の内で、ただ一人プリーツスカートを穿いていない――白のスラックスを穿いたその一名が、この星で初めて見付かった男性のＦ型適合者、新島荒士だ。これでは、目立たない方がおかしい。荒士本人も、諦念と共に受け容れるしかなかった。

二日前、邪神群に寝返った神鎧の適合者、「邪神の戦士」である『背神兵』の襲撃を受けた荒士と陽湖は今年「神々の戦士」となったばかりの陽湖の姉、平野名月に警護されて昨日、富士アカデミーに到着した。そして今日、こうして無事入学式に出席している。

「本当にな。勘弁して欲しいよ」

うんざりした声で荒士は愚痴を追加した。

「しかたないよ。何てったって、世界初だもの」

陽湖にしてみれば慰める意図のセリフに違いない。しかし反論しようがない客観的な事実であるだけに、遣り場のない苛立ちを荒士の中に蓄積する結果にしかならなかった。

「アカデミーの生徒に選ばれたんだから、文句を言うのは罰当たりかもしれないが……別に女子校じゃなくても良くないか？」

許容量を超えた不満が、ついつい荒士の口から溢れ出る。

「代行官様の決定に文句を言うのは止めた方が良くない？」

しかしそれは神々に対する不満とも解釈できる言葉だ。陽湖は慌てて幼馴染みをたしなめた。

神鎧の適格者を選び出す検査は満十五歳を迎えた子供たちに対して、世界中で本人が気付かぬ内に実施される。そして十二月三十一日までに判明した適格者に対して、翌年の二月に検査結果がその国の政府を通じてではなく、その地区を所管する代行局より直接通知される仕組みだ。その際に入学先のアカデミーも指定される。そこに本人の都合や希望は考慮されない。

「――そうだな。言っちゃいけないことだった」

真面目な顔で反省を口にする荒士。

こっそり左右を見回していた陽湖は、咎める視線が無かったことに安堵した。

「それに富士アカデミーは女子校じゃないよ」

緊張の反動だろう。陽湖が悪戯っぽい表情で軽口を叩く。

「それくらい知ってるさ。何より、男の俺が入学できたんだからな」

荒士はなおも、何か言いたそうな顔をしていた。

しかし彼が言葉を重ねる直前、演壇に変化が生じた。

新入生の全員が自発的に姿勢を正す。

百十一名の少女と一人の少年が注目する先に、二対四枚の光翅を背負った人影が忽然と出現した。翅が放つ光でディテールは見て取れないが、シルエットから女性だろうと推測できる。

二メートルの上空に出現した女性は、光の翅を広げたままゆっくりと演壇上に下り立った。

光翅が消える。

その女性の詳細な姿形が、新入生の目にようやく明らかになった。

両耳にメタリックな羽根飾りがついた銀色の兜を被り、同じく銀色の胸甲とガントレットとアーマースカートを紫色のボディスーツの上に着けている。膝から下は、すね当てと一体化した銀色のブーツ。

新入生の間から「神鎧……」という複数の呟きが様々な言語で漏れた。

アカデミー入学が決まった適合者には、検査結果の通知と同時に学習用VR端末が代行局から貸与される。新入生はその端末で、入学までの半年を使って事前に最低限必要な知識を習得するよう義務付けられている。

だからここにいる百十二名全員が、これから自分たちに与えられる「神々の武具」がどのような物なのか知っている。しかし同時に、神鎧を実見したのは荒士と陽湖を除き、初めてだった。彼女たちの反応は、むしろ控えめだったと言える。

「新入生の皆さん。富士アカデミーへ、ようこそ」

壇上の少女が新入生に話し掛けた。

不思議と良く通る声だ。マイクも使わず声を張り上げている様子もないのに、彼女の声は講堂の最後列まではっきりと聞き取れた。

「私は当アカデミーの首席候補生、古都真鶴です」

（こみや？）

その苗字に、荒士は聞き覚えがあった。彼を襲った背神兵のことを、陽湖の姉の名月は「こみやしゅうすけ」と呼んでいた。音韻の印象からして「こみや」が姓だろう。

どんな字を当てるのかを別にすれば、日本人の苗字として「こみや」はそれ程珍しいものではない。だが何故か荒士には、偶然とは思えなかった。

彼は隣に座る陽湖の顔を、横目で窺った。彼女は壇上の女生徒を食い入るように見詰めている。その眼差しで、陽湖も自分と同じ疑惑を懐いていると荒士には分かった。

二人は無言で神々の鎧を纏った年上の少女を見詰めていたが、彼らの周りでは沖合から届く潮騒のようなざわめきが起こっていた。首席候補生という名乗りに新入生が反応したものだ。

しかし講堂はすぐに静けさを取り戻した。誰から注意を受けたわけでもない。自分たちが「選ばれし者」だという自覚が新入生の少女たちに秩序を思い出させたのだろう。

ざわめきが静まったのを見て、少女――真鶴が話を再開する。

「今、私が身に着けているこれが神鎧。邪神と戦う為に、人類に下賜される神々の鎧です。皆さんは既にご存じだと思いますが、ここ富士アカデミーをはじめとする各アカデミーは普通の意味の学校ではありません。神々から賜った武具である神鎧の使い方を修得し神々の戦士となる為の訓練施設です。皆さんは学び舎の生徒ではなく戦士の候補として訓練される者、候補生です。まず、それを心に留めておいてください」

新入生の多くが緊張に顔を強張らせた。真鶴の言葉に、ここが軍事施設で自分たちは兵士になる為に選び出されたのだと、少女たちは改めて思い出していた。

「私がここに立っているのは、候補生の代表としてではありません。アカデミーには候補生による自治組織の類は存在しません」

生徒会長ではないんだな、と荒士は心の中で呟いた。壇上の少女、真鶴は荒士が思い描く「生徒会長」のイメージそのままの外見と雰囲気を持っていた。

「アカデミーでは教官の補佐を務める候補生が新入生のケアを担当します。これをアカデミーでは便宜的にチューターと呼んでいます」

ここで真鶴が、右手の指先で喉元に触れる。立ち所に神鎧が光になって消え、真鶴は制服姿になった。

デザインは新入生と同じ、スタンドカラーのジャケットにプリーツスカート。

だが、色が違った。上下白の新入生に対し壇上の、真鶴が纏う色は紫。

兜が消えたことで露わになった艶やかな黒髪は、六・四分けのストレートロング。それはスレンダーな真鶴の雅な雰囲気に、とても良くマッチしていた。

彼女の素顔に、実年齢は自分たちとほとんど変わらないのでは？　と意外感を覚えた新入生も少なくない。荒士もその一人だった。おそらく、三歳も離れていないだろう。彼は年上の少女が纏う大人っぽい雰囲気に惑わされず、そう思った。

「後ほど教官からご説明があるかと思いますが、アカデミーの制服の色は位階を表します。皆さんは第五位階『白』。私の制服は第一位階『紫』を意味しています。チューターの役目を与えられるのは『紫』の候補生です」

荒士を含め彼女の容姿に気を取られていた新入生の視線が次のセリフによって、真鶴が着ている制服へと改めて吸い寄せられる。自分たちが纏うまっさらな、つまりは何の経験も反映していない「白」とは違う、見るからに身体に馴染んでいる「紫」の制服。

つまり紫の制服を着ている上級生が俺たちの指導係というわけか。――荒士はそう思った。

「現在、このアカデミーに在籍している第一位階『紫』は、私を含めたこの七人です」

真鶴がこう言った直後、彼女の頭上に紫の制服を着た六人のバストショットが空中投影された。各空中静止画像の下部には「クロエ・トーマ」「ソフィア・ウェーバー」「ツァイ・メイリン」「メイ・マニーラット」「ルシア・ペレス・ロドリゲス」「レベッカ・ホワイト」の氏名が表示されている。

「アカデミーでの生活で悩むことができたら、遠慮無く私たちチューターに相談してください。富士アカデミーは学校ではありませんが、私たちは『従神戦士』となる為に学ぶ仲間です。

一人でも多くの候補生が『従神戦士』となれるよう、共に切磋琢磨して参りましょう」

六人分の空中映像が消える。

「皆さんの奮励を期待しています」

真鶴はそう締め括り、演壇を降りて舞台裏に消える。

彼女に代わって、人間ならば二十代半ばに該当する女性体が登壇した。

「女性」ではなく「女性体」と表現したのには、もちろん理由がある。

褐色の肌に彫りの深い顔立ち。アッシュブロンドの髪に灰色の瞳。そして耳朶の無い、尖った両耳。神々の侵略を受けなかったもう一つの地球の日本人少年ならば「ダークエルフ」という架空の種族名を思い浮かべたことだろう。――ただし耳は長くない。

しかしこの世界の若者は、彼女の本当の正体を知っている。直接目にするのは初めてでも、マスメディアで一度ならずその姿に触れたことがあるはずだ。少なくともこの場に集められた少女たちは――無論ただ一人の少年も――彼女を「ダークエルフ」と呼んだりはしない。

白のレディーススーツ上下に身を包んだ壇上の女性体は『ディバイノイド』。神々が地球統治の為に創造した「人造人間」ならぬ「神造人間」だった。

「私は第五位階『白』の担当教官『白百合』です。今日から一年間、皆さんを指導します」

彼女の話は自己紹介から始まった。

「当アカデミーの訓練に座学はありません。必要な知識はＨＶＲデバイスで直接記憶してもらいます」

　この話は、新入生にとって目新しいものではない。

　HVRデバイス――睡眠学習用VR端末（Hypnopedia Virtual Reality Device）。

　神々の技術に関する知識を直接脳に書き込む装置。新入生に事前貸与された学習用端末もこれだ。候補生は既に、アカデミーで教育を受けるに当たって必要な事前知識と、合わせて大学教養課程に相当する知識をこの装置を通じて与えられている。

「訓練は実技の練習と演習です。基本的に四人一組のチーム単位で行います。チームは今からお配りする携帯端末で通知します。皆さん、利き手ではない方の手をこういう風に、顔の前に掲げてください」

　ディバイノイド・白百合にならって新入生が一斉に、片手を顔の前に立てて掲げた。荒士と陽湖も左手を目の前に立てる。それを待ち構えていたように彼女たちの手首を光の輪が包み、一秒後に半透明の腕輪になった。

　驚きを示すざわめきが講堂のあちこちで起こる。だがそれはすぐに収まった。

「操作方法はHVRデバイスで既に学んでいると思います」

　ディバイノイドが言うように、この腕輪のことは事前学習で教えられていた。

「試しにチームメイトのデータを呼び出してみてください」

　荒士は指示されたとおりに、思念波でインフォリスト――Information Wristband の地球現地語略称。Info Listではない——を操作する。

目の前に、自分だけに見える幻影のモニターウインドウが出現し、そこに彼がチームを組む女子生徒の名前が表示された。

「……あーっ、残念。荒士君とは別のチームか」

隣の席で、陽湖が声を上げてぼやいた。

「分かっちゃいたけど、女子の中に男子は俺一人だな」

しかし失望は、淡々と呟いた荒士の方が強い。

「仕方無いよ。富士アカデミー全体で見ても、男子は荒士君一人だもん。まあ……ファイト？」

「励ますのなら疑問形は止めてくれ……」

陽湖の無責任なエールに、荒士は呻き声で抗議した。

「静かに」

ディバイノイド・白百合の注意に、荒士と陽湖以外にも私語をしていた候補生の声が一斉に静まる。

「この後、チーム単位で身体測定を行い、神鎧の招喚器を配布します。本日はこれで解散です。招喚器を受け取ったチームから寮に向かってください」

演壇上で真鶴が実演して見せたように神鎧を外す際は、一々手で脱いだりはしない。これは着用する際も同様で、神鎧は指先一つの操作で自動的に装着される。そのための道具が招喚器、代行局の正式名称は『神鎧コネクター』だ。単にコネクターと呼ばれることも多い。

（しかし、身体測定か……）

ディバイノイドの指示に、荒士は困惑を覚えていた。

アカデミーの男子候補生は荒士一人。まだ顔も知らないが、同じチームの三人も女子のはずだ。チーム単位の身体測定ということだが、どの程度の測定をするのだろうか。もし服を脱いで行うものなら、気まずさはこの上ない。

しかし荒士の心配は、杞憂で済んだ。

「なお一部の候補生についてはチーム単位ではなく、個別の指示に従ってください」

そう言ってディバイノイドが壇上から引っ込んだ直後、彼のインフォリストに着信のサインが点った。荒士はすぐにメッセージを開く。そして、無意識に眉を顰めた。

他の候補生がチーム単位で集まり始める中、荒士はただ一人、講堂の外へ足を向ける。

「あれ？　荒士君、何処行くの？」

その背中に、陽湖が不思議そうに声を掛けた。

「俺だけ場所を変えろってさ」

「そっかぁー。黒一点だもんね」

荒士の答えに、陽湖は「納得」とばかり頷いた。

「紅一点の反対語なら、せめて白一点にしてくれよ」

荒士のどうでも良いツッコミ。

「アカデミーじゃ、白より黒の方が偉いんだよ」

それに対して陽湖も、言葉遊びでしかない応えを返す。

「はいはい、じゃあな」

荒士は陽湖に背を向けた体勢でお座なりに手を振った。

「後で部屋まで遊びに行ってあげるね」

荒士は陽湖のセリフに反応を見せず、講堂を後にした。

インフォリストから空中に表示された幻影の地図に案内されながら荒士は、講堂と渡り廊下でつながれた隣の建物に入り「第一指導室」と書かれた部屋の前に立った。

荒士は一度深呼吸してから、扉をノックした。

「新島荒士です」

ノックの音ではなく荒士の声に反応して、扉が自動で開く。

見た目の印象から普通の木製引き戸だと思い込んでいた荒士は、スムーズに開いた扉に少なからず意表を突かれた。

「――失礼します」

荒士は動揺を残した顔で――自分では平然としているつもりだ――指導室に入る。

室内には向かい合わせに置かれたハイバックの椅子が二脚。テーブルは無い。その椅子の片方にディバイノイドの白百合が座っていた。

「そちらに掛けてください」

白百合が前置き無しで荒士に座るよう命じる。

「はい」

荒士は大人しく命令に従い、ディバイノイドの正面に進んで手振りで指図された椅子に腰を下ろした。

ディバイノイド・白百合の服装はレディーススーツ上下に薄手のストッキング。

正面から彼女の姿を認めて、荒士は心の中で首を捻った。

講堂の壇上では膝下丈のタイトスカートだった。ところが今は、スカート丈が膝上五センチ、いや、十センチはあるだろうか。肌の色と同じ褐色のストッキングに包まれた太ももが大胆に露出している。

(いつの間に着替えたんだ?)

彼は苦労して視線を剥がしながら――残念ながら完全には目を逸らせず「チラ見」になった

だけだった——現実逃避気味にそう思った。

荒士の表情を、というより視線を読んで、白百合が含み笑いを零す。

「新島候補生。私は講堂の壇上にいた『白百合』とは別個体ですよ」

「は……？」

荒士は言われたことが理解できないという表情を浮かべた。ディバイノイドの顔立ちは肌の色と耳の形を除けば北欧系白人のもので、日本人である荒士には細かな見分けが付かないかもしれない。だが目の前の『白百合』に関して言えば、壇上の『白百合』と寸分違わず同じ顔だと荒士は自信を持って断言できる。

この荒士の考えは、正解でもあり、思い違いでもあった。

「私たちディバイノイドは用途に応じて幾つかのタイプに分かれているのですよ。知らなかったのですか？」

可笑しそうに白百合が問う。

「いえ、位階ごとに別タイプのディバイノイドが教官を務めてくださることは、事前に教わっていますが……。あっ！」

返答の途中で、荒士は「しまった！」という表情で声を上げた。

「どうしたのですか？」

白百合は荒士の無作法を咎めず、ただ不思議そうに訊ねた。

「すみません！　教官に対して、その、無遠慮にディバイノイドなんて……」

「ああ、構いませんよ。ディバイノイドという単語は別に、蔑称ではありませんから。私たち自身も使っていますし」

白百合が宥めても、荒士は焦りと緊張で顔を強張らせている。

これ以上この話題を引っ張っても時間を無駄にするだけだと考えたのか、白百合は自分から種を明かした。

「私たちはタイプごとに同一のデータから作られています。一種のクローンですね。ですから、第五位階『白』を担当する『白百合』は、全員が同じ顔、同じ外見の身体を持っているのです」

「別人なんですか……？」

「ええ」

「別人」という、ディバイノイドを人のカテゴリーに含める荒士の思考のあり方に、白百合は愛想笑いではない笑みを浮かべながら頷く。

「じゃあ……『白百合』という教官のお名前は、種族名みたいなものなんですか？」

遠慮がちに荒士が訊ねる。

「いえ、私たちは全員が『白百合』ですよ」

荒士の問い掛けに対して、白百合は首を振る仕草を伴わず否と答えた。

「……？」

ディバイノイドが何を言おうとしているのか理解できず、荒士は呆けてしまう。

白百合は荒士の困惑を放置するような、意地の悪い真似はしなかった。

「ディバイノイドの意識は仕えている各地の代行官――オラクルブレインに接続されていて、タイプごとに意識を共有しています。ですから、『白百合タイプ』は全員が『白百合』なのです」

神々が自らの代理人として地球に置いた代行官の正体は、巨大で超高度な光量子コンピュータだ。物質文明を育んできた地球人にも理解しやすいよう、技術レベルはまるで違うが、地球の科学技術の延長線上にある巨大建造物として設置されている。それが『代行官』であり、ハードウェアとしての名称が『オラクルブレイン』。この事実は秘密でも何でもない。

その予備知識があっても、荒士は混乱を免れなかった。

どれほど高度な人工知能であろうと、オラクルブレインは結局のところ機械でしかない。その機械を介して意識を共有しているというのがどんな状態なのか、平凡な地球のテクノロジーの中で育った彼にはピンと来なかったのだ。

荒士は「分かったような、分からないような」という顔をしている。

「そういうわけですので、私のことも『白百合』と呼んでください。……そろそろ本題に入りましょう」

この場で荒士に理解させるのは難しいと判断して、白百合は話題を変えた。

「新島候補生。貴男は富士アカデミーで、現在唯一の男子生徒です」

「——はい」

改めてディバイノイドから突き付けられた事実に、荒士は不満を表に出さぬよう気を付けながら言葉少なに頷く。

「外見も悪くありません。これから少なくない女子生徒が、貴男に好意を寄せることになるでしょうね」

「俺、いえ、私は、モテたことなどありませんが」

謙遜ではなく本気で、荒士は白百合の言葉を否定した。

「だから、これからですよ」

「はぁ……」

白百合の意図が理解できず、荒士は曖昧に相槌を打った。

「新島候補生も若い男性ですから、魅力的な女性に言い寄られれば悪い気はしませんよね？」

「それは、まあ」

「アカデミーは男女交際を禁じてはいません。神々もそこまで地球人の私生活に干渉する意思は無いのです」

「……そうですか」

「正直に答えてください。新島候補生に恋人ができたと仮定します。ある程度お付き合いが進展すればキス、もっと関係が深まればセックスをしたいと思いますよね？」

思いがけず突っ込んだ内容の質問に、荒士は動揺を露わにしてしまう。

「なっ⁉　……それは、ええと」

多感な十六歳の少年には答えにくい質問だった。相手が（少なくとも外見上は）魅力的な美女であれば尚更だ。

「……多分」

しかしじっと見詰める白百合の視線に逆らえず、荒士は赤くなった顔で正直に頷いた。

「セックスをするような仲になって、完全な避妊が可能だと思いますか？」

「それは、その……」

そもそも荒士は避妊に関して、一通りの知識しか持っていない。この国では、女子に対しては早くから充実している母体保護教育も、男子に対しては——もう一つの地球と同様に——疎かにされる傾向があった。

「……自信がありません」

荒士はますます赤面して俯きながら、要求されたとおり正直に答える。

白百合は真剣そのものの表情で頷いた。

「訓練課程における妊娠は不可避のブランクを生み、能力の向上を妨げてしまいます」

ここで荒士は「神々の技術ならば候補生が何もしなくても完全な避妊が可能なのでは？」という疑問を懐いた。

「アカデミーの役目は一人でも多くの戦士を神々の戦列に送り届けること。この目的にとってマイナスになる要因を、私たちは看過できません。ですから、新島候補生に候補生の恋人ができても、セックスはなるべく控えて欲しいのです」

だが白百合は、当然かもしれないが、恥ずかしげな素振り一つ見せず大真面目に語っている。

見た目は二十代半ばの美女が十六歳の少年に、セックスを控えろと。

「これは絶対ではありませんし命令でもありませんが、私たち『白百合』からの強いお願いです。どうでしょうか」

魅惑的な（見た目は）少し年上の美女にこのような「お願い」をされて「否」と言えるミドルティーンの少年がいるだろうか？

「……分かりました。恋人ができても、その、しません」

少なくとも荒士に、そんな度胸は無かった。

彼は気恥ずかしさに耐えるのが精一杯で、理不尽だと怒ることもできなかった。

顔を赤くして小刻みに震える荒士の力みを解きほぐすように、白百合が親しみを込めた笑顔で笑い掛ける。

「新島候補生、勘違いをしていますよ」

白百合が少し悪戯っぽく首を横に振った。人間よりも表情が豊かで、魅力的かもしれない。

「同じ生徒同士では、です。相手が生徒以外なら、私たちは干渉しません。いえ……」

白百合が身を乗り出し、思わせぶりに声量を下げた。

「むしろ、推奨します」

「ええっ⁉」

荒士の口から素っ頓狂な声が漏れる。

白百合がそれまで揃えていた脚を組む。

あからさまな挑発だが、荒士の目はそれに抗えず、タイトミニのスカートから伸びる薄手のストッキングに包まれた脚に引き寄せられた。

「先程も言ったように、アカデミーの目的は一人でも多くの従神戦士を送り出すことです。それは神鎧の適合者を育てることと同義です」

いきなりシリアスな方向に話題が変わって、荒士は慌てて目を白百合の顔に向け直す。

しかし彼の意識はまだ、白百合の魅惑的な脚線美に引きずられていた。

「神鎧への適合性は、先天的な要素に大きく左右されます。これは肉体的な遺伝情報とイコールではありませんが、ある程度の相関関係が確認されています。遺伝情報が関係するなら、選び出された候補生同士の子女は高い適性を持っている確率が高いのではないかと、私たちも地球人も考えました」

そんな荒士の精神状態を、おそらくは見通した上で敢えて、白百合は事務的な口調で真面目な話を続けた。

「しかし結果は、これまでのところ思わしくありません。神々の戦列に加わった地球人の戦士に子供が生まれた例はまだありませんが、G型適合者とF型適合者の間にできた子女が高い適合性を持つ確率は、期待された程ではありませんでした」

この話に、荒士は意外感を覚えた。

目の前にいるディバイノイドのように、人間を合成することができるくらいだ。遺伝子操作くらい、神々には造作もないことではないのだろうか。

それとも「神々の戦士」としての適性は、遺伝子以外のファクターで決まるのだろうか？

――荒士はそんな風にも思った。

「そこで私たちは考えました。タイプの異なる適合者同士では有意の相関性が認められなくても、同じG型同士、F型同士であれば異なる結果が得られるのではないかと。オラクルブレインも、この仮説を支持しました」

ディバイノイドが意味ありげな眼差しを荒士に向けた。

話がここまで進めば、荒士にも白百合が何を言いたいのか見当が付く。

「残念ながらこの世界では、女性のG型適合者はまだ現れていません。しかし男性のF型適合者は見付かりました。新島候補生、貴男です」

だが分かっていても、荒士は白百合が向ける一際強い視線に硬直してしまう。まるで蛇に睨まれた蛙の、金縛り状態に陥っていた。

「当アカデミーの職員は、半数以上が元候補生。つまり、F型適合者です。彼女たちは全員が三十歳以下で、二十歳を過ぎたばかりのF型適合者も大勢います。もしも貴男と彼女たちの間に子供ができたら、その子供たちの養育に必要な費用は代行局が負担します。希望があれば養育そのものも引き受けますよ」

「…………」

荒士は現在十六歳。早い者は最後まで経験している年頃だ。だが同時に彼の年齢で、実際に子供を作ることまで考えている男子は、少なくとも日本人にはほとんどいないだろう。

とんでもなく飛躍した話に、荒士は意識が飛びそうになった。

「もし、恋人でもない女性とそういう関係を築くのに抵抗があるのなら……、まず『私たち』で慣れても良いのですよ。私たちディバイノイドの肉体は地球人とほとんど同じですし、だからといって妊娠することはありませんから」

白百合は艶然と微笑んで、これ見よがしに足を組み替えた。薄手のストッキングに包まれた形の良い足が、一瞬、根元まで露わになる。

「い、いえ！　結構です！」

飛び掛けていた意識が戻ってくる。荒士は興奮よりも焦りで、金縛りから抜け出した。

「フフッ。今ここで、とは言っていません。でも、リビドーを持て余したらすぐに相談してくださいね。何時でも、お付き合いしますから」

笑ってはいるが、このディバイノイドは冗談で自分をからかっているのではない。白百合は本気でお付き合いするつもりだと荒士は理解した。

……というより、彼女から滲み出るプレッシャーで理解させられた。

「お、お話はそれだけでしょうか⁉」

喰われる。

そう直感した荒士は、逃げ腰で立ち上がった。

「ええ、注意事項は以上です。では端末の指示に従って、身体測定に向かってください」

白百合は直前までの態度から一転して、教官に相応しい理知的な口調と表情で荒士にそう告げた。

「分かりました！」

だからといって、荒士の警戒感は消えない。彼は逃げ出すように指導室を後にした。

「失礼します」と深く頭を下げたままの荒士の前で、ドアが自動的に閉まる。その前に顔を上げていたなら、自分の直感は間違っていなかったと彼は確信しただろう。

荒士を見送る白百合は、そんな目をしていた。

「へぇ～、そんなこと言われたんだ」

予告どおり荒士の部屋へ遊びに来た陽湖は、興味津々の表情で荒士の話を聞き終えた後、面白がっているというよりむしろ感心しているような口調でそう言った。

時刻は夜九時。候補生の寮は個室だった。風呂は各部屋に付いているが、食事は食堂で摂る形式だ。二人とも既に夕食を済ませている。

ただし、時間も席も別々だ。陽湖は同じチームになった三人と一緒にテーブルを囲み、荒士は食堂の隅に一人きりだった。

そのことに荒士は不満を覚えていない。彼の心に、そんな余裕は無かった。

「まったく……。俺は種馬かよ。盛りのついた猿じゃあるまいし、『孕ませて良いよ』『そうですか、では遠慮無く』なんて気になれるものか」

「でも、ヤってみたかったんじゃない？」

仏頂面の荒士に、明らかにからかっている顔で陽湖が訊ねる。

そのあからさまな表現に、荒士は顔を顰めた。

「女子が『ヤる』なんて言うな。白ける」

「あはは、純情〜。童貞君はこれだから」

ケラケラ笑う陽湖を、荒士が憮然と見る。

「……お前だって処女じゃないか」

この反撃を受けて、陽湖はたちどころに余裕を失い顔を真っ赤にした。

「しょ、処女には黄金の価値があるんだよ！　鉄屑以下の童貞と違って！　第一、女の子にそんなこと訊くなんてセクハラ！」

「質問じゃねーよ。そもそも言い出したのは陽湖じゃないか」

「うるさい！　セクハラダメ！　セクハラ禁止！」

「はいはい、悪かった。許してくれ。……まったく、どっちが純情なんだか」

後半のセリフを、荒士はため息と共に小声で呟いた。

「何か言った？」

しかし陽湖は聞き逃さなかったようだ。彼女は明らかに何を言われたのか分かっている顔で、幼馴染みに詰め寄った。

「いいや、何にも」

とぼけることで、荒士は言い争いを避けた。

荒士が無意識に、首に巻かれたチョーカーを撫でる。チョーカーはおろか、普通のネックレスもしたことが無い荒士にとってはどうにもしっくりこないのだ。この違和感に気を取られたことも、面倒ごとを避けた理由だろう。

陽湖の首にも、正面に虹色の微光を放つクリスタルに似た宝珠がはまった、同じデザインのチョーカーが巻かれている。この宝珠が神鎧の招喚器である『神鎧コネクター』だった。

「……でも、どうするの？　冷やかしとは思えないけど」

荒士が折れて見せたことで少し冷静になった陽湖が、脱線していた話題を元に戻す。

「冷やかしじゃないって？」

一方、荒士の方では既に終わった話だったようで、陽湖が何を言いたいのかすぐには理解できなかった。

「だからさ。教官とか職員とか、向こうの方から迫ってくるんじゃない？　自分の意思で、なのか、命令されて仕方無く、なのかは分からないけど」

「……気分の悪い話だな」

ありそうなことだと荒士も思ったのか、陽湖の指摘を否定せず眉を顰めた。

「相手は神様だからね。私たちがどう感じるかなんて、余り気にしてないと思うよ」

そう言いながら、陽湖の眉間にも皺が寄っている。

「そりゃそうかもな」

陽湖が不快感を見せたことで、荒士は逆に事態を客観視する精神的な余裕を得た。

「さっきも言ったように、種馬扱いされるのは気に食わないけど……。女にもてるのは、楽しみな気がする」

「荒士君、年齢イコール彼女いない歴だもんね」

陽湖が「ニシシ」と馬鹿にするように笑う。荒士から苛立ちが消えたことで、彼女もいつもの調子を取り戻していた。

「ほっとけ」

荒士は面白く無さそうにそっぽを向く。だが、不愉快な気分にはなっていない。その証拠に彼の口元は、軽く緩んでいた。

「まっ、楽しめるなら良いんじゃない？　でも、本気になっちゃダメだよ」

「何でだよ？」

荒士がこう問い返したのは、ポーズではなかった。彼は本気で「訳が分からない」という顔をしていた。

「何ででも」

陽湖が明後日を向く。

彼女の態度に「訊いても答えは得られない」と付き合いの長さで覚った荒士は、陽湖を問い詰めようとはせずただ首を捻った。

世界各地の代行局とアカデミーには物質転送機があって、地球上の任意の場所に転移できる。また神鎧の招喚器であるコネクターを付けていれば、任意の場所から代行局の転送機へと転移できる。

◇◆◇◆◇◆◇

だから代行局員は普段、代行局敷地内の宿舎での生活を義務付けられてはいるが、転送機を使って何時でも——無論、許可は必要だが——実家に戻ることが可能だった。

神暦十七年九月一日、富士アカデミーの入学式が執り行われた日の夜。代行局所属・富士アカデミー職員の鹿間多光は父親に呼び出されて東京の実家に戻った。

彼女の父親の鹿間多盛は防衛省の幹部職員で、代行局に対する折衝窓口の役目を担う『代行局調整官』の地位にある。勤務後の娘を私用で実家に呼び出す程度の、代行局に対する影響力は持っていた。

呼び出しを受けて帰宅したのだから当然かもしれないが、まだ午後七時だというのに父親の盛は珍しく帰宅していた。

「お父さん、急用って何？」

帰宅早々、リビングで父親と対面した光は、ソファに腰を下ろすと同時に早速用件を訊ねた。

「今日、富士アカデミーに男子の候補生が入学したそうだが」

盛も余計な前置きは挿まず娘の質問に応える。――答えたのではなく質問に質問を返した。

「うん。別に秘密じゃないはずだけど」

光は気分を害した様子も無く、素直に頷いた。

盛はその地位から、アカデミーの情報に優先的にアクセスできる立場にある。

「その男子生徒に関して、代行官閣下から何か指示が出ていないか？」

「指示？」

光は心当たりが多すぎて、父親が何について言っているのか分からない。

小首を傾げる娘に、盛は言い難そうに咳払いする。

「その……、だな。F型適合者同士で子供を作れ……とか」

父の言葉を聞いて、光の顔は羞じらいの色に染まった。

彼女は今年で二十一歳だが、十六歳になる年に女性しかいない富士アカデミーに入学し卒業後はそのまま富士アカデミーの職員に採用されている。この環境の所為で、男女の色事に慣れる機会が今までに無かった。

「な、何を言ってるの！　そ、そ、そんな指示なんて……。無いことも、ないけど」

「光！　まさかお前!?」

盛が慌てふためいた顔で身を乗り出し、娘に詰め寄る。

「ち、違うよ！　強制じゃないの！　代行官閣下は『子供ができたら援助する』と仰っているだけだから！」

光は焦ってセリフを噛みながら、ますます赤くなった顔で父親の疑惑を否定した。

「強制ではないんだな……？」

ホッとした表情で、盛が腰をソファに戻す。

「だから違うって！」

「そうか……」

必死に力説する娘の様子を見て、盛はようやく納得した。

「……話って、それだけ？」

一方、散々居心地の悪い思いをした光は、この場を早く切り上げたかったのだろう。そんな言い方で幕引きを催促した。

「いや……」

しかし、盛の話はまだ続きがあった。

「何よ？」

言いにくそうに言い淀む父親に、光は棘のある口調で先を促す。

「その男子生徒……、名は何と言ったか」

「新島荒士君だけど」

「そう、新島君だったな。男性で初めて発見されたF型適合者。しかも日本人だ」

「それで？」

父親が何を言いたいのか分からず、光は首を傾げた。

「政府としては、新島君を他国に渡したくない」

盛の言葉に、光は不吉な予感を覚えた。

「……それで？」

「子供ができるだけなら構わない。だが、情が移って新島君に相手の女性の国へ行かれてしまうのは避けねばならない」

「まさか？」

光が予感を確信に変えて、大きく目を見開く。

「身体の関係になれとは言わない。断じて言わん！　だが、その男を日本にしっかりつなぎ止められるよう、頑張ってくれないか」

光が父親に、軽蔑の眼差しを向ける。

「お父さん、言ってることが矛盾しているって、分かってる……？」

娘の冷たい視線に、盛は目を泳がせた。

「む、矛盾などしとらんだろう。新島君も、周りが女性だけの富士アカデミーで所在ない思いをするはずだ。親身になってくれる年上の女性がいれば、依存心も生まれるのではないか？」

「そうかしら」

「十代の男などそんなものだ」

「それって、お父さんの経験談……？」

娘の眼差しに軽蔑のニュアンスを感じて、盛は一度、咳払いをした。

「――幸いお前は富士アカデミーの医務室勤務だ。他の局員よりも個別に接触する機会が多い。それにお前は外見にも恵まれている。『憧れのお姉さん』的なポジションに収まるのは、決して難しくない……と、思うのだが」

盛が言ったとおり、親の欲目を抜きにしても光は容姿に優れている。スレンダーながら出るべきところは出ている体型に、やや童顔だが整った目鼻立ち。ストレートの髪をミディアムのワンレングスに切りそろえ、前髪を軽くサイドに流した髪型に垂れ目気味の優しげな双眸が、確かに「女子大学生のお姉さん」的な雰囲気を醸し出している。

しかし盛は、自分の言い分に無理があることは承知していた。彼の口調が尻すぼみになったのはその為だった。

「あのねぇ……。最近の男子高校生が、精神的なつながりだけで満足するはずないでしょ」

その「無理」に、光もすぐに気が付いた。――なおアカデミーの候補生は「高校生」ではないのだが、高校生くらいの年頃という意味なら間違いではない。

「お父さん、個別に接触する機会が多いって言ったけど、それって言い換えれば二人きりになることが多いってことだからね！」

遂に光は、声を張り上げた。彼女にとって父親の言い分は、到底受け容れられるものではなかった。

「い、いや、分からんぞ。男というのは、意外に純情で格好を付けたがるものだ」

娘の迫力に気圧されながらも、盛は引き下がらなかった。

「そんな保証が何処にあるのよ！　お父さん、娘が可愛くないの⁉」

当然の反応として、光のボルテージはますます上がる。

「うっ……いや、無理強いするつもりはないんだ。ただお前にも、新島君の重要性は理解できるだろう？　神々は人間の政治や外交には干渉しない建前になっている。だが実態は分からない。これは推測に過ぎないが、神々は気象や自然災害をコントロールすることで、自分たちに協力的な国家に恩恵を与えているというのが、私たちの間では定説になっている。神々の軍勢に加わる従神戦士の供給は、人類が神々にできる最大の貢献だ。神々の恩寵が及ぶのは、本人だけではないに違いないんだ」

「それは……多分、そのとおりだと思うけど」

トーンダウンする光。彼女も代行局員として公人の側面を持っている。国益を無視できない父親の立場は、彼女にも理解できた。その所為で怒りを持続するのが難しくなってしまう。

「その少年と反りが合わなければ、無理をする必要はないんだ。だがもしそうでないなら、同じ日本人として、後輩の相談相手になってあげるくらいは構わないだろう？」

娘の変化を見逃さなかった盛が、すかさず畳み掛ける。

「……私、教練は担当しないから、悩みの相談を受けるような機会は無いと思うよ」

「もちろん、仕事を疎かにしろと言うつもりは無い。機会があったらで構わない」

「うーっ……」

光が悩ましげに呻き声を上げる。

悩んでいる時点で彼女の負けだった。

「……機会があったらね。話を聞いてあげるだけだからね」

「それで良いとも！　頼んだぞ、光」

晴れ晴れとした笑みを浮かべる盛を、光は恨めしげな目で睨み付けた。

その上目遣いの眼差しに、怖さはまるで無かった。

◇◆◇◆◇◆◇

父親のペースで締め括られた話し合いの後、鹿間多光は実家に泊まらず富士アカデミーの職員用宿舎に戻った。

「光」

宿舎のロビーを通り抜けようとしたところで、彼女は横合いから聞き覚えのある声で話し掛けられ立ち止まる。同じ宿舎の職員は全員一応知っているが、親しく付き合う相手は自然と限られてくる。――これは、光だけに当てはまる話ではない。

「彩香先輩」

彼女に声を掛けたのは光が代行局で最も親しくしている、先輩の須河彩香だった。

彩香は、光とはタイプの違う美女だ。焦げ茶色の、やや癖のある髪をショートに纏めた髪型と切れ長の目、日に焼けた肌。その外見はフェミニンな光に対してマニッシュな印象だが、プロポーションは逆に一つ年下の後輩より女らしい。――なお念の為に付け加えておくと、神鎧の適合者が美男美女ばかりという事実は無い。

「実家に戻っていたそうね」

「戻っていたって、大袈裟ですよ。ちょっと寄ってきただけです」

「実家が恋しくなった？」

彩香のセリフは質問ではなく、仲が良い後輩をからかうもの。

「違いますって」

それが分かっている光の返事は、素っ気なかった。

「父に呼ばれて」

「はぁん？」

付け加えられた光の言葉に、彩香が訳知り顔になる。

「お見合いでも勧められた？」

「な、何でそうなるんですか⁉」

光が慌てて否定する。しかし、彼女の声には勢いが無かった。

「……いや、冗談だったんだけど。そういや、顔色が冴えないね。実家で何か言われた？」

光にそう訊ねた彩香は、真顔になっている。

「大したことじゃありませんよ」

「大したことない、って顔はしてないよ？　無理難題でも吹っ掛けられた？」

彩香の声の中に、心配の成分が増す。

「本当に、そんなんじゃ……」

「――そうだ！」

はっきりしない後輩の答えに、彩香は一転、明るく声を上げた。

「こないだ、美味しいって評判の日本酒を手に入れてね。光が好きそうな甘い香りの軽快系。一緒に呑もうよ」

「……良いですね」

光が少し迷った末に頷いたのは彩香の気遣いが理解できたからという理由もあったが、それ以上に彼女自身が「呑まなきゃ、やってられない」という気分だったからだ。

「そうこなくっちゃ」

後輩の気が変わらない内に、と考えたのでもないだろうが、彩香は光の手を取って自分の部屋へと引っ張っていった。


「……それで結局、実家で何を言われたの？」

二人とも良い感じに酔いが回り遠慮が無くなったところで、彩香がロビーの話を蒸し返した。

「代行官閣下から出された通達、知ってますよね？」

今度は光も誤魔化そうとしない。これも酒精の効果だろうか。

「代行官閣下の通達？　どれのこと？」

彩香は別に、とぼけているのではない。代行局員の彼女たちには代行官から直接下されるものだけでも毎日数件、多い時には十数件の通達が届く。単に「通達」と言われても、どれのことだか特定は難しい。

「富士アカデミー新入生の、新島荒士君に関する通達ですよ」

「ああ……。初めて見つかった男子のF型適合者に関する、あれ？」

彩香は目を細めて宙を睨み、通達の内容を記憶の中から引っ張り出した。

「えっ⁉」

そして大きく目を見開く。

「それって、新入生に抱かれろってやつでしょ？　まさか光が実家に呼ばれたのって……」

「何を言っているんですか⁉　違いますよっ！」

光が真っ赤になって、怪しくなり始めた呂律で言い返した。

「抱かれろなんて言われてませんし！　第一、通達の内容もそうじゃなかったでしょう！」

「そうだっけ？」

「そうですよ！　『セックスしろ』じゃなくて『子供ができても養育には代行局が責任を持つから心配するな』って内容だったでしょう」

光の熱弁に、彩香が小首を傾げた。

「それって結局、F型適合者の彼とセックスして子供を作れという内容なんじゃないの？」

彩香の指摘に、光は「うっ」と言葉に詰まる。

「……とにかく、強制じゃないんです！　セックスを強制なんてされていませんから！」

しかしすぐ、開き直ったような反論を続けた。

「ふーん……」

彩香はそれ以上ツッコまず、光のグラスに冷酒を注いだ。

Worlds governed by Gods.

【3】初教練

「神鎧が肉体に、、、
悪影響を及ぼすことは
ありません」

神暦十七年九月二日は土曜日。週休二日制の学校なら休みだが、富士アカデミーでは入学二日目から早速教練が始まった。

元々世界各地の「アカデミー」は曜日に関係無く運用されている。休養日は教練の進捗次第だ。新入生もそこは心得ていて、彼女たちに戸惑いは見られない。ただ、初日からいきなり神鎧を装着するよう指示されたのは、多くの新入生にとって予想外だったようだ。

「招喚器の使い方は分かりましたね？　それではチームに分かれて、神鎧を装着してください」

入門編的な技術だからだろうか。教練の指導に当たっているディバイノイドは一人。昨日荒士が聞いた話が事実なら――嘘を吐く理由は全く無い――『白百合』教官は複数名存在するはずだが、今新入生の前に出てきているのは一人だけだ。

その白百合は新入生全員を普通の屋外演習場に集めて神鎧コネクターの説明を行い、理解できたかどうか問うこともせずに神鎧を装着するよう指示した。

整列していた候補生がチームごとにまとまって演習場の、圧し固めた砂のグラウンドに広がる。荒士も他の候補生と同様に、同じチームのメンバーに合流した。

実を言えば、荒士はまだ自分のチームメイトである三人の少女と直接顔を合わせていない。入学式の後、白百合に呼び出された所為でタイミングを失してしまったのである。

候補生同士が顔を合わせる機会は、態々相手の部屋を訪れるのでない限り、教練中を除けば食事時のみ。その食事も一斉に済ませることを強制されていない為、タイミングが合わなければそれまでだった。

他の三人は入学式直後の身体測定を一緒に受けているはずだし、雰囲気から察するに昨日の時点である程度親交を深めているに違いない。これから少なくとも一年は一緒にやっていく相手だ。自己紹介くらいは自分からすべきだと荒士にも分かっていた。

しかし荒士は知らない女子に平気で話し掛けられるタイプではなかった。中々声を掛けるタイミングを摑めずに、彼は途方に暮れた。

それに自己紹介の後、何を話せば良いのか分からない。何といっても相手は女子三人で、男子は彼一人なのだ。話し掛けるのを尻込みしても、意気地無しと誹るのは酷というものだろう。

……と、彼は心の中で自己弁護を完成させた。

(今日は神鎧を呼び出すだけだ。特に連携や協力が求められているわけじゃない)

(今は取り敢えず、課題を終わらせよう)

荒士は情けなくも、何の解決にもならない先送りを決意した。そして自分のヘタレ具合から目を背けて、教練の課題を終わらせるべく神鎧コネクターに人差し指を近付けた。

「新島君」

しかし右手がチョーカーのクリスタルに触れる直前、荒士の耳に自分の名を呼ぶ声が届く。

彼は神鎧の招喚を中断し、手と視線を下げた。その声が彼の目線より下から聞こえてきたからだ。

荒士の顎くらいの高さから、おっとりとした印象の少女が彼を見上げていた。荒士の身長が百七十センチ台半ばだから、百六十センチに少し足りない程度か。

目が覚めるような美少女ではないが、一緒にいて癒されるタイプだ。

「アラシマ君、で間違っていませんよね？」

荒士が「ああ」と頷くのを見て、少女は安堵が込められた笑みを浮かべた。

「私は新島君と同じチームの朱鷺幸織です。よろしくお願いします」

「新島荒士だ。こちらこそよろしく頼む」

荒士はぶっきらぼうな口調で応じたが、これは初対面の女の子相手に気恥ずかしさを覚えていた為だった。幸織のことを鬱陶しいと感じたわけではない。むしろ、その逆だ。幸織がきっかけを作ってくれたことに、荒士は本気で「助かった」と感謝を覚えていた。

「こちらの彼女はイーダ・リンドグレーン。そしてこの子はミラ・デ・フリースです」

幸織の言葉を受けて、ダークブロンドの髪をショートにした少女が荒士の前に立つ。目線の高さが荒士とほとんど変わらない彼女の瞳は、鮮やかな青だった。

「イーダ・リンドグレーンだ。イーダと呼んでくれ」

「新島荒士だ。だったら俺のことも荒士で良い」

イーダが右手を差し出してきたので、荒士も右手を伸ばして握り返す。

ところで、二人が喋っているのは同じ言語ではない。荒士は日本語を、イーダは母国語であるスウェーデン語で話している。それで意思疎通ができるのは、言語中枢に干渉して聴覚が捉えた言語を脳内で自動的に母国語へ変換するエネルギーフィールドにアカデミーが覆われているからだ。

神々が支配する世界には『神定言語』という共通語があり、それをこの世界の地球人用にアレンジした神定言語の現地バージョン『リングアーシア』も作られている。

だが自動翻訳機能の方が便利で、人間同士の会話にリングアーシアが使われるのは希だった。アカデミーの外でも自動翻訳の個人用フィールドを発生させるワイヤレスイヤホンサイズの端末が、代行局から低価格で供給されているし、神鎧には自動翻訳機能がデフォルトで備わっている。

一応日本でもリングアーシアは日本語、英語と共に小学校から必修科目になっている。しかし一般社会では、まだまだ英語が優勢だ。

これは日本だけの事情ではない。リングアーシアを学びながら異言語民族との意思疎通に英語を使う傾向は、世界各地で見られる。代行局関係の用語に英語が使われていることにも、それが示されていた。

——閑話休題——。

イーダとの握手が終わると、今度は赤毛の少女が荒士に手を差し出した。彼女もイーダ程ではないが、背が高い。大体、百七十センチくらいはあるだろう。

「ミラ・デ・フリースよ。ミラって呼んでね」

ただ、印象は随分違う。クールなイメージのイーダに対して、緑の瞳のミラは人懐こい感じだ。もっともそれは、あくまでも第一印象にすぎない。荒士は自分の「女性を見る目」を過信していなかった。

「新島荒士だ。荒士と呼んでくれ。よろしく頼む」

ミラとも握手を交わした後、荒士は謝罪の感情を込めた声と共に、チームメイトに軽く頭を下げた。

「俺の所為で余計な時間を取らせて悪かった。早速、課題を始めよう」

「そうだな。余計とは思わないが、荒士が言うように課題に取り掛かろう」

彼の言葉に、イーダがすぐに応じた。

周りを見れば、既に六、七人が神鎧の装着を終えている。荒士たち四人は特に合図を交わすことなく、同時に神鎧コネクターの宝珠に指で触れた。

クリスタル状の宝珠に指で触れ、心の中で神鎧に呼び掛ける。自分が神鎧を装着した姿を念じる。コネクターの使い方はそれだけだ。装着プロセスを象徴的に表現する自分なりのキーワードを設定し心の中で、あるいは声に出して唱えるのも効果的だ、と教官の白百合は説明した。

荒士は十六歳。既に十四歳前後で罹患すると言われている少年的な遊び心は卒業している。

むしろそうしたものに、過剰な忌避感を覚える年頃になっていた。彼は奇を衒ったキーワードを作ったりせず単純に「神鎧装着」というフレーズを使うと決めていた。

成功のイメージはできている。何故か「失敗するかも」とは思わなかった。

(神鎧装着)

荒士は心の中で静かに唱え、神鎧を身に着けた自分の姿を思い描く。

変化はあっけなく訪れた。

全身にジンワリと汗ばむ程の熱が生じる。頭、胸、腕、腰、足が特に熱い。

熱が光に変わる。

光はエナメル光沢の白いボディスーツと銀色の装甲に換わった。

ボディスーツは全身を覆い、装甲は特に強い熱を感じた部分に生じている。

装甲は「金属のような物」でできていた。

この「金属のような物」が金属ではなく、それどころか普通の意味での物質ですらないことを、荒士は事前学習用デバイスで学んで、既に知っている。

その知識が今、実感を伴う理解となった。それは、彼だけではない。一度で神鎧の装着に成功した「感度」の高い候補生は、「神々の鎧」の本質を頭ではなく心で理解していた。

神鎧の構成素材は『エネリアル』。純粋エネルギーを固定して創り出した疑似物質だ。「一時的に半物質化したエネルギー」とも言える。この素材に装着者の想念力——イメージ力と

言い換えても良い――で武具としての形を与えたものが神鎧を始めとする神々の武具『エネリアルアーム』だった。

荒士の肩と腕に、ごく軽い負荷が掛かった。具象化が完了したエネリアルに質量が生じたのだ。といっても、その重さは意識を向けていなければ気付かないほど軽い。多分、上下合わせて五百グラムもないだろう。

重さが生じたのは装着が完了した証拠だ。荒士はそう判断して自分の身体を見下ろした。まず目に入ったのは分厚い胸甲。眉のすぐ上までを覆っている兜は、思ったより視界を妨げない。両目を完全に覆っているシールドは外から見た時は半透明だったが、着けてみると完全に透明だった。

更に視線を下げる。

肘まで覆う銀色のガントレット。腹部は白いボディスーツが剝き出しだ。そして金属質な外見の、短冊状のパーツを連ねた、腰から太ももまでを覆う装甲。

(スカートみたいだな、これ……)

ボディスーツが脚にほぼ密着しているので余計にそう見える。荒士は筋肉が付きにくい体質なので尚更だった。一見、未来的なレギンスの上から銀色のスカートを穿いているようだ。

まるで女装をしているようで、荒士は妙な気分になった。決して愉快とは言えない心境だ。

「荒士は上手くできたみたいだな」

自分が身に着けている神鎧を、選ばれた誇らしさと上手くできた安堵と微妙な苦さが複雑に入り交じった気持ちで見詰めていた荒士は、ついさっき聞いたばかりの声に顔を上げた。

目の前にいたのは、彼が思い描いた女子に相違なかった。チームメイトのイーダ・リンドグレーンだ。

銀色の鎧が彼女のスレンダーな身体に良く似合っている。北欧出身という先入観もあるのだろうが、その姿は戦乙女、ヴァルキリーの名称を自然に連想させるものだった。

良く似合っている——荒士はそう思った。

「イーダも上手くいって良かったな」

だが彼の口から出たのは、少しぶっきらぼうなこのセリフだ。女子の服装を照れずに褒めるのは、荒士には少し、荷が重かった。

「ああ、私は上手くできたんだが……」

彼女の言葉に、グラウンドの同期生を見回す。現時点で神鎧の装着に成功しているのは約半数。彼のチームメイトを見ても、幸織とミラは苦戦している。

「私はミラのアシストに回るから、荒士は幸織を助けてやってくれないか」

「助けると言っても、何をすれば良いんだ？」

「さあ？　私にも分からないが、何もしないよりは良いだろう」

（そんなものかね？）

イーダの答えは無責任にも思われるものだったが、女性心理は同じ女性の方が良く分かっているのだろう。何もしなくても、近くから見守っているだけで違うのかもしれない。

荒士はそう考えて、幸織の側へ歩み寄った。

「朱鷺」

「あっ、新島君」

宝珠に指を当てたまま、俯いて目を閉じ眉間に皺を寄せて「うーっ」と唸っていた幸織が、荒士の声に顔を上げる。

「新島君はもうできたんですね。凄いなぁ」

幸織の声には荒士に対する称賛と同じくらいの、自分を情けなく感じている成分が混じっているように、荒士には感じられた。

「新島君、とっても似合ってます。凄く格好良いですよ。ジャンヌ・ダルクみたい」

うっとりと見詰められた荒士は、思わず眉を顰めてしまう。

「……いや、ジャンヌは女だろ。もしかして、オカマっぽい？」

彼は声が険しくならないよう、意識しなければならなかった。

「そ、そんなことないです！　そういう意味じゃなくて！」

幸織がわたわたと両手を振り、首を振る。

その慌てようは、荒士に「悪気は無かったらしい」と思わせるものだった。

「それより、課題を続けよう」

荒士はそれ以上突っ込まず、チームメイトのアシストに意識を切り替えた。

「はい……でも、何度やっても上手く行かなくて」

幸織が肩を落とす。

「新島君、何かコツのようなものはありませんか？」

「コツと言われても、教官に言われたとおりのことしかしていないけど」

「……やっぱりそうですか。私、才能が無いんでしょうか」

荒士は他人事ながら、焦りを覚えた。

アカデミーの候補生は代行官が直々に選んでいると言われている。自分の適性に疑問を懐く言葉は、それが単なる弱音であっても、代行官の能力を疑うものとなる。

「いや、それはないと思う」

幸織を慰める言葉は、知らず知らず早口になっていた。

「朱鷺も選ばれた候補生だ。できないはずはない。手順に誤解があるんじゃないかな」

「誤解ですか？」

「指示された手順を一つ一つ確認しながらやってみよう」

幸織の指導に必要以上の熱が入っているのは「代行官に目を付けられるのはまずい」という焦りが、知らず知らずの内に荒士を駆り立てているからだろう。

代行官(アルコーン)は人間ではない。それどころか、地球人の持つ概念では生物ですらない。未知の金属と合成樹脂のように見える素材で造られた機械頭脳だ。

だが代行官(アルコーン)は機械仕掛(じか)けだから感情を持たない、とは断言できないのだ。神々に作られた神造知能は、無謬性(むびゅうせい)を疑われて気を悪くするかもしれない。

「まず、自分が神鎧(じんがい)を装着した姿をしっかりイメージする」

「先にイメージするんですか？　教官はコネクターに触れながらイメージするように仰(おっしゃ)っていたと思いますが」

荒士(こうじ)は軽く、頭(かぶり)を振った。

「やってみて分かったけど、コネクターに装着の思念コマンドを送り込んでから装着が完了するまでの時間は極短い。あらかじめイメージを作っておかなければ、間に合わなくなる可能性が高いと思う」

よく考えずに口にしたセリフだが、言い終わった後に荒士(こうじ)は「そういうことかもしれない」と改めて思った。

初めて神鎧(じんがい)を身に着ける時は、その結果どういう姿になってどういう着心地がするか分からない。だから装着が成功したイメージを描くのに時間が掛かり、コネクターと神鎧(じんがい)の転送システム——正確に言えば、神鎧(じんがい)を形成するエネルギー物質化フィールドを投射するシステム——の接続時間内に間に合わない、つまりタイムアウトしてしまうのではないだろうか。

「イメージ形成が間に合わないから、アーマーの装着に失敗するということですね。分かりました。やってみます」

幸織が目を閉じて「イメージ、イメージ……」と小声で呟きながら、コネクターに指を近づける。

しかしチョーカーにはまった虹色の宝珠に触れる直前で、幸織は動きを止め目を開けて荒士に助けを求める眼差しを向けた。

「新島君……イメージが上手く描けません」

幸織が放っておくと泣き出しそうな声で訴える。

「一度、やってみてもらえませんか」

「分かった」

荒士はコネクターに指を当てて、心の中で「神鎧解除」と唱えた。

銀色の装甲が霞となって消え、装甲のわずかな重みが無くなる。

荒士が神鎧を脱いだのは、幸織が装着のプロセスを見たがっていると理解したからだ。

(多分、朱鷺は装着に成功したシーンを見たいんだろうからな)

装着後の姿をイメージするだけなら、成功した同期生が周りに何十人もいる。おそらく幸織は、成功のイメージを求めているのだ。——荒士はそう考えた。

「まずアーマーを身に着けた自分の姿をイメージする」

「はい」

幸織が素直に頷く。

だが当の荒士は、内心戸惑っていた。

さっきはそれほど苦労せずに「神鎧を纏った自分」をイメージできたが、改めてイメージを描くとなると細部が気になってしまったのだ。

具体的には、「女装に見えるのは嫌だな」と思ってしまったのである。

彼が見たことのある、神鎧を装着した従神戦士の姿は入学前に裏切り者から助けてもらった名月のものであり、候補生の鎧姿はチームメイトのイーダと入学式で見た真鶴のものだ。

しかし彼女たちは一様に、装甲の上からでも分かる女性的な姿だった。

(だからと言ってあの、邪神の戦士の真似なんてできないし……)

自分を攫おうとした背神兵は男性的なフォルムだったが、アカデミーの候補生がその真似をするのはまずいだろう、と荒士は思った。

とにかく、スカートに見えなければ良い。

荒士はそう考えて、スカートに替わるイメージを頭の中で模索した。

小さな頃から荒士はアウトドア派だった。いや、厳密には「アウトドア」ではないかもしれないが、片賀順充から教わる武術に打ち込んでいてテレビやゲームには余り興味を示さなかった。それでも学校の友達の影響で特撮やアニメは一通り知っている。

神々による統治の影響は、この世界の子供向けコンテンツにも当然のように及んでいる。特に従神戦士の影響が大きかった。特撮番組やバトルもののアニメでは「鎧」をモチーフにしたものが多い。

それらの創作物に、荒士は答えを求めた。

(なんと言ったっけ……西洋鎧の下半身パーツ。太ももの外側と股間の急所を守るあれで良いんじゃないか?)

荒士が思い浮かべたのは日本甲冑の「草摺」に該当する西洋甲冑の「タセット」だ。タセットという名称は知らなくても、映像コンテンツの御蔭で形状は明確に思い描けた。

彼の記憶に最も強い印象を残している、背神兵から自分を救ってくれた名月の神鎧姿をベースに、アーマースカートだけをタセットに変えて……。

(よしっ!)

イメージをしっかり固めた荒士は、コネクターの宝珠に指先を当てた。

心の中で「神鎧装着」と唱える。

変化は先程よりも速やかに訪れた。

気の所為か、荒士はさっきよりも全身を隙間無く覆われているような感覚を覚える。

その理由を探ろうと、彼は自分が纏っている神鎧を見下ろした。

(スカートっぽいパーツはちゃんと変わっているな……。だが、何処かおかしくないか?)

見下ろした自分の姿に、違和感が付き纏う。彼は自分の全身像に目を凝らした。

微妙な違和感だが、自分の身体を包む装甲とボディスーツの輪郭が何となく女性的に感じられる。特に背中から見た腰から太ももに掛けてのラインが妙に曲線的だ。

(――ちょっと待て。背中から?)

違和感が荒士の意識を襲う。

自分の姿を真後ろから見るのは、鏡を使っても難しい。何故、背中から見た自分の姿なんてもののイメージが脳裏に描かれたのだろうか。しかも、あんなにもハッキリと。

「――わぁ!」

しかし彼の疑念は、幸織が漏らした歓声によっていったん意識のフォーカスから外れた。

神鎧を纏った荒士に向けられている幸織の表情は、神鎧装着の成功を称賛するものにしては少し浮かれ気味に見えた。

「きれい……」

(きれい?)

幸織が漏らした一言を、荒士は自分の聞き間違えかと思った。

「すごいですよ、新島君。さっきよりもっと美人さんです!」

(「美人」だって?)

しかしどうやら、聞き間違えではないらしい。だがそれはそれで、意味が分からない。

荒士は不細工ではない。これは彼の主観だけではなく、陽湖と名月の姉妹も認めているし、中学校の同級生や後輩も同意見だ。

しかし同時に、女子と見間違われるような美男子でもない。現に間違われた経験もない。半透明のシールドが付いた兜で顔が半分隠れているとはいえ、自分は「美人」と賞賛されるような外見ではないはずだ。

疑問の嵐の中に再び違和感と、それに加えて不気味な不安感が湧き上がる。

幸織が上げた歓声を聞いて、イーダとミラが寄ってきた。二人とも神鎧を纏っている。ミラも無事、装着できたようだ。

「幸織、どうしたんだ？」

幸織がまだ神鎧を装着していないのを見て、何かトラブルがあったのかと思ったのだろう。イーダが幸織に、心配そうな声で訊ねた。

「あっ。イーダ、ミラ。見てください、新島君、すごいんですよ！」

幸織の視線に導かれて、イーダとミラが荒士に目を向ける。

「美人さんですよね！」

「あらホント。ミステリアスな美女っぷりね、荒士。ちょっと自信なくしちゃいそう」

ミラが本気か冗談か分かりにくい口調で荒士を褒める。――なお彼女は「ミステリアス」と英語で発音したのではなくオランダ語で喋ったのだが、荒士の意識内では「神秘的な」ではなく「ミステリアスな」と言葉ではなく意味で翻訳されていた。

イーダの反応は幸織とミラの二人とは違った。

「荒士……私の気の所為でなければ、少し背が縮んでいないか？」

「えっ？」

荒士がイーダを見返す。それで彼も気がついた。

さっき、荒士とイーダの目線はほぼ同じ高さだった。もしかしたら荒士の方が一センチくらい高かったかもしれないが、その程度は誤差の範囲だ。

しかし今は、イーダの目線の方が明らかに高い。大体五センチ前後の差はあるだろうか。今の荒士の目線は、ミラとほぼ同じだった。

荒士は慌てて、自分の身体のあちこちを手で触ってみた。すぐに鎧が邪魔になると気付く。逆に言えば、触ってみるまでそれにも思い至らぬほど彼は動転していたのだろう。

だがそれでも、大まかな体型は分かる。

妙に腰がくびれている気がした。

胸の感触は胸部装甲で確かめられないが、何となく膨らんでいるような気がする。

「う、うわぁぁぁ！」

荒士の口からパニックが絶叫となって迸り出た。

「なに？　何だこれ!?　何だこれはっ！」

(まさか、まさか……女になってる⁉)

(F型が女性用だから⁉)

「新島候補生、どうかしましたか？」

荒士の叫び声を聞いて、教官の白百合が駆け寄ってくる。

「何があったのですか？」

白百合が荒士に問い掛ける。

しかしその声は、荒士の意識に届いていなかった。

(どうすれば良い？　どうすれば？　一体どうすれば？)

荒士の心は唯それだけに占められている。

彼が外部からのインプットを受け付けない状態だと気付いた白百合は、自分の目による——神々の端末であるディバイノイドの目による診断に切り替えた。

「これは⁉」

そして何が起こっているのか、すぐに理解した。

「新島候補生、神鎧を解除しなさい！」

ディバイノイドには人間のような感情は無いと考えられている。だがこの時、白百合はまるで人間のように狼狽していた。

「新島候補生、聞こえないのですか？」

白百合が切迫した声で呼び掛ける。だが、荒士は反応しない。

自分の言葉が意識に届いていないと再確認した白百合は、黒光りする、金属というより黒曜石のような光沢の「銃」を何処からともなく取り出した。

いや、正しくは「銃のような物」と表現すべきか。その物体には銃身もグリップもトリガーも備わっているが、銃口が無かった。銃口があるべき場所には、虹色の微かな光を放つ珠がはまっている。それは神鎧コネクターの宝珠と全く同じ物に見えた。

白百合が荒士に「銃」を向ける。

そして間を置かず、引鉄を引いた。

変化はすぐに現れた。

荒士の叫び声が止まる。

彼は立ち続ける力を奪われたように、がっくりと両膝を突いた。

異変に気付いて荒士たちに目を向けていた候補生の中には「麻痺銃？」と考えた者もいたが、変化はそこで終わりではなかった。

両膝を地面に付けて蹲っている体勢なので少し分かりにくかったが、荒士の身長と体型が瞬きする間に彼本来のものへと戻っていく。

そして次の瞬間、荒士の身を包んでいた神鎧が消え失せた。

その光景を見ていた候補生たちは理解した。白百合が使った「銃」は、装着している神鎧を強制的に解除する装置だった。

強制解除はダメージを伴うのだろう。荒士が前のめりに倒れる。

白百合があらかじめ呼んでいたのか、彼が倒れた直後、医療スタッフが車輪の無い救急車で駆けつけた。街中で見るものよりコンパクトな車両だ。地上約数十センチの高さを、現代人類のテクノロジーを超えた技術で浮いている。

医療スタッフは全員女性だったが、彼女たちは苦もなく荒士の身体を持ち上げて担架に乗せ救急車に運び入れた。救急車はすぐにアカデミーの医療棟へ向かった。

救急車に運び込まれた荒士は、意識を失っていなかった。

「俺は……どうなったんですか？」

救急車に最初から乗っていた白百合に、荒士は自分の状態について訊ねた。

このディバイノイドは初教練を担当していた「白百合」とは別個体だったが、荒士はそれに気付いていなかった。

「貴男は段階を跳び越えてしまったのですよ」

「段階を……跳び越える？」

荒士は気絶こそしていない。だが万全の状態とは程遠く、意識は朦朧として思考能力がまともに働いていない状態だった。

「分かり易く言えばフライングですね」

「フライング？」

白百合は「分かり易く」と言ったが、荒士にとっては訳が分からない説明だった。

「つまりですね……。本来踏むべきステップを跳ばしてしまった為に、貴男はペナルティを受けたのです」

「ペナルティ……？」

「ああ、ペナルティと言っても精神にも肉体にも後遺症は残りませんから、そこは心配しなくても良いですよ」

ますます顔色が悪くなった荒士を、白百合は笑顔で宥めた。

「俺の、身体は……」

「身体が変わったように見えたのは錯覚です。神鎧が肉体に悪影響を及ぼすことはありません」

これを聞いてようやく安心したのか、荒士の表情から強張りが取れる。

それとほぼ同時に、救急車が停まった。

「医療棟に着きましたので続きは……」

白百合が言い掛けたセリフを中断する。

懸念が解消された荒士は、今度こそ意識を失っていた。

◇◆◇◆◇◆◇

荒士が医務室に収容された直後、富士アカデミーの一室に五人のディバイノイドが集まった。

全員が同じ背格好で良く似た外見だが、一組として同じ顔の者はいない。着ている物は黒のスリムパンツにワンピースにも見える裾丈の長いスタンドカラーのジャケット。この服装は教練の場で白百合が着ていた物と同じだが、ジャケットの色が一人一人違う。

白、緑、赤、青、そして紫。彼女たちは各位階の教官だった。

白のジャケットが第五位階の教官、『白百合』。

緑のジャケットは第四位階の教官、『若葉』。

赤が第三位階の教官、『楓』。

青は第二位階の教官、『桔梗』。

紫は第一位階の教官、『菖蒲』だ。

彼女たちは肉体的に集まらなくても、代行官の本体である巨大人工頭脳・オラクルブレインを介して意識で直接話し合える。しかし今回は各集団を——白百合なら同じ白百合、菖蒲なら同じ菖蒲という風に意識を共有している各グループを代表して意見を交わす為に集会の形式を取ったのだった。

「新島候補生は教練初日、二回目の神鎧装着でSフェーズを展開しました」

　全員が円卓に着席してすぐ、白百合が何の前置きも無く報告書を読み上げるような口調で発言した。

「毎年十人前後の候補生が初日にSフェーズを展開します。珍しい存在であることは確かですが、驚くべきこととまでは言えないでしょう」

　白百合の報告に、第四位階担当の若葉がそう返した。

「十人前後というのは七つのアカデミー全てを合わせた数字です。一アカデミーに一人か二人と考えれば、十分希少価値があるのでは？」

　第三位階の教官である楓が若葉の指摘に反論する。

　ところで彼女たちが話題にしている『Sフェーズ』というのは『スペシャルフェーズ』の略で、神鎧の能力解放第三段階を指している。――何故英語なのかというと、この用語も地球人の代行局員が付けた名称を代行局全体が採用し、ディバイノイドもそれを使用しているという経緯があるからだ。

　神々の技術によって物質化したエネルギー『エネリアル』を想念力で制御し、鎧として具現化し装着する。これが第一段階『エレメンタルフェーズ』、略して『Eフェーズ』。新入生が今日、装着に成功したのはこのエネリアルの鎧（よろい）だ。

ただしこのエネリアルの装甲は、神鎧（じんがい）の真価ではない。

神鎧（じんがい）は次元の障壁を作り出し外部から完全に隔離された閉鎖亜空間——『個有空間』を作り出す。この個有空間内部は神鎧（じんがい）の装着者に最適な生存環境を作り出し一切の物理的なダメージを遮断する。この個有空間を維持する障壁、『次元装甲』を展開するのが神鎧（じんがい）の第二段階『ノーマルフェーズ』、略して『Nフェーズ』。

そして第三段階『スペシャルフェーズ』——『Sフェーズ』は次元装甲に包まれた個有空間の、現実の空間に対する大きさや形状を自由に変える機能だ。

個有空間の形状・サイズが変わっても、内部にいる者には影響がない。変化はあくまでも現実空間に対する個有空間の形状という相対的なものだからだ。

ただNフェーズ、Sフェーズで次元装甲を展開した神鎧（じんがい）装着者の精神は、次元を超越するセンサーで現実の空間に自分が存在しているのと同じ感覚情報を受け取る。だから自分の身体（からだ）も次元装甲の形状が変化した形・サイズに変身したかの如（ごと）く知覚してしまう。

荒士（こうじ）がパニックに陥ったのは、名月の外見を模倣して展開した次元装甲の形状を自分自身の肉体の形だと感じてしまった——勘違いしたからだった。

「希少な才能であることに異論はありませんが、Nフェーズも安定的に展開できなければ戦士として通用しません」

この指摘は第二位階を担当する桔梗のもの。第二位階と認められる条件は「Sフェーズを安定して維持できること」だから、このような評価になるのはある意味で当然かもしれない。

「その結論は性急すぎるでしょう。現首席の古都候補生は当アカデミーに留まらず全惑星的に見ても稀に見る俊英ですが、彼女でさえも初日にSフェーズを安定して維持することなどできませんでした」

桔梗の発言を、第一位階担当の菖蒲が「急ぎすぎ」とたしなめる。

「……新島候補生のデータが纏まったようですね」

ここで、最初に発言したきり沈黙していた白百合が口を開いた。

「皆さんの許にも届いていますか？」

白百合の問い掛けに残る四人が頷く。オラクルブレインに直結しているディバイノイドは、情報機器を介さなくてもオラクルブレインのコントロール下にある機械との間で情報を直接授受できるのだった。

「やはり、相当に偏った能力値と言えるでしょう」

最初に桔梗が「思ったとおりです」と言いたげな口調で感想を口にする。

「確かに安定性には欠けますが、この出力は注目に値するのでは？」

否定的なニュアンスの桔梗に対して、楓がパワーを評価すべきと反論した。

「各能力値の傾向はG型適合者のパターンに近いですね」

若葉が個々の値ではなく、全体的な傾向に言及する。

「確かに。瞬発力に優れ、持久力に難がある、ですか……。同じF型の戦士と共同で作戦行動を取る際に苦労するかもしれません。むしろ単独戦力、決戦兵力として使い道がありそうです」

荒士を戦場に投入した場合の運用方法について、菖蒲がアイデアを述べる。

しかしこれは、かなり気が早い意見だった。

「長所も短所も現段階の評価値です」

白百合が先走りを注意する。

「新島候補生の問題点は、本人の耐久力を超えた出力を発揮してしまう点ではないでしょうか」

その上で今、目を向けるべき問題点を指摘した。

「そのとおりだと思います」

この指摘に、真っ先に桔梗が頷いた。

「同意します」

「私もです」

楓と若葉もこの点は異論が無いようだ。

「具体的な対策についての意見は？」

菖蒲のセリフは質問だった。教練を担当する白百合に、今後の方針を訊ねる。

「異例ではありますが、新島候補生の神鎧の機能に制限を設けようと思います」

白百合の回答は、考慮の時間を要しないものだった。

「どのような制限ですか？」

「Sフェーズの凍結を考えています。本件について皆さんの承認をいただきたいのですが」

候補生の教練は基本的に各位階の担当教官に任せられているが、他の位階に影響がある異例の措置は各位階担当者と協議して決めることになっている。白百合がこの会議を招集したのは、この対策について同意を得る為だった。

若葉、桔梗、菖蒲の視線が楓に集中する。Sフェーズを用いた訓練は第二位階が対象だが、第三位階から第二位階に進級する条件は「Sフェーズを安定的に展開できること」だ。よって、このフェーズの凍結で最も影響を受けるのは第三位階担当の楓だと言える。

「現状ではやむを得ない措置だと考えます。ただ、凍結はできる限り早く解除すべきでしょう」

「もちろんです。その様に指導します」

楓のセリフに、白百合は「それは当然」とばかり頷いた。

◇◆◇◆◇◆◇

荒士がアカデミーの医務室に運び込まれたのは午前九時半過ぎのこと。

そして彼が目を覚ました時には、午後四時になろうかとしていた。

「ここは、病院か……？」

覚醒してすぐであるにも拘わらず、荒士の意識は、はっきりしていた。自分が寝ているベッドが白いカーテンで仕切られた狭いスペースに置かれていることから、ここが病室、またはそれに類する場所だと彼は推測した。

荒士がベッドの上で身体を起こす。その音を聞きつけたのだろうか。カーテンが小さく開けられ、若い女性が顔をのぞかせた。

「目が覚めたのね。良かった」

彼女は明るい声でそう言いながら、カーテンを開け放す。顔だけ見えていたその女性は、詰め襟ダブルの白衣を着ていた。残念ながらボトムスは、スカートではなくズボンタイプだ。

アカデミーの職員であるなら二十歳未満ということはないはずだが、高校生でも通用しそうなルックスの美少女だった。

「意識はハッキリしている？　試しに、自分の名前と今日の日付を言ってみて」

「新島荒士。今日は神暦十七年九月二日です」

白衣の女性の質問に、荒士は考える時間を挟まず答えた。

「……まだ日付は変わっていませんよね？」

その上で、少し不安げな表情で問い返す。

「ええ。今は九月二日の午後三時五十……いえ、四時になったわ」

白衣の女性は腕時計を見ながらそう答えた。

「四時……。俺は六時間半も気を失っていたんですか……」

時刻を聞いて、荒士はショックを受けたようだ。

「正確に言えば、気を失っていたのは五分程度ね。目が覚めなかったのは、精神が疲労を回復する為の睡眠を必要としていたから。つまり眠っていただけ。心配しなくても大丈夫よ」

荒士がホッと胸を撫で下ろす。長時間の失神は脳に後遺症を残すリスクがあると何処かで耳にしたのを彼は覚えていた。だから気を失ってから六時間以上も経っていると聞いて、後遺症が心配になっていたのだ。

「安心した？」

「はい。あの、貴女はドクターですか？」

荒士はようやく、この女性が何者なのか気に掛ける余裕を得た。

「いいえ。私は富士アカデミーの医務室職員よ。医師でも看護師でもないけど、代行局施設内では限定的な医療行為を許可されているの。名前は鹿間多光」

荒士の問い掛けに、光は親しみを込めた笑顔で答える。親に言われたからとかは関係なく、それは彼女の自然な表情だった。

「鹿間多さん、ですね。ずっと付いていてくださったんですか？」

「ええ。でも、気にしなくて良いのよ。これが私の仕事だから」

「いえ。それでも、ありがとうございました」

荒士がベッドから両足を下ろし、両手を膝の上に置いて一礼する。

その年齢に似合わぬ誠実な態度は光に好感を懐かせるものだった。無論そんなことで好意を寄せる程、彼女はお手軽ではない。男とか女とか年下とか年上とかに関係なく、荒士が取った行動は光にとって、人として好感を持てるものだった。

無意識に、光の口元がほころぶ。

年上の美少女が浮かべた裏表のない笑みに、荒士の心拍が少し加速する。また彼は、自分の顔に少々の熱を感じた。

「もう大丈夫だと思うけど、一応精神波を測っておくわね」

幸い光に、荒士の変化に気付いた様子は無い。ロードワークを欠かさない彼の肌は、自然な色合いで日に焼けている。だから、多少血流が増してもそれが顔の色に反映しない。

「精神波を測る？」

荒士が口にした鸚鵡返しの質問は動揺を誤魔化す為のものだったのだが、光はそれを純粋な疑問と受け取った。

「神々から賜った代行局の技術よ。精神の健康状態を数値と波形で表現できるの」

「そんな医療機器が……」

荒士は素直に感心した。

その純な反応がまた好ましかったのか、光はクスッと、蠱惑的に笑った。

今度こそ荒士の顔に朱が差す。

幸い光はちょうどその時、測定器を準備するため彼に背を向けていた。

荒士が両手で自分の頬を張る。

パチンというその音に、光が驚いて振り返った。

「ど、どうしたの？」

「いえ、何でも。眠気を追い出しただけです」

「えっ、大丈夫？　意識がぼやけてたりはしないよね？」

そう言いながら、光は荒士の目をのぞき込んだ。

彼女の童顔ではあるが整った、ハッキリ言って荒士の好みのタイプの顔がいきなり、その気になればキスも可能な間合いに近づく。

だが今回は、動揺を何とか抑え込むことに荒士は成功した。

光はハンディ型金属探知機のような器具を荒士の頭に沿って動かし、キャスター付きサイドテーブルの上の小型モニターの画面を何度か切り替え「よし」という感じで小さく頷いた。

「精神波の揺らぎは正常な範囲に収まっているわ。これなら大丈夫。何の心配もありません」

最後の一言だけ、光は女医っぽく、あるいは看護師っぽく締め括った。

「そうですか。……結局、何だったんですか？」

「何だった、って？」

光にとぼけている様子は無い。荒士の質問が抽象的すぎて、本気で理解できなかったのだ。

「何故俺は気絶して、六時間以上も眠り続けなければならないほど消耗してしまったんですか？」

「ああ、そのこと。教官から何も説明されていないの？」

「一言、聞いたような気もしますが……」

荒士が眉間に皺を寄せて首を捻る。

「内容を思い出せません」

悔しそうに答える荒士。正確に言えば単に思い出せないのではなく、意味を理解できなかったから記憶に残らなかったのだが、どちらにしても彼にとっては無念なことだろう。

「新島君は神鎧が何をエネルギー源にして具象化しているか、覚えている？」

光が「知っている？」でも「分かる？」でもなく「覚えている？」と訊ねたのは、それが入学準備期間の事前学習で学習用端末を通して教えられる知識だからだ。

無論荒士は覚えていた。

「はい。神鎧の素材となるエネリアルと、その原料となるエネルギーは代行局をはじめとする神々の施設から供給されますが、形状の維持には装着者の精神エネルギーを消費します」

荒士は教師の口頭試問に答えるような口調で光の質問に回答した。実際、荒士の心境は教師を前にした生徒のものだったに違いない。教師にしては、光の外見は若すぎるかもしれないが。

「そのとおり。そしてこれは、事前学習に含まれていないことなのだけど」

教官でもないのに新たな知識を授けようとしている光を、荒士は息を詰めて凝視する。

「神鎧には三つのフェーズがあるの」

「フェーズ、ですか？」

「段階と表現した方が良いかしら。第一がEフェーズ。具象化した神鎧を装着する段階で、あなたたち新入生に今日与えられた本来の課題がこれ」

荒士は無言の眼差しで、光に続きを促した。

「第二段階がNフェーズ。詳しい説明は省かせてもらうけど、次元装甲を展開するフェーズよ」

「次元装甲……」

噛み締めるように、荒士が呟く。

「そして第三段階のSフェーズは、次元装甲の大きさと形状を自由に変更するフェーズ。この変化は装甲外部に対するもので、外から見ると大きさも姿も別の存在に見えるけど、中にいる装着者には影響しない。新島君は意図せずに、このSフェーズを展開してしまったのね」

「俺が、そんなことを……」

「自分の体型とは違う姿で神鎧を装着しようと念じたりしなかった？　それも、余程強く」

「………」

荒士には心当たりがあった。あの時荒士は、背神兵と戦っていた名月の姿をモデルにして、それに自分でアレンジを加えた装甲を着せた姿を強く思い描いていた。

「フェーズが上がるに従って、神鎧はより多くの精神エネルギーを消費する」

「……そのエネルギー消費に、俺の精神は耐えられなかったということですか」

「精神エネルギーは睡眠によって回復する。回復可能な範囲内ならね。幸い新島君の場合は、この許容範囲に収まっていたから大事には至らなかったのよ」

「結構危ない状況だったんですね……」

言葉にすることでリスクを実感したのか、荒士がブルッと背筋を震わせる。

「運が良かったのは間違いないと思う。神鎧のコンディションは代行局が一人一人フォローしているから最悪の事態にはならないはずだけど」

「最悪って、死にはしないということですか？」

人間、死ななければ良いというものではない。反射的にそう考えた荒士の声には、小さな棘が生えていた。

「落ち着いて。そこまで極端な話じゃないから」

光が穏やかな声で荒士をなだめる。

「戦場では別だけど、訓練で命が危険にさらされることはないし、精神が壊れてしまうこともない。最悪でも神鎧が使えなくなるくらいよ」

「失敗しても……普通に生活する分には、支障無いんですね？」

荒士が光に、恐る恐る訊ねる。

「ええ、そうよ。神々の技術を信じて」

光は確かな自信を湛えた笑顔で荒士に向かって頷いた。

それでようやく、荒士の顔から不安の色が消え去った。

検査の結果「異状無し」のお墨付きを与えられた荒士は、入院を免れ寮の部屋に戻された。

そして今、彼が制服を私服に着替えた直後、部屋のドアがノックされた。

荒士が「どうぞ」と応えた直後、扉が開く。

「お邪魔するよ」

先頭を切って入室したのはダークブロンドに青い瞳のイーダ・リンドグレーン。その背後にミラ・デ・フリースと朱鷺幸織も続いている。チームメイト全員でお見舞いに——と言うか、様子を見に来てくれたようだ。

「荒士、良かったわね。何も異状は無かったんでしょう？」

ミラが明るい声で荒士に話し掛け、

「本当に良かったです。ホッとしました」

幸織はセリフどおりの声音でそう言い、実際に胸を撫で下ろす仕草を見せた。

「悪い。心配を掛けたみたいだな」

「荒士は何も悪くないが、心配はしたぞ。何せ教官から面会謝絶の指示が出ていたから」

「そうか。すまない」

イーダの言葉は、荒士にとって意外なものだった。

気絶していた時間は五分程度で、後は眠っていただけだと光からは聞いている。眠っているだけで面会謝絶は、大袈裟な気がした。

もっとも眠っているところに来られても対応できないし、精神力を回復する為に睡眠が必要とのことだったから、起こさないように面会をシャットアウトしたというのも十分考えられる。

「イーダも言いましたが、新島(あらしま)君が謝る必要は無いんですよ」

荒士(こうじ)の考察は、幸織(さおり)のセリフで中断を余儀なくされた。

「いや、心配を掛けたのは事実だ」

深刻になりすぎないように、荒士(こうじ)は作り笑いを浮かべながら軽く頭(かぶり)を振った。

「それで、何が原因だったの？」

ミラの質問にも多分、雰囲気が重くなるのを避ける意図があったと思われる。

「医務室の人の話では、神鎧(じんがい)の機能を暴走させたことで過度の疲労に襲われたらしい」

「医務室の人？　お医者様ですか？」

幸織(さおり)が小首を傾(かし)げて問い掛ける。「医務室の人」という表現に違和感を覚えたようだ。

「本人は医師でも看護師でもないと言っていたな。神々のテクノロジーを使えば資格が無くても医者と同じことができるらしい」

「へぇー。神々の技術って、本当に凄(すご)いんですね」

今更な感想を幸織(さおり)が述べる。

「それで、神鎧(じんがい)の暴走とは？」

そこへイーダが、より重要度の高い疑問で割り込んだ。

「んっ？　ああ、何でも俺たちのレベルでは使えない機能を、偶然起動してしまったらしい」

「セーフティが働かなかったのか？」

荒士の答えを聞いて、イーダが眉を顰める。

「多分、セーフティが効いたから過労くらいですんだんだと思う」

荒士は彼女をなだめるように、首を横に振りながら答えた。

「本当ならもっと重態だったと？」

しかしイーダはまだ、納得しかねる様子だった。

「そんなことは言われなかったが、神鎧は俺たち地球人にとって理解が及ばないオーバーテクノロジーの産物だ。あれこれ考えても想像することしかできない。だったら自分から疑心暗鬼に陥るより、安全だと信じておいた方が健康的じゃないか？」

「健康的……。そうだな」

イーダはそれ以上、この件に関して質問を重ねなかった。

荒士は光から口止めされているわけではないが、神鎧のフェーズに関する詳細を自分の口から話すべきではないと自ら考えている。そんな彼にとって神鎧の機能について追及されなかったのは、正直ありがたかった。

少し話をした後、幸織たち三人は長居をせずに荒士の部屋を去った。

今日会ったばかりの異性だ。荒士がとびきりのハンサムとかならともかく、彼はその手の男子ではないので長々と話し込んだりしないのは当然だったと言えよう。

その点、幸織たちと入れ替わるように部屋を訪れた陽湖の場合は事情が違った。

「荒士君、災難だったね」

心配そうに、ではなくニヤニヤと笑いながら言われて、荒士はムスッとした顔で陽湖に言い返す。

「別に事故ったわけじゃないぞ」

「荒士君がドジ踏んだんじゃなかったら、戦ってもいないのに何故倒れたりしたの？」

陽湖は相変わらず不真面目な笑顔だが、目が真剣になっていることに荒士は気が付いた。

幼馴染みと言っても、実際に荒士が陽湖と一緒にいた時間は短い。出会った八年前から今日までの時間を全て合算しても、一年未満にしかならない。だがその長くない付き合いで、こういう目になった彼女に誤魔化しは利かないと荒士は良く知っていた。

「実力以上の芸当をやっちまったからだな」

「神鎧のこと？」

荒士が表現をぼかしたにも拘わらず、陽湖は彼が何を言っているのかすぐに言い当てた。

「神鎧の隠し機能を偶然引き出しちゃったとか？」

荒士の口からため息が漏れる。彼は「処置なし」と言わんばかりに頭を振った。

「陽湖……。その無駄に勘が良いところは直した方が良いぞ。その内きっと、災難を引き寄せてしまうから」

荒士の口調は、憎まれ口という感じではなかった。結構真面目な忠告なのかもしれない。

「はいはい、そういうのは良いから」

しかし陽湖はまともに取り合わず続きを促した。――いや、要求した。

陽湖の瞳が好奇心で爛々と輝いている。彼女は普段から、優しげな顔立ちの中で目力だけがアンバランスに強い。そのくっきりとした二重瞼に縁取られた双眸がますます強い光を放って、荒士に説明を迫った。

「はぁ……」

本当のことを話さなければ収まりそうに無いと覚って、荒士がため息を吐いた。

「別に口止めされてはいないが、他の候補生には口外しないでくれよ」

「約束するよ」

陽湖の返事は調子が良すぎて、かえって疑わしい。だが正直にそれを口にすると面倒臭い展開になるのが分かり切っているから、荒士はさっさと陽湖の好奇心を満たしてやることにした。

それが一番、被害が少ない選択肢だと彼は理解していた。

「神鎧には三つのフェーズがあるそうだ」

荒士は半ば諦めの心境で、光から聞いた神鎧の三フェーズについて陽湖に語った。

「へぇ……。だからなのか」

最後にSフェーズの説明を聞いて、陽湖は妙に納得した顔で何度も頷いた。

「……何だよ？」

自分に向けられた意味ありげな視線。荒士はそれを無視できなかった。

「外見を変えられるバリアね」

「バリア……。まあ、そうも言えるか」

「だから荒士君が美少女になっていたんだね」

「美……っ、ちょっと待て！」

荒士がひっくり返った声で叫ぶ。

「きゃっ！……いきなり大声出さないでよ」

咄嗟に両耳を押さえた陽湖が、恨めしそうな目付きで抗議する。その両目に薄らと涙が滲んでいるところを見ると、本気で驚いたようだ。

「わ、悪い」

荒士は慌てて謝った。

「だが今のは本当なのか!?」

しかしすぐに、血相を変えて陽湖に詰め寄る。――たださすがに声は押さえていたが。

「本当って？　美少女だったってこと？」

「そう、それだ」

確かに荒士は、神鎧を装着した名月をモデルにした。

名月の外見が美女と言って差し支えのないものであることも認める。

だが荒士がモデルにしたのは全身像だ。顔まで参考にした覚えは無い。

第一、神鎧装着時には顔の半分以上が隠れていて、細かな目鼻立ちまでは分からない。神鎧を暴走させたあの時も、荒士は名月の顔まではイメージしていなかった。

「本当だよ」

必死の形相をした荒士に、陽湖は呆気ない程あっさり頷いた。

「遠目にもはっきり分かった。鼻から上はシールドに隠れていたけど唇や頬から顎のラインが女の子だったたし、背が少し縮んで身体付きが華奢になってたね」

「そんなにか……」

荒士が椅子の背もたれに身を預けて天井を仰ぐ。

「F型適合者が女性ばかりだったのは、元々の機能が女子用だったからなのかな？　だから男子が身に着けると、装着者の方が鎧に合わせて変化しちゃうとか？」

しかし陽湖のこの呟きに、荒士はバネ仕掛けの人形じみた動きで背もたれから背中を離し、身体をゾクッと震わせた。

体型が女性になっていたのは、あくまでも荒士が名月をモデルにして神鎧装着のイメージを固めたからだ。白百合と光の説明を考え合わせて、荒士はその結論にたどり着いた。

だが元々F型の神鎧には、女性形がデフォルトで設定されているとしたら……。

「……不吉なこと言うの、止めてくれよ。他人から見た外見が変わるだけで肉体が変化するわけじゃないと教官は断言していたぞ」

そして、自分に言い聞かせるような口調で陽湖の推測を否定する。

「それ、本当に信じてる？」

「………」

しかしこう問い返されて、荒士は返事に詰まってしまった。

「でも、そんなに心配要らないかもね」

強張ってしまった荒士の顔を見て、陽湖がフッと表情を緩める。強い圧を放っていた両眼も、優しい目付きに変わっていた。

「きっと大丈夫だよ。神様は荒士君に戦士以外の仕事もさせたいみたいだし。女の子になっちゃったら台無しだもんね」

「……おい、いきなり何を言い出す」

荒士が半眼にした目を陽湖に向ける。口調はいたわりに満ちているが、言っている内容は素直に受け取れないものだった。

「えっ？　だって女の子同士じゃ子供は産めないでしょ。幾ら神々の技術でも無理だと思うな」

「だから種馬になるつもりはないと言っただろーが」

「それこそ荒士君の意思は余り関係無いんじゃないかなぁ」

「………」

今度こそ荒士は、陽湖の意見に反論できなかった。

荒士の不安を煽るだけ煽って、陽湖は自分の部屋へ戻った。

最終的に彼女は、神々が荒士の性別を変更するような真似はしないと理由付きで結論付けた。

教官の白百合は、神鎧は肉体に悪影響を与えないと断言した。

医務室にいた鹿間多という女性職員は、外見が変わったように見えるだけで、中の人間に変化は無いと教えてくれた。

陽湖の無責任な推理はともかく、ディバイノイドの白百合が嘘を吐くはずはないし――ディバイノイドは嘘をつけるということを、荒士はまだ知らない――、医務室の職員がいい加減なことを教えるとも荒士には思えなかった。

だが疑心暗鬼は時として理屈を超える。「もしかして」という疑念が荒士の意識にこびりついてしまっていた。

誰かに相談して、心に蟠る黒い靄を晴らしてもらいたいという欲求に彼は取り憑かれた。

軟弱、と誹ることはできまい。「神々の戦士」の候補に選ばれたといっても、荒士はまだ十六歳の少年でしかないのだ。

しかし、誰に？

教官の白百合は論外だ。神々の技術に対する不信感を、神々の忠実な僕というより神々の端末でしかないディバイノイドに打ち明けられるはずがない。

神々は個人の疑心など気にしないかもしれない。むしろ、全く気に掛けない可能性の方が高いと荒士は思う——理性では。だが理性以外の部分で、そんな冒険はしたくないと彼は考えた。

では入学式で演壇に立った、あの上級生はどうだろう。チューターは新入生の相談に応じると、あの美しい年上の少女は言っていた。

だが同時に、チューターである自分たちは教官の補佐役とも言っていた。彼女に相談を持ち掛けるのは、ディバイノイドに相談するのと同種のリスクがあると考えるべきだろう。

それにまだ候補生でしかない彼女に、自分が抱えている不安を理解できるかどうかも怪しいと荒士は思った。

残るは、医務室で彼の面倒を見てくれたあの女性職員か。荒士は彼女の姿を脳裏のスクリーンに映し出した。

二十歳を過ぎているはずなのに女子高校生でも通用しそうな童顔。

スレンダーな体型でありながら包容力を感じさせる、優しげな雰囲気。

親しみの持てる近所の可愛いお姉さん、あるいは面倒見の良いかわいい系の先輩といった印象の女性だ。

こうして考えてみると、教官や教官補佐という立場を抜きにしても相談相手として候補に挙げた三人の中では、一番心理的な抵抗が小さい相手だった。

荒士はインフォリストを起動した。まだまだ慣れない思念操作で連絡先リストを呼び出す。あの女性職員、「鹿間多光」の名前は登録順でソートした最新行にあった。医務室から退出する時に「気になることがあったら何時でも連絡してね」と言いながら彼女が一方的に送り付けてきたものだ。その時は特にありがたいとも迷惑とも思わなかったが、今になってみれば好都合だった。

しかしいざ連絡を取ろうとして、荒士は戸惑ってしまう。

そろそろ夕食時という時間帯を抜きにしても、友人でもない年上の女性にいきなり話し掛けるのは礼儀としてどうなのだろう。——そんな迷いが彼の心に生じていた。

彼はインフォリストの幻影モニターをメール画面に切り替えた。

机に向かい、ノック式のボールペンを手に取る。

メール画面は机の天板に重なっている。荒士はその画面の中で新規作成を選び、芯を出していないボールペンを走らせた。

インフォリストは、口述でも念じるだけでも文章を作成できる。と言うか、思念で全ての操作を済ませるのが本来の使い方だ。しかし荒士は思念による操作方法に慣れていない。手の動きで操作する方が、今はまだ簡単だった。神々の技術は使い方を一方的に押し付けるのではなく、そういう使用者のニーズにも対応していた。

荒士が動かすペン先に従い、文字が綴られていく。分からない漢字は、仮名を書き込んだ後から変換することも可能だ。そうして荒士は、光宛てのメールを書き上げた。

内容は「明日、相談に乗って欲しい」。

メールを送ったことで、荒士は気持ちが少し楽になった。不安はまだ解消されていないが、取り敢えずアクションを起こしたことでいったん棚上げにする心理的な余裕ができたのだ。

余裕ができると、空腹に気付いた。彼は食堂に向かうべく席を立った。

なお翌日の教練後に荒士から相談を受けた光は、彼の不安を朗らかな笑顔で吹き飛ばした。

【4】叛逆の狼煙

「良くやった。
我らが神に
早速ご報告しよう」

Worlds governed by Gods.

背神兵は基本的に地球上の母国で生活していて、忠誠を誓う邪神に呼ばれた時だけ次元の狭間に創造された亜空間に建っている神殿へと出向く。次元の狭間——どの世界にも属していない空間に長期間連続で滞在すると、邪神の加護を受けた背神兵といえど精神に異常を来してしまうからだ。鷲丞も普段は日本の、ある大都会郊外でひっそりと暮らしていた。

もっとも最近の鷲丞は、邪神『アッシュ』に呼ばれなくても神殿のある亜空間で過ごしていることが多い。目的は荒士をスカウトするという任務を果たす為の情報収集だ。

作戦は既に決まっている。亜空間を利用した戦闘訓練の最中、その亜空間に横から割り込んで邪神の領域に引きずり込む。問題は、何時その訓練が行われるかという点にあった。

アカデミーは神々の直轄領とも言える領域だ。邪神の力もアカデミー内部には及ばない。ただ、外部から人や物資の出入り、エネルギーの消費状況を観測することで中の様子を少しは推測できる。それも鷲丞自身がアカデミーで訓練を受けた経験があるからこそだが、邪神のテクノロジーが無ければ推測の材料になる観測自体が不可能だ。

精神エネルギーを基盤とする神々の施設の稼働状況は、同種の文明を築いている邪神のテクノロジーを用いなければ観測できない。鷲丞は今日も邪神の観測施設を利用すべく亜空間に赴いたのだが、亜空間到着直後に神殿へと呼び出された。

「我が神、アッシュ。古都鷲丞、お呼びに従い参上しました」

「良く来てくれたね、鷲丞。遠慮せず、掛けてくれ」

そう言ってアッシュが目を向けた先に、古風な椅子が忽然と出現する。物質創造、「神」の奇跡だ。鷲丞は今更驚いたりせず、言われたとおりその椅子に腰を下ろした。

「お願いしたスカウトの件、頑張ってくれているみたいだね」

アッシュのセリフからは純粋な慰労の念が伝わってくる。

その所為で余計に、鷲丞の心は忸怩たる想いに満たされた。荒士のスカウトはまるで進展していない。それどころか、全く目処すら立っていなかった。鷲丞としては、むしろ責めて欲しいという心境だった。

「申し訳、ございません」

「いやいや、勘違いしないでくれ」

アッシュは立ち上がり、鷲丞の肩に手を置いた。アッシュには——邪神には人間と同じ意味での肉体は無い。邪神群は神々と同じ精神生命体。生物としての活動を行う肉体は、遥かな昔に失っている。

その身体は実体を持つ幻影だ。息もしていなければ脈も打っていない。であるにも拘わらず、肩に置かれたアッシュの手に鷲丞は自責の念を融かす温もりを感じた。

「新島荒士のように特殊な人材のスカウトは困難な任務だ。それはあらかじめ分かっていた。一度や二度の失敗を責めるつもりは全く無い」

「ご寛恕、恐れ入ります」

頑なに自分を責めるのは、かえって不敬に当たる。そう考えて、鷲丞はアッシュの言葉を素直に受け取った。

「そんなに堅苦しく構えなくても良いといつも言っているだろう？」

苦笑交じりの声でそう言いながら、アッシュは自分の椅子に戻った。

「さて、今日来てもらったのは別の作戦に参加して欲しいからだ。既に任務を抱えているところに申し訳ないけれど、君の戦闘力が必要でね」

「かしこまりました。何なりとお申し付けください」

「そう言ってくれると助かる。作戦の目的は香港・ランタオ島の祭壇破壊だ」

「魔神の祭壇を？　いよいよ反攻に出るのですか⁉」

魔神というのは邪神群の側から見た神々の名称。

祭壇というのは代行官のサテライトオフィスとも言うべき神々の施設の名称だ。オフィスといってもディバイノイドを含めて常駐の人員はいない。オラクルブレインによって遠隔操作されるプラントのような物という認識が最も近いだろう。

祭壇設置は従神戦士の候補者を見付ける為の施設だと、代行局は人類に説明している。才能ある人間を見落とさない為に、祭壇を世界中に満遍なく設置していると。

しかし本当は別の目的がある。神々の統治の、真の目的に関わる機能を祭壇は果たしている。そして神々の敵対者であり同じ文明基盤を持つアッシュは、それが何なのか当然知っている。そして自らに従っている背神兵に神々が隠している真の目的を伏せておく理由は、アッシュには無かった。

だから鷲丞は、祭壇を破壊することの意味を知っている。それが神々——彼らが魔神と呼ぶ存在に真っ向から挑戦状を叩き付けるに等しい行為だということを。

「全面的なものではないけどね。魔神の支配を打ち破るためには、遠回りに見えても彼らの拠点を一つ一つ潰していくのが確実だ」

「反撃の狼煙というわけですね。承りました」

鷲丞は気負いを隠せない。

いささか前のめり過ぎる感もあったが、アッシュはそれをたしなめなかった。

神暦十七年九月十日。香港西部、ランタオ島。アッシュから指令を受けた翌日、鷲丞は早速現地を訪れた。ただし入島の時点で神鎧は身に着けていない。一般的な観光客を装っての来島。香港域内最大の島、ランタオ島は神暦以前から有名な観光地だ。

神々は原則として人類の政治体制に介入しない。神々の支配が始まった神暦元年から、国家や自治政府の枠組みは固定されていた。香港もその例外ではなく、神暦十七年現在、法に基づく厳密な自治が維持されている。

　また神々は人類の経済活動に対しても、基本的に不干渉だ。神々の侵略を受けなかった別次元の地球と同じく、この世界の香港にも神暦五年（西暦二〇〇五年）、世界的に有名なテーマパークが開園している。

　このような場所柄、ランタオ島に日本人の観光客が訪れるのは全く不自然ではない。それが若いカップルとなれば尚更だ。邪神が偽造したパスポートを人間の目と技術で見破れるはずもなく、鷲丞は今回の作戦のパートナーと共にランタオ島へ易々と侵入を果たした。

　鷲丞のパートナーは深矢間明日香という、レーニアアカデミーで訓練を受けていた従神戦士の候補生だ。彼女は訓練中に行方不明ということになっている。

　従神戦士候補生がアカデミーの訓練中、行方不明になるのは残念ながら珍しいことではない。多発しているという程ではないが、毎年一定数の行方不明者が発生している。

　行方不明が発生するのは全て、亜空間を演習場とした戦闘訓練の最中だ。神鎧には次元に干渉する力がある。次元の障壁で包まれた閉鎖亜空間を作り出すだけでなく、多次元宇宙を隔てる次元の壁を越える機能も備わっている。その機能が暴走すると、装着者ごと何処かへ跳んで行ってしまう。

　大抵のケースでは行き先をトレースできるのだが、例外的に跳躍先が分からないケースが発生する。そうした事故は邪神群の干渉が原因だと考えられているが、確証は得られていない。

神々の僕は、いや、それどころか神々自身でさえ全能でもなければ全知でもなかった。

そもそも神々が全能の存在であれば従神戦士は必要無い。人間に戦わせる必要は無く、自分で邪神群と戦う為の「戦士」を創造すれば済む話だ。従神戦士が神々の被造物を超える能力を発揮するからこそ、神々は人間の中から戦士を育成し徴兵する。ある意味で、かつ極めて部分的にではあるが、神鎧を装着した人間は神々の計算を――能力を超えているのだった。

ランタオ島に潜入した鷲丞と明日香は、そうした神々の計算を逸脱する存在の最たるもの、背神兵だ。彼らが邪神から与えられた任務もまた、神々の計算を超えようとする試みに他ならない。

「兄さん、ここで別行動にしませんか?」

香港国際空港からバスに乗り東涌駅で降りた直後、明日香が鷲丞に話し掛ける。「兄さん」というのは無論、本当の血縁関係ではない。アカデミーから行方不明という形で脱走した二人は、邪神の力を借りて偽りの身分で暮らしている。鷲丞は『古賀修人』、明日香はその妹で『古賀愛花』という偽名を使っていた。

「しかし女性の一人歩きは危なくないか?」

鷲丞はやや心配そうな声で消極的な反対意見を返した。

もっとも、鷲丞も本気で危ないと考えているのではなかった。

明日香はアカデミーでこそ第三位階「赤」までしか到達していなかったが、今では背神兵として邪神・アッシュから神鎧を与えられている。その明日香を観光客狙いの暴漢程度でどうこうできるはずはない。

鷲丞は、女性がリスクを無視して一人で観光している姿が不自然に思われないか、と懸念したのだった。

「大丈夫ですよ。周りを見てください」

明日香に言われたとおり、鷲丞が辺りを見回す。東涌駅の中は、たくさんの観光客でごった返していた。そしてその中に同伴者がいない女性を見付けるのに、鷲丞は苦労しなかった。

「……一人旅の女性というのも、結構いるものだな」

「ここは治安が良い観光地ですからね。そういうわけで、ご心配無用です」

「分かった。じゃあ別々に見て回ろう」

二人が観光客のふりをしているのは、ランタオ島に潜入する為だけの手段ではない。観光を装ってターゲットの祭壇を探し回るという目的もあった。

表向き公表されている祭壇はダミーだ。神々によって隠されている本物は、邪神の力を使ってもダミーの近くにあるとしか分からなかった。それはランタオ島の祭壇に限ったことではない。いや、この島の祭壇はまだ、明確に分かっている方だ。間違いなく本物も島内にあると分かっているからこそ、第一の攻撃目標に選ばれたという面があった。

二人一緒に探し回るより手分けして探した方が効率的だと考えたが故の、明日香の別行動提案だ。無用に人目を引く恐れがないと分かって、鷲丞もそれに同意したのだった。

鷲丞と明日香が東涌駅で別れたのが現地時間午前九時半。そして鷲丞が本物の祭壇を発見したのは午後二時過ぎのことだった。

「鷲……兄さん」

連絡を受けて急いで合流した明日香が、駆け寄りながら思わず「鷲丞さん」と本名を呼び掛けて、「しゅう兄さん」という形に誤魔化した。鷲丞の偽名は「修人」だから「しゅう兄さん」はおかしな呼び方ではない。

「ここだ」

一方の鷲丞は名前を呼ばず、指示語のみで応えた。場所は天壇大仏の最寄り駅として有名な昂坪駅の出口。

「もしかして、大仏の中に？」

天壇大仏の中に祭壇が隠されていたのか、という明日香の質問に、鷲丞は「いや」と首を横に振った。

「さすがにそこまで悪辣ではなかったようだ。工作が面倒だっただけかもしれないが」

そして皮肉げな口調でそう付け加える。

「では何処に？」

「ここだ」

「えっ？」

「分からないか？」

首を傾げる明日香に、鷲丞は足下を指差して見せた。

一呼吸置いて、明日香は「あっ！」という感じに口を半分開く。

顔に浮かんだ驚きは、すぐ困惑に座を譲った。

「どうします？　こんなに人が多くては……」

「決行は真夜中にしよう」

周囲の耳を気にして鷲丞は「パーティ」という表現を使ったが、これは無用な配慮だったと言えるだろう。ウキウキとした足取りで通り過ぎる観光客は、見ず知らずの他人のことなど気にしてはいない。

「分かりました。他の二人には私から伝えておきます」

「頼む。ところで昼飯は？」

「まだです」

「俺もまだだ」

鷲丞と明日香は目で頷き合って、飲食店が軒を連ねる昂坪市集へ肩を並べて向かった。

◇◆◇◆◇◆◇

神暦十七年九月十日、現地時間午後十一時過ぎ。

鷲丞は明日香、および合流した二人の仲間と共に昂坪360と名付けられたロープウェイ直下の登山道に潜んでいた。

もうロープウェイの営業は終了している。鷲丞たちが既に一時間近く待っているのは四人とは別口の、神鎧を持たない邪神の僕による陽動の烽火だ。邪神に帰依し神々の支配に反抗する者は背神兵だけでなく、神鎧に適性を持たない一般人の中にもいた。

「始まりました！」

警察無線を傍受していた明日香が声を上げた。

「こっちでも応援要請を傍受したわ」

軍用無線を傍受していた別の仲間がそれに応じる。ちなみに鷲丞以外は、明日香だけでなく他の二人も若い女性だ。明日香に応えた方の名前は右左見花凜、もう一人は雪車待紬実。鷲丞とこの三人の女性背神兵が、今夜の作戦の主戦力だった。

「よし、作戦開始だ」

年齢は鷲丞が二十一歳、明日香が十八歳、花凜と紬実はもうすぐ二十二歳。年齢で言えば花凜と紬実が年上だが、このグループのリーダーは鷲丞に任せられている。それはこの四人の中で鷲丞が唯一「黒」相当——正規の従神戦士と同等の戦闘力を持っているからだった。

他の三人はいずれも「青」相当。正規の従神戦士「黒」を相手にするには正直なところ力不足なのだが、彼女たちに「格上の敵に遭遇するかもしれない」という不安は見られない。「黒」の従神戦士は主として最前線に派遣されている。地上施設の守備には、「紫」または「青」でアカデミーを卒業した代行局員が当てられる。

荒士を拉致しようとした際に「黒」が介入してきたのは、従神戦士の運用としては明らかに異例だ。それだけ代行局が、この地球で初めて発見された男性F型適合者である荒士のことを重要視している表れだと言える。

祭壇は重要施設とはいえ、地球上に五十基以上——正確には五十五基——設置されている。守備要員として「黒」が配属されている可能性を考える必要は無かった。

「我に善神の祝福あれ」

鷲丞が胸の中央を押さえて唱える。従神戦士と違い、背神兵はチョーカーのような目立つ形でコネクターを身に着けることはできない。彼らはコネクターの本体である宝珠をロケットペンダントに入れて服の下に隠し持っているのだった。

変化は一瞬。服の下から光が放たれたのと同時に、鷲丞の身体が神鎧に包まれる。

「我に善神の祝福あれ」

続いて、他の三人が異口同音にキーワードを口にし、胸に手を当てた。彼女たちの身を包んだ鎧はアーマースカートが無い点を除けば標準的なF型のデザインに近い。鷲丞の神鎧のような、幻獣を模した装飾は施されていない。

背神兵の神鎧に派手な装飾が付け加えられるのは、装着者が「黒」に相当する実力者の場合に限られる。この四人の中で該当するのは鷲丞だけだ。

「グリュプス。ご指示を」

明日香が鷲丞に指揮を執るよう求める。「グリュプス」というのは邪神・アッシュが鷲丞に与えたコードネーム。神鎧の装飾に合わせた名前を邪神から与えられるのも「黒」に相当する背神兵のみで、この四人の中では鷲丞だけだ。

「予定どおりだ。クレインは俺と陽動。ラビットとスノウはその隙に祭壇へ潜入し破壊する」

しかし鷲丞は明日香を「クレイン」、花凛を「ラビット」、紬実を「スノウ」と呼んだ。

これは身許を隠す為に仲間内で独自に決めたコードネームだった。背神兵として作戦を遂行する際、本名を使うのは論外だし、かといって偽名で呼び合えば個人情報を偽装した意味が無くなってしまう。

姓名ではなく名前だけでも身許を特定されるリスクがある。自己防衛の観点から、仲間内だけで通用するコードネームが必要だったのだ。

「了解」

明日香たち三人が声を合わせて鷲丞の命令を受諾する。

「よし、行くぞ！」

鷲丞の号令と共に、四人の姿に変化が生じる。

鷲丞の背中には一対の、猛禽類に似た半物質の翼。

明日香の背中には二対四枚の、昆虫の、あるいは妖精のものを思わせる光の翅。

花凜と紬実の背中に生じた翅も明日香のものと同じだが、その上さらに、彼女たちはサイズが変わった。本来の身長は花凜が百五十一センチ、紬実が百五十八センチ。だが今、二人の見掛け上の身長は共に五センチにまで縮んでいた。二対の翅で宙に浮かぶ様はまさに妖精の姿だ。

これが神鎧、Ｓフェーズの神髄。

神鎧によって形成された閉鎖亜空間――個有空間は中にいる装着者に肉体的な影響を与えることなく、通常空間から見た相対的な姿をサイズまで含めて変えてしまう。

小妖精となった花凜と紬実は地面に降りて翅が放つ光を消し夜の闇に紛れた。

対照的に鷲丞は全身から力を迸らせ祭壇を目指す。彼は敢えて高く飛ばず斜面に沿って滑るように、登山道を一気に翔け上がった。

鷲丞の神鎧から展開されている翼が放つ光は暗い銀色。派手なキラキラしさは無いが、それでも暗闇の中で自ら光を放つ翼はやはり目立っていた。

その姿と彼が放つエネルギーは、当然守備兵の気付くところとなる。十人以上、正確には十三人の守備兵がロープウェイの駅の手前に姿を見せた。

全員が神鎧を纏っているが、彼らの神鎧はフルプレートアーマーと言うには近未来的、いや、特撮風味だった。ピカピカ点滅する電飾こそ付いていないが、神暦以前、西暦一九八〇年代に日本で放映されていたテレビドラマのヒーローを連想させる全身鎧だ。

ただデザインが画一化されており、その点はヒーローっぽくない。量産型ヒーローとでも表現すれば良いのだろうか。また特撮ヒーローとは異なり、ヘルメットは両目の部分に穴が開いており目が露出している。

斜面を翔け登り切った鷲丞が防衛隊の正面に停止する。

宙に浮かぶ鷲丞に、防衛隊の半数が大型拳銃の様な武器を向ける。言うまでもなくこれも人類の工業製品ではなく神々から与えられた武器。

六つの銃口から六発の光弾が放たれた。

鷲丞は左腕の盾でそれを防ぐ。六発の内二発は盾でカバーされない膝から下に命中したが、ブーツと一体になった脚甲は盾と同等の強度を持っていた。

無論それだけで守備兵の攻撃は終わらない。第一斉射の後、散発的な第二射が鷲丞に襲い掛かる。彼はそれを躱さず受け止めた。まるで「効かないぞ」と挑発するように。

少なくとも守備兵はそう感じたに違いない。銃撃を続ける六人だけでなく、その背後で槍を構えて他からの奇襲を警戒していた七人の視線も、今や鷲丞に固定されていた。

それを待っていたかのように。

鷲丞の背後上空から光の矢が降り注いだ。

鷲丞しか見ていなかった守備兵へ向けて。――明日香の掩護射撃だ。

弾幕の密度では守備兵の光弾に劣る。だが光矢は光弾よりサイズに勝る分、内包しているエネルギーも多い。

銃弾が弓矢よりも威力に勝るのは弾速が大きく上回っているからだが、光矢と光弾はどちらもエネルギーの塊。光速の約半分の速度（半光速）で飛び、戦士の手許を離れた時点で質量はゼロになる。攻撃の威力は単位時間当たりのエネルギー量で決まる。

弾数は少なくとも一発一発のエネルギー量が大きい光矢は、命中弾については守備兵の銃撃を上回る威力を発揮した。倒れた守備兵はいない。だが大きなダメージを受けたのか鷲丞に銃撃を加えていた六人の内、二人の従神戦士が後方に下がる。他の射手も、鷲丞に対する銃撃中断に追い込まれた。

その隙を見逃す鷲丞ではない。彼は盾を前にかざして空中を突進し、守備兵と同じ地面に足を着けた。

迎え撃つ従神戦士。

しかし彼らの槍よりも、鷲丞の剣の方が速かった。

守備兵の懐に飛び込んだ鷲丞が長剣を振るう。

斬り付けられた神鎧の胴に一文字の火花が散った。

切断には至らない。

鷲丞の斬撃を受けた従神戦士は一メートルほど後方に跳ね飛ばされて、仰向けに倒れた。

斬られた神鎧の輪郭が揺らぐ。

次の瞬間、その守備兵は姿を消した。状況をモニターしていた代行局が戦闘続行は不可能と判断して、物質転送機で回収したのだろう。

鷲丞はそれを、のんびり眺めていたわけではない。

最初の犠牲者が転送された時には、二人の従神戦士から槍の刺突を受けていた。

ワンテンポずらした二連撃を、剣で打ち払い盾で弾く鷲丞。

上空の、先程とは異なる角度から光矢が撃ち込まれる。

今回、戦闘不能になる従神戦士はいなかった。だが明日香の掩護射撃によって鷲丞を囲んでいた敵の連係が崩れる。

その隙を、鷲丞は見逃さなかった。

反撃に転じた彼の長剣は二人の敵に大きなダメージを与え、その内の一人を撤退に追い込む。

態勢を立て直す為か、上空の明日香に向かって弾幕を張っていた敵の銃口が鷲丞に向く。

浴びせられる光弾に、鷲丞は無理をせずいったん空に逃れた。

地上で守備兵たちが頷き合う。

彼らが何をしようとしているのか、鷲丞は即座に理解した。

「クレイン！」

「分かっています！」

そしてそれは、明日香も同様だった。

守備兵が濃密な弾幕を張り巡らせる。

一発一発の威力は今までより低いが、連射能力が上がっていた。散弾と思しき光弾も混じっている。

「クレイン、俺の後ろに付け」

「はい！」

明日香が鷲丞の背後に移動し、鷲丞が翳す盾がぼんやりした燐光のような光を帯びた。燐光は盾の延長面に広がり、鷲丞と明日香の身体を弾幕から完全に守る。神鎧兵が使う盾にはこの様に、本体の面積より遥かに広い範囲をカバーする機能が付いている。

それなら盾の本体はもっと小さい方が取り回しする上で便利なように思われるかもしれない。しかしこのエネルギーシールドはあくまでも一時的な拡張機能であり、常時使用できるものではなかった。

鷲丞が空中で静止しているのは盾を機能的に拡張した代償だ。エネルギーシールドを展開している間は、盾が空間に固定されてしまうのである。

逆に考えれば、拡張シールドを使わせることで相手の移動を封じることができる。守備兵の弾幕は、明らかにこれを狙ったものだった。

もっとも弾幕を張っている守備兵の側も、通常とは違う武器の使い方をする為の追加コストを支払っていた。こういう密度の高い弾幕は、長時間持続できるものではない。彼らの目的はあくまでも時間稼ぎだった。

守備側の従神戦士の現陣形は十三人中二人が撤退、七人で弾幕を張り、残る四人はその後ろに控えている。鷲丞が盾を拡張し空中に静止した直後、その四人に変化が訪れた。

彼らのG型甲冑は近未来的と言うか特撮風味で全身がマットな銀色の装甲で覆われている。頭部も兜と言うよりヘルメットで、目だけが露出していた。しかし何時の間にか装着者の両目も色付きガラスのようなシールドに隠れている。それだけではない。その両目の部分に、闇に浮かび上がる青白い光が点った。

その、次の瞬間。

四人の従神戦士が一斉に、巨大化した。

巨人化ではなく、巨大化。身長はざっと見て、十メートル超。三階建てのビルに匹敵するサイズだ。その巨体を支える為か手足が太く、全身のシルエットがごつくなっていた。ちょっと見には巨大化した人間と言うより大型ロボットのようだ。

「Sフェーズを解放するだけでなく、ギガス形態を取るなんて」

鷲丞の耳元で呟く明日香は身長十五センチの小妖精——フェアリー形態を取っていた。先程の花凜や紬実の三倍の大きさだが、これは彼女たちの能力差を示すものではない。その気になれば、明日香ももっと小さくなれる。この局面では、これ以上小さくなる必要が無いというだけのことだった。

「彼らには人目を気にする必要が無いのだろう」

明日香のセリフは独り言だ。無視しても良かったはずだが、鷲丞は律儀に応えを返した。

神々の戦士は、たとえ正規の戦士でなくても現世界においてはエリート。鷲丞たち背神兵と違って、その身分を誇りこそすれ他人の目を避ける必要は無い。

「しかし、この辺りにあるのは観光客向けの施設だけではありません。ここで暮らしている人たちもいます」

明日香の言いたいことが鷲丞には良く分かった。確かに飲食店や土産物屋にはそこで働く人々の家が付属している。従業員用の集合住宅もある。一撃の威力を重視するギガス形態では、周囲の建物が巻き添えになるのは避け難い。

「あいつらにとっては、人々の暮らしより祭壇（オルター）の方が大切なのだろう」

冷静さを保ちつつ怒りを隠せない口調でそう応えて、鷲丞（しゅうすけ）は盾を元の状態に戻した。

そして、急降下して斜面に降り立つ。

弾幕の追随が遅れる。その一瞬で十分だった。

（Sフェーズ、解放（アンロック）！）

地に足が着いたのと同時に、鷲丞（しゅうすけ）は心の中でコマンドを唱えた。

Sフェーズこそが、神鎧（じんがい）の本来の姿。しかしSフェーズは精神エネルギーの消耗が激しい為（ため）、通常の作戦行動の際はこのフェーズをロックし、Nフェーズで活動する。Sフェーズは本来の姿であると同時に、いざという時の切り札だった。

その切り札を、鷲丞（しゅうすけ）も今このタイミングで切った。

猛禽（もうきん）の頭部を模した彼の兜（かぶと）が変形する。口元まで完全に黒銀の装甲に覆われ、両眼をのぞかせていた穴もミラーシェードのようなシールドで塞がれた。そして、身体（からだ）が巨人化する。

身長およそ三メートル。守備側の従神戦士（じゅうしんせんし）と違って、全身のシルエットは人のままだ。彼も明日香（あすか）同様、これが限界というわけではない。巨大化しようと思えばこの六、七倍は可能だ。巨人化を三メートルに留（とど）めたのは鷲丞（しゅうすけ）が、この戦場ではこのサイズが最適だと判断しただけのことだった。

神鎧（じんがい）兵の戦闘力は、身体（からだ）のサイズで決まるものではない。

確かに巨大化した方が、一撃で効力を及ぼせる範囲は広がる。だがその一方で、小型化した方がエネルギーを一点に集中できるという面もある。一般的な傾向で言えば、ギガス形態より小妖精形態の方が貫通力ではむしろ勝っている。

ただ針の穴のような一点を貫いても、全体の機能は止められないケースの方が多いのも確か。

要するに、作戦によって求められる戦力の性質が違うというだけのことだ。

そして現在の戦場にこれを当てはめたなら、十メートルクラスのサイズは必要無い。それが鷲丞の判断だった。

巨人と化した鷲丞が、巨大化した守備兵の直中に正面から切り込む。

敵の得物は、その体軀に相応しいサイズの大剣と大盾に変わっている。巨大化した従神戦士が、その刃渡り五メートルにも及ぶ大剣を向かってくる鷲丞へ振り下ろす。

鷲丞はその斬撃を左腕の盾で正面から受け止めた。

一瞬の拮抗の後、盾が剣を跳ね返す。

体勢を崩した味方をかばうように、二人の巨大戦士が鷲丞に斬り掛かる。

鷲丞は一刃を体捌きで躱し、もう一刃を盾で滑らせていなした。

背後から斬り掛かる、四人目の巨大戦士。

鷲丞は振り返り、空中を駆け上がってその懐に入る。

一閃する剣。

鷲丞の斬撃が敵の胸部で火花を散らす。これは、次元装甲の揺らぎが光となって表れているのである。

次元装甲が維持されている限り、それによって守られている神鎧兵にはエネリアルの武器でもダメージを与えることはできない。だが次元装甲そのものの安定を揺るがすことはできる。そしてその揺らぎは、次元装甲を維持している神鎧兵の精神にダメージとなって反映される。次元装甲を展開した神鎧兵同士の戦いは、抽象的な意味ではなく文字どおりの、精神力の削り合いだ。

次元装甲を両断する刃は必要ない。貫通する穂先も本来的には不要。その中に守られている兵士には届かなくても、次元装甲に一定量以上のダメージを与えるだけで相手を精神的に戦闘不能に追い込むことができるのだった。

鷲丞を囲む巨大戦士の垣根の外側では、光弾と光矢が飛び交っていた。

巨大化していないNフェーズの従神戦士は、Sフェーズを解放した明日香が相手をしていた。小妖精化した彼女が放つ矢は、誇張抜きに針のサイズだ。それは同時に、針の鋭さを備えているということでもある。

それでいて、内包するエネルギーは等身大サイズの時と変わらない。

その凝縮されたエネルギーが、守備兵の次元装甲に突き刺さる。

一撃で戦闘不能に追い込むには至らない。元々明日香はアカデミー時代、第三位階「赤」までしか到達できなかった。邪神によるブーストでアカデミーを脱走した時点より力が増しているとはいえ、現在も「青」相当の実力しか無い。正規の戦士「黒」には遠く及ばない。

だが牽制ならば可能。相手の守備兵も「黒」どころか「紫」にもなれなかった者たちだ。実力は今の明日香と同等の「青」。彼らの技量では明日香の攻撃を無視することはできないし、小妖精サイズで飛び回る彼女に光弾を命中させることもできない。銃撃戦を繰り広げながらSフェーズを解放する技術も持ち合わせていない。

明日香は相手の技量の低さにも助けられて、鷲丞の側面援護の役目を十分に果たしていた。

明日香が敵を分断している一方でギガス形態の守備兵を相手取っていた鷲丞が、二人の敵兵を撤退に追い込む。一対四だったとはいえ相手は「青」相当で鷲丞は「黒」相当。実力の違いを考えれば順当な結果と言える。

もっとも、鷲丞たちの目的は守備兵を全滅させることではなかった。鷲丞と明日香の役目は防衛隊の注意を引き付け守備兵を足止めすること、つまり陽動だった。

突如爆風のような波動が押し寄せ、神鎧の次元装甲を圧迫した。物理的な波ではない。衝撃波は衝撃波でも、空気の急膨張によるものではなく、高密度の精神エネルギーが急激に拡散したことにより発生した圧力だ。鷲丞以外の神鎧兵は明日香も含めて、行動を阻害される影響を受けた。それほどの精神エネルギー衝撃波だった。

明日香が放っていた光の矢と、守備兵が放っていた光の弾丸、その両方の弾幕が途切れる。

明日香は墜落を避ける為か、自ら地面に降下していた。

鷲丞と戦っていた巨大化兵士は転倒を避ける為に、両足を踏ん張って動きを止めている。

その隙を見逃してやる義理は、鷲丞には無かった。

敵二体に袈裟斬りと斬り上げの斬撃を続けざまに叩き込む。身長三メートルの甲冑剣士が十メートルを超える金属製の巨人に斬り付ける様は、ダビデとゴリアテの戦いも斯くやと思われる神話的な光景だった。

身長十メートルを超える巨体の輪郭が揺らぎ、消えた。その後には等身大の、近未来的あるいは特撮的な鎧を纏った男たちが横たわっていた。

鷲丞の斬撃だけでなく、先程の衝撃波が次元装甲に与えたダメージの影響もあったのだろう。二人の守備兵はSフェーズだけでなく次元装甲も解除されている。彼らはEフェーズのエネリアル装甲をむき出しにした状態で倒れていた。

次元装甲が無いこの状態なら、神鎧兵の肉体を傷つけることができる。通常の武器は、エネリアルの装甲には通用しない。だが同じエネリアルの武器ならEフェーズの装甲を貫通可能だ。

しかし鷲丞は、その二人に追い打ちを掛けなかった。転送機によって回収される従神戦士をそのまま見逃し、彼は翼を広げて飛び立った。

鷲丞に対する攻撃は無かった。彼は空中でSフェーズを解除し、元のサイズに戻った。

その鷲丞に、やはり等身大に戻った明日香が合流した。

「グリュプス、先程の波動は……?」

「ああ、間違いない。祭壇を破壊した余波だろう」

彼らがその身に受けた衝撃波は、神々の技術の基盤になっている精神エネルギー波だ。それが制御を外れてまき散らされた事実は、神々の施設が破壊されたことを示している。

それはつまり鷲丞の仲間たち、花凜と紬実が——。

「グリュプス、お待たせしました」

「陽動、お疲れ様」

「ラビット、スノウ。任務は成功したようだな」

——花凜と紬実が、祭壇破壊の任務を成し遂げたことを意味していた。

「ええ、確実に破壊しました」

鷲丞の問い掛けに、花凜がしっかりと頷いた。

神々の施設は基本的にメンテナンスフリーだが、非常用に代行局員が立ち入る為の通路が設けられている。一般人が立ち入れないよう、身長十センチ以下の人間しか通れない通路だ。言うまでもなくこのサイズは、Sフェーズでフェアリー化した代行局員を想定している。

花凜と紬実はSフェーズでフェアリー化してこの祭壇の非常メンテナンス通路に忍び込み、配備されていた自動迎撃兵器を撃破して中枢部を破壊したのだった。

「良くやった。我らが神に早速ご報告しよう」

喜色を露わにして頷き合う四人。彼らは地球を支配する神々の拠点を一つ、破壊することに成功したのだ。

もっとも、仮にターゲットが祭壇ではなくオラクルブレインだったならば、花凜たちは近付くこともできなかっただろう。花凜と紬実が侵入に成功したのは、この施設が神々にとって代替が効く、重要度がそれほど高くない物だったからだ。

それでも鷲丞たちにとっては、初めて体験する目に見える戦果。

神々が支配するこの星で最初に上がった、叛逆の狼煙。

一同は高揚した気分のまま、邪神アッシュの待つ「神殿」を目指して空を翔けた。

対地高度三百キロメートルまで上昇し神々の支配領域——第一次神域を越えた鷲丞、明日香、花凜、紬実は邪神アッシュが創り出した亜空間に転移した。

この亜空間はアッシュが神殿を構える為にのみ創造したもの。神殿以外には何も無い。四人が転移した先も神殿前の広場だった。

「これは一体……」

そこに広がる光景を目にして、明日香は怯えを隠せぬ口調で呟いた。

広場には大勢の負傷した使徒——邪神の神鎧兵がある者は座り込み、ある者は横たわって治療を待っていた。四肢を欠損した重傷者こそ見られないものの、深い傷、重度の火傷、骨折した手足など、全員が酷い状態だと一目で分かった。

「酷い……。次元装甲を失った使徒に追撃を加えたんだわ」

花凜の声は、ショックと怒りで震えていた。

次元装甲を失っても、エネリアル装甲が神鎧兵を守る。物質化したエネルギーはどんな金属よりも頑丈だ。だが同じエネリアルで作られた武器ならば、神鎧の装甲を貫いて装着者を傷つけることができる。Eフェーズの装甲では、神々の武具が生み出す熱や衝撃を完全にシャットアウトすることはできない。

「でも、この人たちは？　見覚えが無いんだけど」

紬実が首を傾げる。ジアース世界の背神兵は、人数がまだ少ない。同じ神に仕える者同士なら皆友人とはいかないまでも、少なくとも顔見知りにはなっている。

紬実の言葉に、明日香と花凜も訝しげな顔になった。

「彼らは他の次元の使徒だ」

四人の中で鷲丞一人が、その疑問に対する答えを知っていた。

「別次元の方々なの!?　私たちと全く同じに見えるんだけど」

花凜が驚きの声を上げる。彼女が口にしたとおり別次元の使徒——神鎧兵は、この次元の地球人と全く同じ外見を持っていた。

「理由は分からないが、世界が違っても使徒の外見はほとんど同じだ。ただ精神波の波形が出身次元によって微妙に異なる。センサーの感度を上げれば分かるはずだ」

鷲丞を含む四人は神鎧を纏ったままこの亜空間に来ていた。そして精神エネルギーを原動力とする神鎧のセンサーは当然、精神波の領域をカバーしている。

「本当ですね……」

鷲丞に言われたとおり神鎧のセンサーで負傷兵の精神波の波形を確認した明日香が、不思議そうに呟いた。

「とても偶然とは思えません」

明日香が漏らした感想に、

「偶然じゃないのかも」

紬実はそんな応えを返した。

「収斂進化――同じ生態的地位に達した生物は、類似した形質を獲得するって言われている。神鎧に適合可能な生物は必然的に私たちや彼らのような外見を持つのかもしれない」

「……逆に人間の形を持たないと神鎧を使えないのかも」

紬実の推論に、花凜が逆方向からの仮説を唱える。

「鷲丞さんはどう思います？」

明日香は、鷲丞に意見を求めた。

「気になるなら、神にうかがってみれば良い。俺たちが知っても良いことならば、答えてくださるだろう」

鷲丞は明日香にそう答えた後、

「そんなことより報告が先だ」

三人の先に立って歩き出した。

「四人とも、良くやってくれた」

邪神アッシュは鷲丞たちの報告を聞くまでもなくミッションの成功を知っていた。邪神といえども、また宗教的な意味で真の神ではなくとも、「神」と呼ばれる存在の一柱。たとえ全知ではなくても、この程度は当然かもしれない。

「これは間違いなく、君たちの世界を魔神から解放する為の第一歩だ」

「アッシュのご助力の御蔭です」

邪神の讃辞に、鷲丞は恭しく頭を垂れる。

「いやいや。これは君たちの功績だ。今はまだ十分に報いてあげられないが、せめて次の作戦まで英気を養ってくれ」

これが企業や犯罪組織なら、札束や金塊が出てくる場面だろう。だが邪神の加護を受けている背神兵は、物質的な欲求ならば普段から無制限で充足されている。

神々の統治する世界で邪神が経済活動に介入できるのか、という疑問を懐く者は少なくない。

しかし結論から言えば可能で、容易だ。

当初――西暦二〇〇一年元日に宣言したとおり、神々が人間に課した義務は戦士を供出することだけであり、その報酬として与えた加護は大規模災害からの救済。その災害には干ばつ、洪水などの飢餓につながるものや戦争、内乱などの人為によるものも含まれている。

逆に言えば戦争や大規模な内戦につながらない限り、あるいは飢餓を引き起こすような乱開発を企てない限り神々は人間社会に干渉しない。

だから邪神の力で貨幣を偽造するのも容易だし、態々偽札を造らなくても経済システムの中で幾らでも金融資産を増殖させることができる。……金融システムに混乱をもたらすレベルになれば神々の介入を招くと思われるが、数十億円程度なら気にも留めないだろう。そもそも、そのレベルまで細かく監視しているなら、地球上に背神兵の居場所は無い。

そういう事情だから、この神殿で邪神から背神兵に報酬が渡されることはない。アッシュの言葉は「隠れ家でゆっくり休め」という、そのままの意味だった。

普段であれば、鷲丞は言われたとおりに神殿を去る場面だ。

「アッシュ、我が神よ。御前を退出する前に、一つだけ教えていただいても良いでしょうか」

しかしこの時、鷲丞は邪神に質問の許可を求めた。

「一つでも二つでも、何でも訊いてくれ」

いつもと違う鷲丞の振る舞いに、邪神アッシュが気分を害した様子は無い。

むしろアッシュは、面白がっているようにも見えた。——もっとも邪神に「面白がる」とか「気分を害する」というような、人間同様の感情があるのかどうかは分からない。

一つ分かっているのは、邪神が鷲丞に質問する許可を与えたということだ。

鷲丞は下げていた頭を上げて、臆することなくアッシュに目を向けた。

「神殿の前で負傷した大勢の使徒を見ました」

明日香と花凜が同時に鷲丞へ目を向ける。彼女たちは先程自分たちが懐いた疑問を鷲丞が代わりに解消しようとしてくれていると思った。

「もしかして彼らは、今回の陽動を担ってくれたのでしょうか？」

しかし鷲丞の質問は、彼女たちが思っていたものとは異なっていた。

「良く分かったね、鷲丞。そのとおりだよ」

アッシュは鷲丞の質問を肯定し、何か言いたげな彼を制してさらに言葉を続けた。

「でもね、鷲丞。君が気に病む必要は無いんだ。彼らは魔神の支配を免れた次元の地球人。その中から魔神と戦いその支配に苦しむ異次元の人類を解放すべく志願してくれた私の協力者、君たちの同志だ」

「別次元の、地球人……」

そう漏らしたのは花凜。彼女は「納得！」という顔をしていた。

「我々の同志ですか……」

そしてこちらが鷲丞の呟きだ。

「そうなのだ。彼らは自分たちの意志で今回の作戦に力を貸してくれた。だから鷲丞、君が心を痛める必要は無い。罪悪感はむしろ、彼らの覚悟に対する侮辱になる」

アッシュは、まるで地球人と同じ心を持つ人間のような表情と口調で鷲丞に言い聞かせた。

「そう……ですね」

その説得は、十分に効果的だったようだ。鷲丞はアッシュの言葉を噛み締めながら頷いた。

「怪我のことなら心配要らない。一切の後遺症が残らぬよう、私が責任を持って治療しよう」

また、邪神――鷲丞たちにとっては善神――が治癒を保証したことで、罪悪感に曇っていた鷲丞の表情がようやく晴れた。

「彼らの治療が終わったら話をしてみるかい？」

「……是非。お願いします、アッシュ」

「うん、良いとも。でも今日は治療があるから、日を改めてということになるけど」

「構いません」

「じゃあ、その日になったら呼ぶから」

「かしこまりました、我が神よ」

フレンドリーなアッシュに、それとは対照的な口調で鷲丞は応えた。そして彼は椅子から立ち上がり、深々と頭を下げる。

アッシュが頷く気配がした。その直後、鷲丞は既にお馴染みとなった揺らぎを感じた。

顔を上げた鷲丞の目の前にアッシュの姿は無かった。そこは神殿ですらなく、地上の、日本の山奥に建てられた彼が隠れ住む家の前だ。

神鎧は何時の間にか脱がされていた。

隣には同居している明日香の姿のみ。花凜と紬実は、彼女たちの隠れ家に転送されていた。

鷲丞が次にアッシュから呼び出されたのは、香港・ランタオ島の祭壇破壊作戦の三日後、神暦十七年九月十三日のことだった。

「良く来てくれたね、鷲丞」

「いえ、今回は私の方からお願いしたことですから」

恭しく一礼する鷲丞に、アッシュは鷹揚に頷く。そして彼は、斜め後ろに目を向けた。

ライオンを連想させる兜を被った神鎧兵が、邪神の視線に応えて鷲丞の前に立った。

「そういうことにしておこうか。鷲丞、彼がウラス世界のキングゥ。キングゥ、彼はジアース世界の鷲丞だ」

アッシュは鷲丞のことを「ジアース世界の」と呼び、異世界人を「ウラス世界のキングゥ」と呼んだ。そこから推察するに「ウラス」とは、異世界人にとっての地球の、向こうの世界で最もポピュラーな名称なのだろう。

『よろしく、ジアースの鷲丞。私はウラスの使徒、ウガルラムのキングゥだ』

鷲丞と異世界人は言語の壁を越えた意思疎通を円滑にする為、共に神鎧を纏いフェイスガードを上げて顔だけを露わにしている。神鎧に備わっている自動翻訳機能の御蔭で『ウガルラム』が彼らの世界に伝わる獅子の幻獣の名前で、それがこの男のコードネームだと分かった。

「よろしくお願いします、ウガルラムのキングゥ。私はジアースの使徒、グリュプスの鷲丞です」

キングゥの方でも『グリュプス』がどのような姿の幻獣か理解できたはずだった。

鷲丞が丁寧語を使っているのは、キングゥの方が年上に見えるからだ。異世界『ウガルラム』の人間が『ジアース』の地球人と同じように年を取るとすれば三十歳前後の外見。浅黒い肌と濃いひげは、中近東の男性に似ていた。

キングゥは鷲丞の言葉遣いに、一切違和感を覚えている様子は無い。もっともそれは、丁寧に話し掛けられるのが当然と考えているからとは限らなかった。

自動翻訳機能は言語中枢に働きかけて聞き取った音声を自動的に母国語へ変換するもの。同じ地球の言語同士なら丁寧な言葉遣いか、ラフな喋り方かくらいは判別できる。だが異世界同士で、そのニュアンスが伝わっているかどうかは分からない。

それを知っているから、鷲丞はキングゥがどんな態度を取っても気にならなかった。

「二人とも訊きたいこと、話したいことが色々あるだろうからゆっくりしてくれ」

アッシュがそう言い終えたのと同時に、椅子とテーブルが出現した。ソファセットでなかったのは、二人が神鎧を装着している点を考慮したのだろう。

「話が終わったら、自由に退出して構わない」

そう言ってアッシュは消えるのではなく、歩いてその部屋を出て行った。

鷲丞とキングゥはテーブルを挟んで見詰め合った。別に色っぽい意味ではない。どちらが先に座るか順番を譲り合ったのだ。

その間抜けなお見合い状態に、二人は同時に苦笑いを浮かべた。次元が違っていても地球人、同士、メンタリティには共通点があるようだ。鷲丞とキングゥは示し合わせたように、同時に腰を下ろした。

「先日は我々の世界に置かれた魔神の施設破壊ミッションにご協力いただき、ありがとうございました」

まず鷲丞が三日前の礼を述べる。香港・ランタオ島の祭壇破壊作戦において、キングゥが所属する使徒（背神兵）の部隊がミッションを支援する陽動作戦を行ったことが分かっている。

具体的には、次元と次元の狭間に広がる虚無の空間『次元狭界』からこの次元に向けて進攻することで、魔神（神々）の従神戦士を多数引っ張り出した。

元々、正規の従神戦士は主として異次元や次元狭界における邪神の軍勢との戦いの最前線に派遣され、地球上の作戦に採用されることは少ない。つまり、ただでさえ地上に配備されている従神戦士はわずかだ。

その上に、キングゥたちの陽動作戦で地球人の従神戦士が多数動員されたのだ。ランタオ島の戦闘に最後まで正規の従神戦士が姿を見せなかった背景には、こういう事情があった。

それを鷲丞はアッシュから聞き出していた。

『同じ神に仕える者同士、力を貸し合うのは当然のこと。礼には及ばない』

「ありがたいお言葉です。心に刻んでおきます」

『そうだな。もし別の次元で善神の使徒が助けを必要としていたなら、馳せ参じてやると良い』

「そうします」

鷲丞の言葉にキングゥは満足げに頷く。その直後、彼は鷲丞に同情の眼差しを向けた。

『もっとも魔神に世界を支配された状態では、他の世界に手を差し伸べる余裕は中々持てないだろうが』

鷲丞が奥歯を噛み締め唇を引き結ぶ。彼が一瞬見せた表情は、怒りか、口惜しさか。

しかしその感情が外に向かって爆発することはなかった。

「……ウガルラムのキングゥ。貴男の世界のことを聞かせてもらえませんか」

鷲丞は感情に振り回される代わりに知識を求めた。彼が知らない、彼が魔神と呼ぶ神々に支配されていない、世界の姿を。

鷲丞が異世界人に会うのは、キングゥとその仲間が初めてではなかった。彼はこれまでに二度、次元狭界の戦闘に参加していて、その際に異世界の使徒と共闘している。

しかしその時はあくまでも戦闘に参加しただけだ。戦いに必要な言葉は交わしたが、じっくり話をするのは今回が初の体験だった。

『俺のことはキングゥで良い。君のことも鷲丞で構わないか？』

「無論です」

『では、鷲丞。一体何について話せば良い？　地理か？　歴史か？　それとも社会形態か？』

「貴男方と神と魔神の歴史を」

『良いとも。そうだな……』

五秒ほど考えを纏めて、キングゥは話を再開した。

『我々の世界、ウラスもおよそ二百年前、正確には二百二年前、魔神の侵略を受けた』

『現在ウラスは立憲帝政を国体とする統一帝国によって統治されているが、当時、ウラスは統一戦争の真っ直中だった。現帝国の敵対勢力の中には魔神の力を借りて世界の覇権を握ろうとする国もあった』

『だが魔神はそのような取引が通じる相手ではなかった』

『人種、宗教、政治体制を問わず、全ての国に対して服従を要求した。帝国を含めた全ての宮殿が一夜にして落とされた』

「そこは、この世界も同じでした。キングゥ、貴男の世界ウラスは、どうやって魔神による征服を免れたのですか？」

そこまで無言で耳を傾けていた鷲丞が、思わず口を挿む。

『我々は運が良かった。魔神の侵攻に先立ち、我らが神であるアッシュが帝国に降臨されていたのだ』

「帝国は既に善神アッシュの庇護下にあったと？」

『いや、そうではない。我らが神アッシュは市井の人々に混じって、帝国の統治がウラスの未来を担うのに相応しいかどうか観察されていたのだ』

『魔神の尖兵が宮殿を落とした直後、アッシュはウラスをご自身の神域で保護された。そして別の次元から使徒を招いて魔神の軍勢を駆逐してくださった』

『魔神の侵略を退けたアッシュは善神としての名乗りを上げ、ウラスは一つに纏まらなければならないと各国の統治者を諭された』

『そのお言葉によって地上の戦争は終結し、アッシュご降臨の地である帝国が先頭に立って魔神の侵略と闘い、これを遂に退けた』

『こうしてウラスは統一帝国の下、一つに纏まった。そしてウラス人は皇帝を先頭にアッシュの僕となり現在に至る』

キングゥの話が終わって鷲丞が口を開くまで、短くない時間があった。

きっと、鷲丞の心の中には羨望と嫉妬が渦巻いていたに違いない。——何故自分たちの世界はウラスと同じ歴史を歩まなかったのか、と。

「…………貴重なお話、ありがとうございました」

しかし彼はそれを、表に出さなかった。

『我々は君たちに比べて恵まれている。だから同じ神に仕える者として、君たちへの助力を惜しまないつもりだ』

異次元世界の使徒キングゥは鷲丞にもう一度協力を約束して、この面会を締め括った。

◇◆◇◆◇◆◇

「鷲丞さん、お帰りなさい」

鷲丞が隠れ家に戻ると、同居している明日香が夕食の支度をしていた。

「ただいま。もうそんな時間か……」

鷲丞のセリフの後半は独り言だ。その呟きと共に、彼は窓の外を見た。外はもう、暗くなり始めている。亜空間から直接家の中へ転移してきたので、時間が分からなかったのだ。

「もうすぐできますので座って待っていてください」

振り向いていた明日香がそう言って、キッチンに顔の向きを戻す。彼女はフライパンで魚を焼いているところだった。

鷲丞がアカデミーを脱走したのは二年前。明日香は一年半前。鷲丞は二年前からここに住んでいて、一年半前に明日香が合流した。

この家を用意したのは邪神アッシュだが、家そのものは人間が普通に建てたもので、この時代の一般家屋だ。家事は、全自動には程遠い。炊事洗濯掃除その他は明日香と鷲丞が手分けして行っている。

同居を始めたばかりの頃は、二人とも家事の経験はゼロに等しかった。明日香がアカデミーの寮に入る前に実家で少しだけお手伝いをしていた程度だ。

だから最初の内はドタバタコメディのような生活だったのだが、今の明日香は料理にしても掃除にしてもすっかり手際が良くなっている。——その一方で鷲丞の家事スキルはさっぱり向上が見られない。その所為で家事の分担割合は明日香が八割から九割にまで上昇していた。

「お待たせしました」

言われたとおり座って待っていた鷲丞の前に、明日香の手料理が並べられる。

半年前くらいまでは明日香に家事のほとんどを任せてしまっている状況に罪悪感を見せていた鷲丞だが、今では仕方が無いと諦めていた。

少なくとも料理について言えば、明日香と鷲丞では余りにもクオリティが違い過ぎているからだ。明日香も今更、鷲丞の大味な料理など食べたくないに違いない。余計な前置きは口にせず、鷲丞は「いただきます」と手を合わせて白身魚のムニエルに箸を付けた。

同じ白身魚を使うにしても鷲丞が作る、ただ油で炒めるだけの男料理では比べることすらおこがましい。この格差を前にして「自分も料理を分担する」とは、鷲丞には到底口にできない。

それは料理だけでなく掃除も洗濯も同じだ。特に洗濯は鷲丞が明日香の下着を駄目にしたことがあり、その時に彼は虚ろな目をした彼女に戦力外通告を受けていた。結局、家事のほとんどを明日香に任せるのが鷲丞にとってだけでなく、二人にとって最善だった。

箸を動かしながら「どうですか」「今日も美味い」という夫婦のような会話を経て、明日香が鷲丞に「異次元の使徒とどんなお話をされたんですか？」と訊ねた。

「彼らの世界が魔神の支配を免れた経緯や、彼らの世界の政治体制を教えてもらった」

「魔神」というのは彼ら背神兵が神々を指して呼ぶ言葉だ。邪神群の神々のことは「善神」と呼んでいる。

「内容を教えてもらっても良いですか」

「もちろん良いぞ。神が紹介してくださった使徒の名はウガルラムのキングゥ。『ウガルラム』は俺の『グリュプス』同様、使徒としてのコードネームだ。そして彼らは自分たちの地球をウラスと呼んでいる」

そう前置きして、鷲丞はキングゥから聞いた話を詳細に語った。

「ウラスも魔神の脅威に曝されていたんですね……」

「そのようだ。きっと他にも、今まさに魔神の侵略を受けようとしている世界があるのだろうな……」

「この地球すら解放できない今の私たちには、どうしようもありません」

口惜しそうに呟いた鷲丞を明日香が慰める。

「そうだな……」

理性では鷲丞も理解しているのだろう。だが感情は納得していないのが明らかだ。それは彼の、曇ったままの表情で分かる。

「……キングゥさんの世界は皇帝に治められているんですね」

そんな鷲丞の心情を汲んだのか、明日香が話題を変えた。

「民主化運動や独立運動は起こらないんでしょうか？　皇帝が神の代理人みたいな立場にある

なら、大規模な内乱なんかは起こらないでしょうけど……」

地球は神々の支配下にある。だが神々は直接、政治に干渉しない。

神暦十七年現在の地球にも様々な国家があり様々な政治体制がある。神々の支配を受けていない、二十世紀末に分岐したもう一つの地球との違いは紛争や内戦の有無くらいだ。民主主義国家もあれば独裁国家もある。

神々の支配を意識しなければ、現代の日本は民主的な社会だ。そこに育った明日香は独裁国家の人々の暮らしをニュースや噂話で耳にすると、同情的な念を懐いてしまう。これは彼女がアカデミーに入学するまでの十五年間で培われた社会的な価値観だった。

「君主制は必ずしも悪ではないぞ。法治主義と君主制は必ずしも相反するものじゃない」

だが同じ社会的土壌に育ったはずの鷲丞は、明日香とは異なる感性を持っているようだ。

「まず、責任の所在が明確になっているのは明らかな美点だと思う」

「でも皇帝が間違ったことをしても、誰もそれを正せないのでは？」

明日香が常識的な反論を行うが、鷲丞はそれに頷かなかった。

「たとえ独裁者でも、一人で政治はできない。皇帝の間違いを正せなかったならば、それはむしろ側近の腐敗であり能力欠如だ」

「その側近を選ぶのは皇帝でしょう？　ならばやはり、皇帝自身の責任なのでは？」

「そうとは限らない。最終決定は皇帝がするとしても、そこに至るまでに候補者はふるいに掛けられる。候補者を適切に選ぶシステムがあれば、腐敗した人材が登用されることはない」

「選ばれた当初は有能かもしれませんが……」

「言いたいことは分かる。皇帝の寵愛に慣れた側近は、どんなに高潔な人物でも堕落していくと俺も思う。しかしそれは、皇帝が私情で特定の家臣を贔屓するような人物であった場合の話だ」

「贔屓をしない権力者なんているのでしょうか」

「権力闘争の末に地位を勝ち取った独裁者は、協力者を贔屓しないわけにはいかないだろう。だが世襲君主で、最初から最高権力者となるべく教育された者ならばその限りではないと思う。政治が高度に専門化した世界の舵取りを行う者には、それに対応した高度な教育が必要だ。一人の専門家の決断が多数の素人の妥協の産物に劣るとは、俺は思わない」

それは極論ではないか、と明日香は思った。

だが鷲丞の次のセリフには、心の中ですら反論できなかった。

「現在、ほとんどの地球人は魔神を支配者として認め、崇めてすらいる。俺たちはごく少数の異端者だ。だが善神に従う俺たちが、この俺が間違っているとは思わない。多数の決定が一人の決断より常に正しいわけでは、断じてない」

【5】演習と実戦

「馬鹿な！
馬鹿な！
馬鹿な！」

背神兵により神々の統治用施設『祭壇』の一つを破壊された。この事実は世界各国の代行局に大きな衝撃を与えていたが、従神戦士の訓練施設であるアカデミーの運営には、今のところ影響は無かった。今はまだ、運営方針を変更するかどうか話し合っている段階だった。

九月十五日。アカデミーの入学式から二週間。今日から新入生の教練は、初歩の初歩である神鎧装着から、武器を使った戦闘訓練に移行すると予告されていた。演習場に整列した新入生の顔は、荒士を含めて、隠し切れない緊張に強張っていた。

「今日はまず従神戦士の武器、エネリアルアームの使い方を修得してもらいます」

教官の白百合は集まった候補生を前にして、最初にこう告げた。

「あなた方が使う武器は神鎧と同じくエネリアル製の物ですが、呼び出す方法が違います」

これは事前学習では教えられなかった、初めて聞く内容だ。荒士も他の候補生同様、白百合の言葉に意識を集中した。

「エネリアルアームには様々な形状の武器が存在しますが、どの武器も白兵戦・砲撃戦双方に対応できる性能を備えています。ですから従神戦士は基本的に自分に最も適した武器を選べば良いのですが、やはり武器によって適した用途がありますから、戦闘状況によっては武器を持ち替えながら戦うことが要求されます」

教官の白百合がいったん言葉を切って、理解が追い付いているかどうか候補生の顔を見回す。少なくとも表面的には、要領を得ない顔をしている者はいなかった。

「状況の変化に対応する為、エネリアルアームの招喚は音声コマンド方式になっています」

荒士は小さくない意外感を覚えたが、すぐに「成程」と思い直した。武器を操って戦いながら他の動作はできない。銃を撃った経験は無いので、銃撃戦の中ならもしかしたら招喚用の装置を操作する余裕があるのかもしれないが、少なくとも剣や槍で打ち合っている最中にそんな余裕は無い。

手が使えないなら、最も確実に意思を伝える方法は言葉を発声することだ。思考を直接伝えることも神々の技術には可能。現にインフォリストという思念操作の道具がある。だが生憎と人間は、思考だけで意思を伝達するのに慣れていない。戦いの中で咄嗟に武器を呼ぼうとしても、思念だとそこに迷いが混じって別の武器を呼び出してしまう可能性を否定できない。

そんな風に教官の言葉を頭の中で噛み砕いて、荒士は続きに耳を傾けた。

「音声コマンドは意味さえ同じならば、言語の種類は問いません。ただ各言語には一応、定型文句がありますからそれを覚えるようにしてください。その方が確実です」

荒士の左手首でいきなり、インフォリストが振動する。

「インフォリストに定型招喚文句を、皆さんの母国語で送りました。確認してください」

白百合の指示に従い、荒士は思念でインフォリストを操作した。

招喚用の定型文句は全部で九種類。どれも簡素なもので耳慣れない特別な言い回しは少なく、覚えるのに苦労は無さそうだ。

（……そういえば名月さんやあの背神兵もこのフレーズを使っていたな）

招喚コマンドの中に、記憶にある文言を見付けて荒士はそう思った。背神兵も従神戦士と同じコマンドを使っているのは少し意外だったが「背神兵は邪神に寝返った元従神戦士候補」と事前学習の教材にあったのを思い出して納得した。

「確認しましたね？　それでは早速、エネリアルアームを呼び出してみてください。実際に一通り手に取ってみれば、自分に最も適した武器が分かるはずです」

――何か直感のようなものが働くのだろうか？

白百合の言葉に、荒士はそんな疑問を覚えた。だが精神を基盤にしたテクノロジーならば、道具との間に何か通じ合うものが生まれてもおかしくないかもしれない。荒士はそう考え直して、とにかく言われたとおり試してみることにした。

九種類の招喚文句に対応して、エネリアルアームは九つのカテゴリーに分かれている。「剣・刀」「槍」「薙刀、グレイブ」「銃」「戦斧・ハルバード」「弓矢」「榴弾砲」「盾」「鎖・ワイヤー」の九種類だ。「銃」は炸裂弾を用いない火砲のことで大砲を含む。他方、榴弾砲は炸裂弾を用いる火砲一般だ。「ワイヤー」はワイヤーソーを含んでいる。いや、武器としてはワイヤーソーの方が一般的か。

（……最初はやはり、槍からだろう）

荒士は陽湖の祖父から槍術を伝授されている。並行して杖術も教わったし、剣道も嗜みとして手解きを受けているが、メインで稽古をつけてもらったのは槍術だ。その経験から荒士は、九種類の武器カテゴリーの中で槍に最も馴染みを感じていた。

（招喚フレーズは「貫くものよ」。……なんか恥ずかしいな、これ）

覚えるつもりで読んだ時には気にならなかったが、これを声に出して唱えることを考えると、アニメかゲームのキャラクターをリアルに演じさせられるような気がして彼は気恥ずかしさを覚えた。——なお西暦の時代程ではないが、この神暦の時代にもアニメやゲームなどのサブカルチャーは生き残っている。

しかしこれは歴とした教練だ。「恥ずかしいから」では済まされない。

荒士は覚悟を——という程のものでもないが——決めた。

右手を前に突き出し、招喚コマンドを口する。

「貫くものよ」

ここで他人に聞こえないよう声を潜めるのは余計みっともない気がしたので、荒士はコマンドをしっかりと唱えた。

唱え終えた直後、指を開いていた右手に熱い光が生まれる。

荒士はその光を、軽く握り込んだ。

光は光のまま、熱が手応えへと変わった。

そして光は、細長い棒状の物体に変化する。微かな光を帯びた半透明の柄に、クリスタルのような質感の長い穂を付けた大身槍。柄の長さは百六十センチ前後で刃が四十センチ前後。全長は荒士の身長よりも二十センチ以上長い。だがその槍に荒士は、長すぎるという印象を持たなかった。

予想外にしっくりきた。前後左右、周りの候補生との距離を確認して、荒士は軽く槍を振ってみた。

いや、「予想外」と言うより「驚く程」と表現する方が適切か。まるで自分の為に誂えられた武器のようだ、と荒士は感じていた。

もう一度、今度は本格的に力と気合いを入れて振ってみる。自由に振り回すことはできない。近くにいる候補生に当たらないよう、間合いに注意しながらだ。しかし、それすらも気にならなかった。

自分の身体の一部みたいに、自由に操れる。道場で扱い慣れた木槍でも感じたことの無い手応えだった。

我知らず、気分が高揚する。もう他の武器を試す必要など無いと確信した。

「新島候補生」

しかしその、一種の酩酊状態は教官の声で、一瞬で醒めた。

「訓練なので一応、他の武器も試してください」

「――分かりました」

荒士は手を止め、棒を飲んだような姿勢になって白百合に答えた。

荒士はその後、命じられたとおり残る八種類の武器も招喚してみたが、やはり槍以上にしっくりくる武器は無かった。

彼の行動を見張っていたわけでもないだろうが、荒士が再び槍を手にしたタイミングで白百合から集合の号令が掛かる。自然に互いの間隔を広げていた候補生が彼女の前に整列した。

先程と違う点は、チームごとに並んだ各候補生の手に武器が握られていることだ。

イーダはイメージ的に剣か槍だと思っていたが、実際には全長二メートルを超えるハルバードだった。

ミラは剣。諸刃の剣身は目測で刃渡り五十センチ前後、幅五、六センチ。長剣というほど長くはなく、細剣とは明らかに形状が違う。古代ローマで用いられたグラディウスという種類の剣に似ていたが、あいにくと荒士にはそこまでの知識が無い。剣に加えて彼女は小型の盾を持っていた。

最も意外だったのは幸織だった。荒士は彼女の和風な雰囲気から勝手に薙刀だろうと決め付けていたが、実際に幸織が選んだ得物は銃。それも護身用の拳銃とかではなく、全長一メートル近い小銃だった。形状はアサルトライフルに近い。

そしてチームは違うが、チラッと盗み見たところ陽湖が選んだ武器は弓だった。姉の名月と同じ。そういう意味では、意外感は無い。もっとも名月は薙刀も使っていたが。

「これから亜空間に移動して、演習用ロボットを使った実戦形式の訓練を行います」

亜空間と聞いて、半数近い候補生が表情に不安をのぞかせる。

「神々の技術で演習用に造られた亜空間です。危険はありません」

すかさず白百合（しらゆり）はフォローを入れた。「黙って命令に従え」というスタンスでないのは、候補生たちの年齢を考慮しているのだろうか。取（と）り敢（あ）えず教官の安全を保証するセリフで少女たちの動揺は静められた。

「では右列から順番に、転送ゲートへ進んでください」

浮き足だった空気が消えたのを見計らって、白百合（しらゆり）が次の指示を出す。

候補生たちはキビキビした足取りで演習場の奥、転送機が作り出した『ゲート』へ進んだ。

神々の超技術（ハイパーテクノロジー）の産物、物質転送機には三つのタイプがある。

一つ目はエレベーターケージのような小さな部屋から小さな部屋へ移動するタイプ。扉が閉じて次に扉が開けば別の場所に移動している。感覚的にはまさに超高速のエレベーターだ。

二つ目は円形のシーリングライトのような外見の装置から発せられる光を浴びると、任意の場所に転移（テレポート）するタイプ。神鎧兵（じんがいへい）の瞬間移動にはこのタイプが用いられている。

そして三つ目はこれから荒土（こうじ）たちが使う、離れた空間を直結するゲートを作り出すタイプだ。

ゲートの形状は、床に接して投映される円形、または正三角形の平面。技術的には長方形とか他の形のゲートを作り出すことも可能なのだが、地球の代行局で運用されているゲートは円形と正三角形の二種類だ。

ゲートの中を「表」から見ると、深い霧が立ちこめているように白く濁った空間になっている。「裏」から見ると、完全な暗黒だ。ただゲートの縁だけが、「表」から見ても「裏」から見ても七色の光で細く縁取られている。とにかく、入る方向を間違えることは無さそうだった。

何も見えない空間に足を踏み入れる行為には、どうしても不安がつきまとう。だが自分たちが最初というわけではないのだ。荒士(こうじ)は案外古い価値観を持っているので、同い年の女子が先に進んでいるのに男の自分が尻込みしている姿を見せることなどできない。彼はチームの先頭を切って、直径二メートル半の円形の転送ゲートに足を踏み入れた。

ゲートの形状から受ける印象で、くぐればすぐ別の空間に出ると荒士(こうじ)は思っていた。だがその予想は外れた。

ゲートの中に入ると、そこは白く霞(かすみ)掛かった世界だった。体感で約二メートル先に光を放つ円盤が「地面」に立っている。高輝度の発光パネルのような、均一に光る円盤だ。

白い世界に案内人(ナビゲーター)はいなかったが、光る円盤が出口だと直感的に分かった。もしかしたら神鎧(じんがい)には、それと意識させないナビゲーション機能が付いているのかもしれない。

荒士(こうじ)は何かに操られているかの如(ごと)く、何も考えずに発光する円盤へ向かった。

そしてその先に、足を踏み出す。

円盤の向こうには巨大なドームで覆われた世界が広がっていた。ドーム式球場とか、そんなレベルではない。果てが遠く霞んで見えない。正面に視界を遮る森や山は無く、どこまでも平らな景色が続いている。弧を描く地平線も水平線も見えないから、この世界は平らなのだろう。まるで古代人が思い描いた平面世界のようだ。

後続の邪魔にならないよう数歩進んで、荒士は振り返った。背後に何の支えもなく立っているのは漆黒の円盤。成程、表面と裏面ではなく入り口と出口だったのか、と荒士は思った。

振り返った彼が見ている前で、イーダがゲートから姿を現した。ゲートを出た直後のイーダがわずかによろめいたのは、急転した光景に感覚を乱されたからに違いない。もしかしたら荒士自身も同じだったかもしれない。

続いてミラと幸織が手をつないで出てくる。ミラが半歩先んじていたので、躊躇う幸織をミラが励ましながらゲートを越えてきたのだろう。二人もやはり、三歩ほど足取りを乱していた。

ミラは左手に剣を持っている。それに荒士は今、気が付いた。思い返せば、ミラがインフォリストをはめていたのは右手首だ。どうやら彼女は、左利きらしい。

槍と剣では立ち回りが違うとはいえ、利き腕が右か左かは立ち位置に影響する。白兵戦に備えて覚えておかなければならないと、荒士は心に留めた。

イーダと幸織の利き腕も確認しておく必要がある。荒士は改めて二人に目を向けた。

彼の許に歩み寄って立ち止まったイーダは、右手一本でハルバードを持っている。彼女は右利きと見て間違いないだろう。

左手をミラに引かれている幸織は、右手でグリップを握りアサルトライフルを——無論、アサルトライフルその物ではない——ぶら下げている。幸織は右利きか。

なお荒士が地面に立てて持っている槍は、それなりの重量がある。軽すぎない、扱いに適した重量だ。

だが幸織の銃は見た感じ、極めて軽いように思われた。もし実銃と同じ重量があったら、彼女の細腕ではあんな持ち方はできないだろう。

それとも神々から下賜される武器の重さは一定ではなく、シチュエーションによって変動するのだろうか。どちらもありそうだ。

六つのゲートから百十二人の候補生全員が亜空間に移動し終えるのに約三十分掛かった。荒士には長すぎる、無駄な時間に思えた。もっと大きなゲートを開けば良いような気がするのだが、代行局には何か、そうはできない事情があるのだろうか。

順番が比較的最初の方だった荒士は待っている間、槍の素振りでもしていたかったというのが本音だった。だが教官の指示は「整列して待機」だ。勝手な真似はできない。若い荒士には前時代的にも感じられるが「動かずに待っている」のも訓練の一環なのかもしれない。

とにかく、全候補生が亜空間の演習場に揃った。

すると何の前触れもなく、教官である白百合の合図も無く、二段十四列に整列した各チームの前にヒューマノイドタイプの戦闘ロボットが出現した。二腕二足歩行だが人間そっくりのアンドロイドではなく、骸骨に装甲を被せたようなフォルムだ。

突然転移してきたロボットに硬直する者、後退る者、構えを取る者など反射行動を取る候補生が大勢いた。ちなみに荒士は槍の穂先をロボットに向けようとしてギリギリで思い止まった。

「最初はエネリアルアームの習熟訓練です。午前中一杯をこれに充てる予定になっています。戦闘ロボットには一対一の模擬戦を命じています。チーム内で交代しながら、ロボットを相手に武器の使い方を覚えてください」

白百合の指示に、候補生は戸惑いを隠せない。それは荒士も同じだった。模擬戦をやれと言われても、現在の密集状態では到底不可能だ。何処に行けば良いのだろうか。

その戸惑いが質問として形になる前に。

候補生は、チームごとに別々の訓練ルームへ移された。

いきなり景色が変わった。一瞬前までは何処までも平らな、ただ広いだけの世界にいたのに、今は灰白色の壁と天井と床に覆われた屋内に立っている。

ただ屋内といっても狭い部屋の中ではなく、ちょっとした体育館並みの広さがあった。間合いが短い剣や刀だけでなく、槍(やり)や銃の練習にも十分なスペースが確保されている。

いきなり自分が立っている場所が変わったのは多分、というか間違いなく神業(かみわざ)——神々の超技術(ハイパーテクノロジー)による瞬間移動の結果だろう。ロボットが転送機の端末を兼ねているのかもしれない、と荒士(こうじ)は考えた。——真相はここが神造の亜空間だから物質の座標を自由に入れ替えられるからなのだが、今の荒士(こうじ)に答え合わせの術(すべ)は無い。

それに何時(いつ)までもそんなことを気にしている余裕も無かった。

『準備は良(い)いですか』

何処(どこ)からか教官の声が響く。

それを合図にしたのか、ロボットの両手に剣と銃のキメラのような武器が出現する。通常の剣と異なり、ブレイドが前腕の延長上にある。ジャマダハルと呼ばれる北インドで使われていた特殊な刀剣に似ている。そして人間であれば手の甲側に三連の短い銃身。ロボットはその武器を握っているのではなく、腕と一体化していた。

「誰から行く？」

イーダが他の三人に問い掛ける。

「俺から行かせてもらう」

真っ先に荒士(こうじ)が答えてロボットの前に進み出た。

始まりは、いきなりだった。

荒士が正面に立った直後、間髪を容れず戦闘ロボットの左腕が刺突を繰り出す。

荒士が反応できたのは、ほとんどまぐれだった。刺突を巻き込むようにして外へいなす。

続けて迫る右腕の刺突は石突き側を使って上に弾いた。

槍の回転運動に合わせて足を引き、ロボットから離れようとする。

だが、ロボットは距離を詰めてこなかった。

(手加減してもらっているのか)

槍の間合いを取ることに成功した荒士だが、素直には喜べない。

戦闘ロボットは体勢を崩していなかった。同じ二本足といっても、バランス能力は人間より明らかに上だ。

荒士の武器が槍でロボットの武器は双剣。

ロボットの剣には銃が付属しているので、離れても戦えないということはない。だが接近した方が有利であるのは間違いない。

それなのに間合いを詰めてこなかった。まさか対人戦術がインプットされていないなどということはないはずだから、これは手加減しているからだとしか思えない。

なにくそ、という反発心が湧き上がる。しかしそれが無謀な突進につながる前に、荒士は精神的なクールダウンに成功した。

この場所に送り込まれる直前、教官の白百合は「エネリアルアームの習熟訓練」と言った。つまり、この演習の目的は勝ち負けを競うことではなく、力試しの場ですらない。神々の武具――エネリアルアームの扱いに慣れることが目的に設定されている。

であるならば、練習相手に用意されたロボットが決着を急がないのはむしろ当然だ。様々なパターンを候補生に経験させなければ演習の目的に適わない。仕切り直しは手加減などではなく、ロボットに与えられた役割に沿ったものだと言える。

槍術の心得があっても、エネリアルアームを使って戦うのは荒士も初めてだ。思う存分、練習させてもらおう。――荒士はそう考えて、今度は自分から戦闘ロボットに挑み掛かった。

この部屋、と言うか空間は、四人同時に模擬戦をしても十分な広さがあった。にも拘わらず一人ずつ交代で戦闘ロボットを相手に戦うよう指示されたのは、チームメイトの立ち回りを参考にし、またチームメイト同士でアドバイスし合うことを求められているのだろう。少なくとも荒士はそう解釈した。

その仮説を念頭に置いて、荒士は模擬戦が終わったばかりの幸織に話し掛けた。

「朱鷺、ちょっと良いか？」

三巡目の模擬戦が終了して、姿を見せない白百合から「小休止にします」の声が届いたところだ。荒士の目には、何となくだが、床に座り込んだ幸織が無理をして平気な態度を装っているように見えた。

「は、はい。何でしょうか」

幸織の返答は、声が裏返っていた。

話し掛けられただけでこれ程はっきりと動揺したのは、やはり彼女が無理をしていて精神状態に余裕が無いからだろう。

荒士が幸織に話し掛けたのは、彼女がエネリアルアームを上手く扱えていないように感じたからだ。彼には槍術の下地がある。だから材質は特殊でも、「槍」という武器の扱いに苦労はない。エネリアルの槍と通常の槍の違いにも、一回目で既に慣れていた。

イーダもおそらく同じだ。彼女も何らかの下地があって、ハルバードの扱いには明らかに慣れていた。ミラは三回目の模擬戦で剣と盾を使うコツを会得したようだった。おそらくフェンシングの一種の、サーブルの応用ではないかと荒士は推測している。

チームメイトの中で一番苦労しているのは、明らかに幸織だった。そして彼女を観察していて、荒士は一つ思い付いたことがあった。

「──銃のマニュアルは読んだ？」

幸織の隣に座りながら、荒士は彼女に訊ねた。

「マニュアルですか？　いえ……、あの、マニュアルってあるんですか？」

意外感が動揺に勝ったのか。不思議そうに訊ねる幸織の声は、何時もの調子だった。

「槍や剣には必要無いだろうけど、銃はマニュアルが無いと困るんじゃないか？」

「引鉄を引けば弾が出るので……。マニュアルの有無は気にしていませんでした」

「そうか。――教官、少しよろしいでしょうか」

幸織に向かって頷いた後、荒士は空中に向かって呼び掛ける。

一見、一人芝居をしているようだがこれは、神鎧の通信機能を使って白百合に呼び掛けているのだった。

『新島候補生、質問を許可します』

果たして、白百合からはすぐに返答があった。

「ありがとうございます。エネリアルアームのマニュアルの呼び出し方をお教えいただきたいのですが」

荒士の怖い物知らずとも取れる遠慮の無い口調の質問に、幸織が目を見開く。

『銃と榴弾砲のマニュアルは用意されていますから「マニュアルのインデックスを表示」と念じれば閲覧できます』

白百合は荒士の意図を見透かしたような答えを返した。いや、本当に分かっているのだろう。

彼女たちはディバイノイド。神々が人類統治の為に作り出した、生きた端末だ。

人造人間、いや、神造人間である彼女たちには、人間のような「心」は無いかもしれない。

だがディバイノイドは代行官――巨大人工頭脳オラクルブレインと直接つながっている。そして神々の支配を代行するオラクルブレインには、人間の行動とその背景、人と人とのコミュニケーションに関するデータが膨大に蓄積されている。

そのデータにアクセスし、オラクルブレインの演算能力を利用できるディバイノイドにとっては、十六歳の少年の考えを読むことなど造作も無いに違いなかった。

『表示されたインデックスをタッチすることで詳細を確認してください』

荒士は「ありがとうございました」と礼を述べて、早速マニュアルを開いてみた。

「あの……、新島君、何をしているんですか？」

荒士の目の前に浮いているマニュアルが幸織には明らかに見えていない。どうやらこれは呼び出した本人だけが見ることのできる仮想ディスプレイのようだ。

インデックスには「銃」と「榴弾砲」という大項目が並んでいる。

荒士は白百合に言われたとおり、「銃」の項目に右手の人差し指で触れた。

展開された中項目の内、直感で「射撃モード」を選択する。

展開された索引メニューには「単射」「連射」「散弾」の三項目が並んでいた。

「新島君？」

「荒士？　何してるの？」

幸織だけでなく、向かい側に座っていたミラまで訝しげな声を掛けてくる。

だが荒士は幸織のフォローという元々の目的其方退けで、好奇心の虜になっていた。

荒士の口から「へぇ」とか「ほぅ」とか、呟きが漏れる。

幸織とミラは顔を見合わせ「何かしら?」「さぁ?」と目と目で会話していた。

「……朱鷺」

「はいっ」

不意に荒士から名前を呼ばれ、幸織が再び声を裏返らせる。

「エネリアルアームの銃は自由に射撃モードを切り替えられるんだけど、知っていたか?」

幸織が「いいえ」と言いながら、プルプルと首を左右に振る。

「あの、射撃モードって何ですか?」

そもそもそこから幸織は分かっていなかった。

「あっ、やっぱりフルオートとか三点バーストとかあるんだね」

そして意外にも、ミラは良く知っていた。

「銃がアサルトライフルの形してたから、多分そうじゃないかと思ってた」

「……三点バースト? というのはなかったな」

むしろミラの方が荒士よりも詳しいようだ。

「じゃあセミオートとフルオート?」

ミラが喋っているのはオランダ語なのだが、「セミオート」と「フルオート」は何故か英語だった。もっとも、神々の技術により外国語を日本語として理解している荒士の方でも「セミオート」「フルオート」と聞こえている。

ついでに言うなら「三点バースト」も「三点射」ではなく「three-point burst」でもなく「三点バースト」だ。神々の翻訳技術は本人が理解できる言葉よりその者の母国語で一般的に用いられている語句に変換するもののようだ。

「いや、『単射』『連射』『散弾』の三つだ」

荒士(こうじ)の回答も、ミラには「セミオート」「フルオート」「ショットガン」と聞こえていたことだろう。

「単射、連射、散弾ですか……。銃を武器に選んだら、その三つを使い分けなきゃならないということですか？」

強がって平気な振りをしていた幸織(さおり)の表情が翳(かげ)る。トリガーを引くだけで精一杯なのに、それ以上の技術的なあれこれを要求されても無理だと思ったのだ。

「そんなに難しく考える必要は無いと思う」

思うような結果が出せずに弱気になってしまう気持ちは荒士(こうじ)にも何となく分かる。こういう時に浅慮な励ましは相手を追い詰め、下手な慰めは後ろ向きの心理を増幅してしまう。だから彼は敢(あ)えて慰めを口にせず、アドバイスを送ることにした。

「まずマニュアルを開いてみてくれ。『マニュアルのインデックスを表示』と念じれば索引が見えるはずだ」

荒士はディバイノイドに教わったやり方を伝えて、幸織に『射撃モード』の項目を開かせた。

「……そこに書いてあるとおり、普通の射撃が点を穿つものであるのに対して散弾は面に多数の弾をばらまくものだ。これなら細かな狙いは必要無い。敵に銃口を向ければ何発かは当たる」

幸織はじっと自分だけに見える仮想画面のマニュアルを見ている。彼女は荒士の言葉に何の反応も、相槌すらも返さなかったが、真剣に聞いているのは雰囲気で分かった。

「単射や連射に比べると散弾の威力は低い。だが与えるダメージは、ゼロじゃない。倒せなくても接近を阻む効果はあるはずだ。ダメージを積み上げれば、足も止まるに違いない」

「……分かりました。相手の動きが止まったところを、今度は連射で狙い撃てば良いんですね」

荒士が全てを説明する必要は無かった。戦いには向いていない性格でも、幸織は理解力が低いわけではない。彼女は荒士に与えられたヒントを元に、自分で打開策を考え出した。

エネリアルアームの習熟訓練は一人当たり五回、行われた。アドバイスの甲斐があって、五巡目になると幸織もエネリアルアームの銃を一応は使えるようになっていた。

もしかしたらそれで、荒士のチームは次の段階に進めると判断されたのかもしれない。五巡目が終わって幸織が一息ついたところで、荒士たち四人は元の平面大地に戻された。

そこには全員が揃っていた。自分たちが一番最後だったか、と口惜しさを覚えた荒士だったが、すぐに自分が考えていた状況とは様子が違うと気付いた。

周りにいる同期の少女たちの多くが、キョロキョロと他のチームの様子をうかがっている。その目の中には戸惑いと不安が宿っていた。

彼女たちの表情には、後から追い付いてくる者を待っていた余裕は無い。少なくとも荒士はそう感じた。

(……同時だったのか?)

脳裏に浮かんだ疑問。次の瞬間、それが正解だと荒士は直感した。

自分たちのチームを含めて、全ての候補生は同時にこの場所へ戻ってきたのだ。移された先で過ごした時間の長さに拘わらず。

全員が待ち時間ゼロの、合理的な演習の運用だ。ただ、それを可能にする技術がどれ程「超」高度なものか、荒士には想像も付かない。

この世界の支配権を確立した際に、神々は人類に「自分たちは宗教的な存在ではない」と告げた。荒士が生まれる前のエピソードだが、普通の小学校で教わった。日本だけでなく、世界中の学校でそう教えているはずだ。あるいは、親から聞いているに違いない。

だが信仰の対象ではないとしても、神々は「神」の名に相応しい力を持っている。荒士はこんな些細な出来事からも、それを思い知らされた。

エネリアルアームに習熟するという課題は、あくまでも準備に過ぎなかった。

次の課題は戦闘ロボットを相手にした集団戦。今回は各チームごとではなく、三チームずつに分けられた。チーム単位で模擬戦を行い、休んでいる時間は他のチームの戦い方を見学するように、という意図だと思われる。

送り込まれた先は屋内ではなく、何も無い運動場のような広場。足下は固く締まったむき出しの砂地だ。ただ、本物の砂や土なのかどうかは分からない。

頭上は雲一つ無い青空。ただし、快晴と表現するには明るさが足りない。頭上にベールが掛かっているような、ぼんやりした青空だ。薄く春霞(はるがすみ)が掛かっているような青空、と表現しても良いかもしれない。

「荒士(こうじ)君」

今回の演習で同じフィールドに割り当てられたチームの一員である陽湖(ようこ)が、自分のチームから一人離れて荒士(こうじ)に話し掛けた。

「先に行かせてもらって良い？」

「ちょっと待て」

荒士(こうじ)はこのチームのリーダーというわけではない。と言うか、荒士(こうじ)のチームではリーダーを決めていない。

これはきちんとしておく必要があるな、と思いながら、荒士はチームメイトへ振り返った。

「私は構わないぞ」

荒士が言葉で問う前にイーダが答えを返した。

「私も」「私もです」

ミラと幸織が、ほぼ同時に続く。

「――ってことだ。お先にどうぞ」

荒士も順番に拘りは無かった。


模擬戦の順番は、荒士のチームが最後になった。

壁もフェンスも、障碍物が何も無い演習場で、時々飛んでくる流れ弾を自分たちで防ぎながら見学をしていた荒士たちは、全滅判定を受けた二番目のチームと入れ替わって模擬戦の開始指定ポジションに立った。

戦闘ロボットの方でも機体は交代する。損傷を受けた物だけでなく総入替だ。

新たなロボットの登場を待ちながら、荒士は「陽湖のチームは勝ったからな……負けたら格好が付かない」と考えていた。

前のチームは全滅。その前の陽湖のチームは二人が退場判定を受けたもののロボットを全滅させて勝利。陽湖は生き残った二人の内の一人だ。

なお「戦死判定」ではなく「退場判定」なのは、正式に神々の軍勢に加わった「黒」の従神戦士は敵の攻撃を受けても戦えなくなるだけで死ぬことはないからだ。少なくとも、荒士たち候補生はそう教わっている。

密かに闘志を高めていた荒士だが、演習相手のロボットが中々登場しない。前のチームの時は、陽湖のチームに破壊されたロボットが消えた後すぐに、新たな機体が登場した。

稼働可能なロボットが残っていたので、整備しているのだろうか？

荒士がそんなことを考えているところに、白百合の切迫した声が届いた。

『非常事態です！　直ちに演習を中断し、皆さんを回収……』

おそらく「回収します」と続くはずだったセリフは、そこで途切れた。

（――何だ、この空気は？）

演習場を覆う空気――雰囲気が変わった。

「えっ、何っ？」

それを感じ取ったのは荒士だけではなかった。陽湖に続いて、同じような声が幾つも上がる。

「な、何でしょう。何だか、嫌な感じが……」

荒士のチームでも、幸織が怯えた表情で身を竦ませ、イーダは対照的に口元を引き締めて身構えた。

「何が起こるのかしらね？」

ミラが期待感をのぞかせる声で荒士に話し掛けた。舌なめずりしているような不敵な態度は頼もしいとも言えるが、不謹慎にも思われた。

「不謹慎だぞ」

「荒士も笑ってるじゃん」

感じたままにミラをたしなめたところ、彼女から思いがけない指摘を受けた。

「……笑ってる？　俺が？」

「うん。何が起こるのか待ちきれないって顔になってる」

そんな顔をしている自覚がなかった荒士は思わず半透明のシールドの下になっている顔を撫でた。

手袋に覆われた指が、素手と変わらぬ感触を意識に伝える。

だから分かる。確かに自分の口角が上がっているのを荒士は自分の手で確かめた。

「やっぱり自覚が無かったんだ」

ミラが面白そうにニヤニヤと笑う。

「荒士ってクールそうに見えたけど、実は凶暴なんだね」

「クールじゃないのは認めるが、狂犬扱いされるのは心外だ」

浴びせられた暴言に荒士は顔を顰めた。

「悪口じゃないよ。なよなよした男よりワイルドな方が私は好きなの」

荒士に秋波を送るミラ。

冗談か本気か、場違いなラブシーンは、しかし未遂に終わった。

「来るぞ！」

イーダが警告を発する。

彼女の声が届く前に、荒士もそれを感じ取っていた。

——何かが来る。

次の瞬間、特大の風船が破裂したような音がした。

幸織とミラが思わず目を閉じ、耳を塞ぐ。いや、彼女たち二人だけではなく三チーム十二人の候補生の内の九人が、似たような行動を取っていた。

例外はイーダと陽湖、それに荒士。

目を逸らさなかった荒士は見た。

戦闘ロボットが出現するはずの、目の前の空間がガラスのように割れて砕け散る光景を。

その向こうに広がる暗黒から、見覚えのある甲冑を纏って歩み出てくる人影を。

「お前は！　確か古——」

「グリュプスだ。久し振りと言うほどではないな、新島荒士」

破れた空間の向こう、暗黒の中から現れたのは背神兵・古都鷲丞だった。彼は本名を呼ぼうとする荒士のセリフに被せて、邪神につけられたコードネームを名乗った。

「――何をしに来た⁉」

荒士は鷲丞の名前に拘らなかった。思いも寄らぬアクシデントに、そんな精神的な余裕を持ち得なかったのだ。

荒士の詰問に鷲丞は、長剣の一閃で答えた。

刃は届いていない。見た目だけで言えば素振り、あるいは空振りだ。

しかしその一振りによって、正体不明の衝撃が荒士を襲う。

それが精神に加えられた打撃だと、荒士にはまだ理解できない。

荒士は折れそうになる膝に力を入れ、足を踏み締めて槍の穂先を鷲丞に向けた。

「ほう……」

猛禽類を模った兜の下からのぞいている鷲丞の口から、軽い驚きが漏れる。鷲丞は荒士を始めとする、この場にいる候補生全員を無力化するつもりで、今の精神攻撃を放ったのだった。

「三人も耐えるとは」

しかし彼の意図に反して、三人の候補生が抵抗の姿勢を見せている。

神鎧には肉体だけでなく、敵の攻撃から精神を守る機能もある。しかし神鎧の性能を何処まで引き出せるかは、装着者の力量次第だ。

荒士たちはまだ神鎧に触れて二週間の「白」。神鎧兵の中では最低ランクだ。それに対して鷲丞は最高ランクの「黒」に相当する実力を持っている。

　この格差を考えると、荒士たちが立ち続けているだけでなく応戦態勢まで取っているのは、驚くべき精神力と言えた。

「だが今日こそは一緒に来てもらうぞ、新島荒士。先日のような時間稼ぎは——」

　鷲丞の発する闘気が膨れ上がる。

　闘気に反応して、荒士が槍の構えを変える。

「——させん！」

　鷲丞の長剣が、防御の構えを取った荒士の槍を激しく弾いた。

『非常事態発生！』『非常事態発生！』『非常事態発生！』……。

　演習用の亜空間が外部から干渉を受けたことに対応を促したのは、ディバイノイドの白百合だけではなかった。アカデミーと代行局の幾つもの部署が警報を発した。

　これはアカデミーに対する攻撃であり神々の支配に対する敵対行為。そして亜空間に干渉できるのは神々と邪神群のみ。つまりこの干渉は、邪神の陣営による攻撃であることが明らかだ。

　あいにくと現在ここに、待機中の従神戦士はいない。富士代行局は出動中の従神戦士にミッション中断及び帰還命令を出した。同時に、他の代行局に応援を要請した。

そして富士アカデミーでも、最高位階「紫」の候補生に出動命令が下された。

「演習用亜空間が邪神の攻撃を受けているのですか⁉」

神鎧を脱いで休憩中だった古都真鶴は、第一位階「紫」の教官であるディバイノイド・菖蒲に命じられた突然の出動に、驚きを隠せなかった。

この世界に七つあるアカデミーでは亜空間での演習中、毎年のように行方不明が発生している。原因については「邪神が亜空間に干渉した所為だ」という噂が以前から根強かった。

その一方で「神々の代理人が管理する亜空間に邪神が介入できるはずがない」と、噂を否定する声も高かった。これは神々に対する忠誠心の表れであると共に、自分が属している陣営の優位を信じたいという人間的な心理の反映でもあった。

しかし今、その盲信が覆された。邪神が少なくとも技術力において、神々と同等のレベルにあると示されたのだ。真鶴の動揺も、ある程度は当然と言えた。

「観測されたエネルギーから判断して背神兵が一体、侵入しています」

富士アカデミーに在籍する七人の「紫」を前にして、ディバイノイド・菖蒲は機械的な口調で状況を説明する。それは真鶴の質問に対する答えでもあった。

「背神兵が侵入した個別演習場は現在、入退場が妨害されており、候補生十二名が閉じ込められている状態です」

「教官殿、ドリルスペースへの侵入は可能なのですか？」

菖蒲の状況説明に「紫」の一人、イギリス出身のレベッカ・ホワイトが質問を返した。——なお、真鶴だけでなくレベッカを含めた他の六人も、神鎧を未装着の制服姿だ。

「可能です。『演習広場』までは支障なく出入りできます」

ドリルスクエアは荒士たちがゲートをくぐって最初に入った、ただ平らな大地のことだ。

「閉じ込められた十二名以外の「白」は既に、通常空間に退避しています。またドリルジムへの通行妨害は代行局の技術チームが解除に当たっています。——古都真鶴、クロエ・トーマ、メイ・マニーラット」

名前を呼ばれた、真鶴を始めとする三名は「はい」と声を揃えて一歩前に出た。

「以上の三名はいったんドリルスクエアに出動し、通行妨害が解除され次第、ドリルジムに突入して閉じ込められている『白』十二名を救出してください」

「背神兵を討たなくてもよろしいのですか」

アフリカ系フランス人のクロエ・トーマが菖蒲に訊ねる。

「討伐は必要ありません。三人は『白』の候補生の救出に専念してください」

「了解しました」

やや不服そうな表情を見せながらも、それ以上反抗的な態度をクロエは取らなかった。

「私たちは待機ですか？」

続けて、突入要員に選ばれなかった四人の内の一人、ドイツ出身のソフィア・ウェーバーが質問する。

「亜空間への攻撃が陽動である可能性も否定できません」

「では、私たちは敵の奇襲に備えると？」

「そうです」

菖蒲の答えに、ソフィアだけでなく七人全員が納得の表情を浮かべた。

「それでは、出動してください。勇敢な戦士に神々のご加護があらんことを」

「はい！　神々に栄光あれ！」

菖蒲の命令と共に、七人の「紫」は一斉に神鎧を纏った。

◇◆◇◆◇◆◇

鷲丞が繰り出した斬撃は、最初から荒士の身体に届くものではなかった。

荒士が構えた槍の穂を狙ったものだった。

鷲丞の長剣に弾かれた槍は、穂先が大きく流れた。

自分に向けられていた穂先が逸れた隙に、荒士へと向かって鷲丞が踏み込む。

だが荒士の手が軸の役目を果たして槍が回転し、穂先の代わりに石突きが鷲丞を迎え撃つ。

鷲丞は剣を立てて横殴りに襲いかかる石突きを防いだ。

荒士はすぐさま槍を引いた。

穂先を背後に、左手を石突きの近くに。

今度は右手を滑らせて、穂先で突くのではなく長い穂の刃で斬り掛かる。

弧を描いて頭上から襲いかかる槍の穂を、鷲丞は盾をかざして受け止めた。

鷲丞が盾を上げたまま、横薙ぎに剣を振るう。

穂が盾を打った反動で槍を立て、荒士は長剣をその柄で受け止めた。

斬撃の勢いが完全に止まる前に、荒士は膝を屈め槍を傾けて長剣を上に逸らす。

そこから流れるように穂先を戻し、起き上がる勢いを加えて、荒士は鷲丞の首を突いた。

咄嗟に上半身を傾け刺突を躱す鷲丞。

槍の穂が鷲丞の兜の側面、頬の辺りを掠める。

エネリアルアームと次元装甲がこすれ合う火花を横目に見ながら、鷲丞は後ろに跳んだ。

荒士もすかさず追い打ちを掛けるが、脚力だけでなく神鎧の補助も受けた跳躍には追い付けない。

二人の白兵戦は、仕切り直しとなった。

(この男は……)

鷲丞は心の中で驚きと忌々しさと、わずかな賞賛が入り交じった呻きを漏らした。

忌々しさと称賛は、荒士の技術に対するもの。鷲丞も神鎧の力を引き出す訓練だけでなく、選んだ得物を操る訓練を積んできた。だが武器を操る技術は荒士の方が上だと、鷲丞は口惜しさと共に認めないわけにはいかなかった。

だからといって鷲丞は、荒士に脅威を覚えていない。

このまま戦っても自分が勝つ。総合力では自分の方が上だ。

鷲丞はそう判断している。

鷲丞が驚いたのは荒士の槍術に対してではなかった。

荒士の槍は、鷲丞の喉を狙っていた。

躊躇なく鷲丞を殺そうとしていた。

殺人を忌避しないその精神性が、鷲丞を驚かせた。

（この男を我が神の許へ連れて行って、本当に良いのか？）

（こんな奴を我々善神の使徒に加えても良いのか……？）

神々の支配が確立した後、この世界で人間同士が争う戦争は稀なものになった。神々は人間の政治に、原則として介入しない。だが人命と資源を徒に損耗する戦争や内戦には例外的に介入する。明確な基準は示されていないが、戦闘期間が七日を超えるか、大量破壊兵器使用の兆候が見られると停戦を勧告する。しかし戦いを止めるだけでその原因を解決しようとしないから、邪神の側についた鷲丞たち以外にも「神々は質が悪い」と感じている人間は多い。

しかし泥沼の戦争・内戦が無くなったことにより、少年兵という忌まわしい存在はこの世界から姿を消した。戦争は大人たちのものに戻った。

だからアカデミーに入学したばかりの年齢、具体的には十五、六歳で殺人を忌避しないのはかなり特殊な人間性だと言える。貧困が原因で凶悪犯罪に走る事例が少ない日本では、尚更そう考えても良いだろう。

(身近に暴力が転がっている環境で育ったか、先天的な素質か……。まさか今時、真剣勝負を前提にした武術を教わっていたということはあるまい)

正解は鷲丞が考えた最後のケースだ。しかし彼はその選択肢を真っ先に否定した。

その上で鷲丞は「環境の所為ならばまだしも、先天的な精神性ならば善神の使徒には相応しくない」と考えた。

(いきなり実戦かよ? アカデミーの警備はどうなっているんだ!)

荒士は内心、悪態を吐いていた。

彼が苛立つのも無理はない、を通り越して当然だろう。アカデミーの内部で——アカデミーが作った演習用の亜空間で背神兵の襲撃を受けたのだ。しかも初めて武器を使った教練の、その日に。荒士にしてみればふざけた話である。——もっとも、巻き込まれたチームメイトや陽湖にしてみればさらに理不尽な話なのだが。

心の中でアカデミーに対する罵詈雑言を並べ立てている間も、荒士は一瞬たりとも、鷲丞から目を離さなかった。彼は自分が初心者であり、相手が格上であることを十分に弁えている。

（——こいつ！　気配が、変わった？）

油断なく相手の様子をうかがっていたから、荒士は鷲丞の変化を見逃さなかった。

今の攻防において荒士は、鷲丞の刃から殺気を感じなかった。手抜きという程あからさまではなかったが、確実に本気ではなかった。

だが、今は違う。荒士は向かい合う鷲丞の目から、明確な敵意を感じ取っていた。

荒士はアカデミー入学直前の、鷲丞と名月の戦いを目に焼き付けている。剣と薙刀で切り結んだ白兵戦、あれならばまだ対応できると荒士は考えている。

両者ともパワーとスピードは見るからに凄かったが、技術は正直に言って拙かった。師匠の片賀順充には遠く及ばないし、槍が届く間合いの技だけならば自分の方が勝っていると、あの時に荒士は感じた。その印象は、自分で刃を交えた今も変わらない。

荒士が教わった槍術は順充が自分で考案した我流だ。試合ではなく実戦、それも多対多を想定した乱戦の中で、一秒でも速く敵を殺すという方針で編み出された我流の兵法。成功率が下がる高度な技や何合も打ち合うことを前提にした連絡技を敢えて切り捨て、正確な刺突と単純確実な返し技で構成された槍の技術。それが順充から教わった荒士の槍術だった。その技術は背神兵相手にも十分に通用する。それを荒士は実感していた。

ただし、通用するのは相手が地に足を付けて、槍が届く距離で戦ってくれている場合のみ。背神兵は従神戦士同様、飛ぶことができる。空中だけでなく地上でも、飛ぶような高速移動が可能だ。

荒士は見ていないが、空中戦の機能があるということは、それに対応する攻撃手段もあると考えるべきだろう。得物が剣でも遠隔攻撃が可能に違いない。

槍の間合いの外から攻撃されたなら、まだ神鎧の機能をほとんど引き出せていない荒士では対処できない。為す術もなく、一方的に嬲られるだけだ。

——待っていては、やられる。

——やられる前に、殺れ！

危機感に駆り立てられ、闘争本能が命じるままに、荒士は槍を繰り出した。

鷲丞にはまだ、迷いがあった。

荒士のことを危険で排除すべき相手と確信する一方で、彼を捕らえてこいという邪神の命令も忘れてはいなかった。

その迷いが鷲丞の身体を縛っていた。荒士を斬るにしても捕らえるにしても、剣を振るう必要がある。しかし迷いに囚われて、彼は攻撃の為の一歩を踏み出せなかった。

その停滞は、一秒に満たない短い時間だった。

しかしそれは、荒士に先手を取られてしまうには十分な時間だった。

「チィッ――」

鷲丞の口から口惜しげな舌打ちが漏れる。

それは己の優柔不断に対する苛立ちの表れであり、躊躇無く急所を狙ってくる荒士に対する忌々しさの表れでもあった。

「このっ！」

鷲丞が後ろに跳びながら長剣を横薙ぎに振り抜く。

剣は届かぬ間合いだが、刃の軌跡から衝撃波が放たれた。

荒士は直感で地面に伏せた。

それが正解だった。

荒士と鷲丞の戦いに割り込む隙をうかがっていたイーダは、やはり直感的な反応でハルバードを立てて衝撃波に耐えようとした。しかし呆気なく、後方に弾き飛ばされてしまう。

荒士が伏せて攻撃が途切れた隙に、鷲丞が半物質の翼を広げる。

荒士は慌てて立ち上がり今日最速の刺突を繰り出したが、間に合わなかった。

鷲丞の身体が空に舞う。

今の荒士には届かぬ高み。

にも拘わらず、鷲丞を候補生の攻撃が襲った。

荒士の槍は届かなくても、届く武器を操る者がいた。

陽湖だ。彼女は荒士の真似をして、衝撃波をやり過ごしていたのだった。

鷲丞は荒士に意識を集中していた。他の候補生は無力化済みと考えていた為、注意を払っていなかった。

故に。

光の矢は、鷲丞を直撃した。

神々の武具・エネリアルアームの扱いは、飛び道具の方が難しい。

剣や槍などを手で操って、武器その物で直接攻撃する場合は初心者でも十分な威力を出せる。

初心者と熟練者の違いは白兵戦の武器として使用する限り、威力よりもエネリアルを武器の形に維持する持続性において顕著に表れる。

だが弓矢や銃などの飛び道具は、手を離れた後に「武器の形を維持する」のが初心者にとっての第一関門だ。その威力も、初心者と熟練者で大きな差が生じる。

このような理由から、陽湖が放った矢には鷲丞にダメージを与える程の威力は無かった。

だが不意打ちとなったことに加えて、偶然、飛行を制御する翼に命中したことで、鷲丞は空中で体勢を崩した。

(――今だ!)

敵が体勢を崩し飛行高度が下がったのを見て、荒士は心の中で叫んだ。

そう叫ぶのと同時に、彼は槍を素早く逆手に持ち替えた。

右手一本で、槍を肩の上に担ぐ。

ステップを踏み、右手を大きく後方に振りかぶり、

荒士は鷲丞目掛けて、全力で槍を投げ付けた。

武器を手放すのは、馬鹿げた自殺行為。そういう見方もあるかもしれない。

だが古代において投槍は、有力な戦闘手段だった。日本では余り用いられなかったが、古代ローマでは『ピルム』という投擲専用の槍が考案され基本兵装となる程だった。

そして実戦性のみを追求した片賀順充の我流槍術には、投槍の技術が含まれていた。荒士もそれを順充に仕込まれている。

荒士が投げたエネリアルの槍が手を離れた後も形を保っていたのは、数え切れない反復練習で会得した投槍術のイメージがあったからだろう。

荒士の槍は鷲丞が咄嗟に翳した盾に激突し、盾に刺さる代わりに派手な爆発を起こした。

槍は矢よりも遥かに大きい。半物質化で生じた見せ掛けの質量には、サイズの違いを越える差があった。

エネリアルアームが物質の形を失う際に解放されるエネルギーは、その見せ掛けの質量に比例する。荒士の槍は高威力の爆弾、いや、ミサイルになって鷲丞の盾を吹き飛ばした。

だが残念ながら、鷲丞に与えた損害は盾だけだった。鷲丞自身にダメージは無かった。

「――やってくれたな！」

そして荒士の攻撃は完全に、鷲丞を本気にさせた。

飛び上がった直後に喰らった光の矢は、鷲丞にとって完全に想定外の攻撃だった。地上で槍と打ち合っている最中、荒士を援護する攻撃が皆無だったことから、鷲丞は他のアカデミー候補生が戦力にならない――戦闘力を失っている、または、そもそも戦う術をまだ知らない――と判断していた。その所為で光矢の奇襲をまともに受けてしまったのだった。

光矢の威力自体は小さかった。入学したばかりの第五位階・白が操る、威力を出すのに熟練を必要とする飛び道具だ。それを考えれば上出来といっても良かったが、無論、神鎧の防御を突破して鷲丞自身にダメージを与えるものではなかった。

だが、当たり所が悪かった。光矢は飛行をコントロールする翼に命中した。

当たり前だが、人間は飛べない。人間という生物は、空を飛ぶようにできていない。

神鎧兵が空を飛ぶ為には、この先入観を覆す理由付けが必要だ。例えば「神々（邪神）から与えられた翼があるから空を飛べる」などの。F型神鎧兵は例外なく、空を飛ぶ時は翼を出す。G型も多くは翼という象徴に頼っている。少数だがサーフボードのような物に乗って空を飛ぶG型神鎧兵もいる。

神鎧兵は翼で揚力を得て飛んでいるのでも、翼から何かを噴射して空中に浮いているのでもない。だが「翼があるから飛べる」という心理的なシステムになっている為に「翼をやられた」と認識してしまうと上手く飛べなくなってしまうのだ。

特殊な神鎧兵である鷲丞も、その例外ではなかった。翼に被弾したと感じてから「翼は損傷していない」と確認するまでの短い時間、彼は飛行を制御できなくなっていた。制御を取り戻した時には、高度が半分以下になっていた。それでもまだ、地上からは剣も槍も届かない高さだった。

しかしここでもう一つ、想定外の事態が鷲丞に襲い掛かる。彼は空中姿勢を安定させた後すぐに、荒士に目を向けた。その時、荒士はまさに槍を投げようとしていた。

荒士が投擲した槍は、生身の筋力では出し得ないスピードで鷲丞に迫った。

鷲丞は反射的な防御動作で、盾を前に翳した。

自分の盾で鷲丞の視界が塞がれる。

次の瞬間、盾を持つ左手に激しい衝撃が伝わった。荒士の投げた槍が盾に衝突して生じたものだ。

馬鹿な、と鷲丞は思った。

あり得ない、とも思った。

高度が下がっているとはいえ、彼我の距離は二十メートル以上ある。

この距離で、投げた武器が形と質量を保ち続けるなど初心者の技量では考えられないことだ。

しかも、この威力。

確かに神鎧を纏った兵士の運動能力は、精神力次第で何処までも上昇する。身体を動かすイメージが、そのまま身体の動きになる。

しかし人間は常識に縛られるものだ。先入観から中々抜け出せないものだ。自分の身体が、自分が覚えているより早く、強く、巧みに動くイメージは、そう簡単に描けるものではない。

（――こいつは、F型に適合した最初の男というだけではなく）

（――こいつは、特別なのか？）

自分でも理由が分からないショックが鷲丞の心を襲った。

だが幸い――と言えるかどうか――彼はすぐにそれを忘れた。些細なショックを上書きする出来事が彼を襲ったからだ。

盾と槍の衝突から極短いインターバル――一瞬といっても過言ではない――を置いて、左手で烈しい爆発が起こった。

神鎧はその衝撃を防ぎ切った。鷲丞の身体はダメージを負わなかった。だが左手に持っていた盾は、その爆発により吹き飛んでしまっていた。

何が起こったのか、鷲丞は一秒に満たないタイムラグの後に覚った。

盾に衝突した衝撃で、槍が形を失ったのだ。

解放されたエネルギーが爆発となった。まるで、ミサイルのように。そのエネルギーに鷲丞の盾は耐えられず、形を保てなかったのだ。

これは謂わば、相討ちだ。

信じる神から特別な「鎧」を与えられた鷲丞が、アカデミーに入学したばかりの荒士と相討ちになったのだ。

「――やってくれたな！」

プライドを傷つけられた怒りが咆吼となって鷲丞の口から吐き出された。

ただ盾を形成していたエネルギーが解放されたことで、槍の爆発を相殺したという面もある。結果的に、鷲丞自身にはダメージが及ばなかった。その意味では、盾は本来の役目を果たしたとも言える。

鷲丞が逆上しつつも判断力を保っていたのは、その理解があったからだった。

（まずは弓矢を潰す）

荒士が投げた槍の速度は、確かに人間の筋力で出しうる限界を超えていた。だが神鎧兵の水準で考えれば、まだまだ人間の限界を超越する領域へ一歩を踏み出した程度に過ぎない。来ると分かっていれば、躱せるレベルのものでしかない。

それよりも今は、自分に攻撃が届く弓矢に対処するのが先だ。自分にとっては大したことのない威力だが、先程のように思い掛けない隙を曝す切っ掛けになりかねない。――鷲丞はそう判断した。

盾の再招喚は容易だが、敢えてまだ呼び出さない。長剣は基本的に近接白兵戦の武器だ。遠隔攻撃には、通常よりも余分に気合いを注ぐ必要がある。

鷲丞は長剣を両手で握り、大きく振りかぶった。

空中で長剣を頭上に大きく振りかぶった鷲丞を見て、荒士は「やばい！」と直感した。

鷲丞の目は兜に隠れているが、何処を見ているかは何となく分かる。

（陽湖が狙われているだと⁉）

（俺の所為で⁉）

（——させるものかっ！）

そこから先、荒士は何も考えていなかった。彼が取った行動は完全に反射的なもの。思考よりも先に身体が動いた。

鷲丞はもう、振り下ろしのモーションに入っている。その攻撃が直線で放たれるとして、射線に割り込む為には二メートル以上の距離を移動しなければならない。

間に合うはずがないタイミング。

鷲丞が長剣を振り下ろす。

「遮るものよ！」

だが間に合うはずがなかった荒士は、陽湖の前に立っていた。

しかもただ駆け付けるだけではなく、方形の盾を構えて。形状は日本の警察が使用しているライオットシールドとほぼ同じ。古代日本の持盾や古代ローマのスクトゥムとも似ている。

「ぐぅうっ！」

その盾を両手で構えて、荒士は鷲丞が放った衝撃波を受け止めた。盾の表面でバチバチと音を立てている火花は、盾を構成するエネリアルが衝撃波に削られていることを示している。

音が止み、火花が消える。

荒士の感覚では何十分も続いたその時間は、実際には数秒のことだった。

衝撃波は消え、荒士が招喚した盾は健在。

「馬鹿な！」

それは空中の鷲丞が上げた声だった。

鷲丞は自分の目が信じられなかった。

荒士が招喚コマンドを唱え終えるより早く盾が出現したことは、まだ良かった。招喚コマンドは所詮、イメージ形成を補助するものだ。極度の集中状態では、コマンドの完成より先にエネリアルアームが呼び出されることも、それほど珍しくはない。

(受け止めた、だと……)

しかし入学したばかりの新人が、自分が最も得意としているわけでもない武具で、善神の使徒である自分の攻撃を受け止めるなどあってはならないことだった。

それとも盾が本来の武器で、槍はそうでなかったとでもいうのか。ならば荒士は、サブウェポンで自分と対等に打ち合ったということになる。それは、なおさらあり得なかった。

「馬鹿な！」

鷲丞は再度、激昂の叫びを放ち、全力で長剣を振り下ろした。

「馬鹿な！　馬鹿な！　馬鹿なっ！」

一度だけでなく、二度、三度、四度と繰り返し衝撃波を放つ。

「くっ！」

衝撃波を受け止める度に、荒士の盾は火花を散らして徐々に削れていった。

「ふざけるなぁ！」

鷲丞が放った通算六度目の衝撃波。

「ぐぁっ！」

荒士の盾は火花の中に消え失せ、直後に起こった爆発で彼は大きく後方に吹き飛ばされた。

「荒士君!?」

自分のすぐ前まで吹き飛ばされてきた荒士の許へ、陽湖は彼の名を呼びながら駆け寄った。

「荒士君？　大丈夫⁉　荒士君！」

荒士の顔の横に両膝を突いて、陽湖が青い顔で叫ぶ。

一方の鷲丞は、ゆっくりと地上に降下した。地面に立った彼の両肩は、大きく上下していた。

「待てっ！」

鷲丞が肩を上下させたまま足を踏み出す。

なおも陽湖が名前を呼び続けている荒士へと近付いていく。

しかし――。

その前にハルバードを構えたイーダが立った。

「邪魔だ」

「くうっ――！」

横殴りに鷲丞が繰り出した長剣の一振りで、イーダは吹き飛ばされてしまった。

鷲丞が歩みを再開する。

顔を上げた陽湖が、弓を構えて鷲丞に矢を向けた。

鷲丞が長剣を、右肩に担ぐ格好で斜めに振りかぶる。

陽湖が矢を放った。

鷲丞は盾を装備していない左腕で光矢を面倒くさそうに払った。

溶けるように消える光矢には見向きもせず、鷲丞は左手を長剣の柄に添えた。

思わず目を閉じる陽湖。

その時。

亜空間の、空が割れた。

邪神が封鎖した「通路」を力ずくで突破したのが、そういう風に見えているのだ。

「下がりなさい！」

若い女性、いや大人になりかけた少女の声と共に、その割れ目から矢が降ってきた。

「遮るものよ！」

鷲丞は後ろにジャンプしながらその矢を躱し、同時に盾を再招喚する。陽湖の矢と違って、この射手の矢は盾で防御しなければならない威力を持っていると判断したのだ。

しかしそれ以上、矢は襲ってこなかった。続けて鷲丞に撃ち込まれたのは矢ではなかった。銃弾の雨が鷲丞に降り注ぐ。鷲丞は盾で銃撃を防御したまま、開いてしまった荒士との間合いを詰めようとした。

それを読んでいたのだろう。光の銃弾は、踏み出した足に狙いを変えた。ブーツに光弾が命中する。ダメージは小さかったが、皆無でもない。鷲丞は足を止めた。

割れた空からF型の神鎧を装着した従神戦士が降下して、荒士と陽湖をかばう位置に着地した。さらにその少女の左右に、やはりF型を身に着けた二人の戦士が舞い降りる。

装甲の下のボディスーツは、三人とも紫色だった。

「第一位階の先輩たち⁉　荒士君、先輩が助けに来てくれたよ！」

何時の間にか荒士の頭を膝の上に抱え込んでいた陽湖が、喜色を隠せぬ顔と期待を隠せぬ声音で荒士に話し掛ける。

「……胸を押し付けないでくれ。苦しくはないが窮屈だ」

しかし、荒士から戻ってきた返事は全く関係の無いものだった。

陽湖は慌てて身体を起こし、両手を交差させて胸を押さえた。

「い、いやらしい！」

裏返った声。半透明のシールドに隠れていても、顔が赤くなっているのが分かる。

荒士は膝枕されている状態から、ふらつきながら手を突いて身体を起こした。

「何を勘違いしているのか知っているけど、装甲とヘルメットで胸の感触なんて分かるわけないだろ。単に頭を抱え込まれて窮屈だっただけだ」

「なっ……まっ、紛らわしいのよっ！」

陽湖は八つ当たりの叫び声を荒士に叩き付け、フイッと顔を背けた。

——幸い、二人の場違いなラブコメは誰からも注目されなかった。

助けに来た「紫」の三人は緊張に口元を引き締めて、鷲丞に武器を向けている。

右側には幸織のアサルトライフルと同じタイプの銃を構えたメイ・マニーラット。

左側にはクロスボウを消して右手に細剣、左手に小型の円盾を装備したクロエ・トーマ。

中央には真鶴が、長弓に矢を番えて鷲丞と荒士を結ぶ線上に立っている。

「――まさか」

その真鶴が不意に一言呟いて、構えていた弓を下げ矢と共に消した。

「真鶴!?」

「どうしたというのですか!?」

メイとクロエが驚きと不審の声を次々と投げ掛ける。

だが真鶴は二人の声が聞こえていないかのように反応を見せず、足を前に踏み出した。

「まさか……。兄さん、なの……?」

二歩、三歩とスローモーションのような足取りで鷲丞に近付きながら真鶴は問い掛ける。

「背神兵が、お兄さん……?」「真鶴のお兄様なのですか……?」

メイとクロエが同時に、違う言葉で同じ意味のセリフを呆然と呟いた。

真鶴の背後では陽湖と荒士が二人とも「やはり」という表情で、顔を見合わせている。

鷲丞は遠目にも分かる程はっきりと、身体をビクッと震わせた。

「兄さんでしょう? 答えて!」

そのリアクションで確信したのか。真鶴は詰る口調で、激しく叫んだ。

「答えて！」という真鶴の叫びが、鷲丞の金縛りを解いた。

鷲丞を縛っていたのは彼自身。思い掛けない再会と、あるはずの無い後悔で自縄自縛になっていた鷲丞は、自分を詰る声音の叫びに対して強烈な否定の衝動を覚えた。

真鶴は鷲丞の実の妹だ。彼が懐いた後悔は、家族に何も告げずに失踪した罪悪感によるもの。

人の情としては、罪悪感も後悔も当然のものと言えるだろう。

しかしそれでは魔神の許を逃れて善神に帰依したことを、自分が後悔しているみたいではないか。

そんなことは、鷲丞には断じて認められなかった。

「――ッ！」

無言の気合いと共に、鷲丞は長剣を振るった。

まさか問答無用で斬り掛かられるとは、真鶴は考えていなかったのだろう。彼女は鷲丞の斬撃に対処できる態勢ではなかった。

だがこの時、真鶴は鷲丞に斬られなかった。

肉親の情が鷲丞の剣を鈍らせた？　――否。そうではなかった。

鷲丞が斬撃のモーションを起こすのと同時に、彼の攻撃に備えていたクロエが二人の間に割り込んだのだ。

クロエが左手のバックラーで、鷲丞の長剣を受け止めるのではなく受け流す。だがそのパーリングは、完全には成功しなかった。流しきれなかった衝撃でクロエはよろめいた。

鷲丞はターゲットを真鶴からクロエに変えて、二の太刀を浴びせようと剣を振り上げる。

クロエに振り下ろされた長剣を、今度は真鶴が招喚したばかりの太刀で受け止めた。これが通常の武器なら幅と厚みに劣る太刀で長剣を正面から受け止めるのは難しいだろうが、真鶴が手にしているのはエネリアルの武器だ。

競り合う太刀と長剣を挟んで、真鶴は鷲丞と睨み合った。

「くっ……、何故！」

真鶴の問い掛けは「何故、答えないの」だったのか。それとも「何故、騙したの」、あるいは「何故、裏切ったの」だったのか。

その質問が完成する前に、鷲丞の長剣は真鶴の太刀を押し切った。

振り抜かれる長剣。

真鶴は体勢を崩しながら自ら後ろに跳んで、致命的な隙が生じるのを回避した。

鷲丞は前に踏み出した足で突っ込み掛けていた身体を止めて、盾を前方に翳した。

光弾が盾の表面を叩く。真鶴を援護するメイのフルオート射撃だ。エネリアルアームの銃は発射音を立てない。「パパパパッ」という破裂音は、光弾が盾に弾かれる音だった。

『──邪魔をするな、鬱陶しい』

盾を翳したまま──盾で顔を隠したまま、鷲丞が苛立たしげな声を出した。その「声」が空気の振動ではなく思念波だと、この場の何人が気付いただろうか。それ程までに明瞭なテレパシーだった。

その異様な迫力に、メイが思わず射撃を中断した。

盾を叩く光弾の雨が止む。

鷲丞が翳していた盾を下ろした。真鶴たちの側からは盾に隠れて見えなくなっていた頭部が露わになる。

「──っ!」「──っ!」「──っ!」

真鶴、クロエ、メイの三人が揃って息を呑む。鷲丞の頭部を覆う兜の形が変わっているのを見たからだ。

盾で頭部を隠す前の鷲丞の兜は、フェイスガードが鼻の下まで伸びていた。つまり、口から顎は見えていた。

だが今は、顔全体が黒銀の装甲で隠されている。両眼をのぞかせていた穴もミラーシェードのようなシールドで塞がれた。

真鶴たちは、その意味を知っていた。

「二人とも、Sフェーズを！」

叫ぶ真鶴。

「遅い！」

間髪を容れず、鷲丞が吼えた。

吼えながら彼は、長剣を真横に振り抜く。

斬撃の途中で剣が伸びた。刃渡り一メートル前後の剣身に、三メートルを超える光の刃が重なった。

　メイとクロエが激しい火花と共に吹き飛ばされる。神鎧の装甲が光刃を受け止めた際に発生したエネルギーが衝撃波となって二人を襲ったのだ。二人とも肉体には傷を負わなかったが、神鎧を直撃されたことで精神にダメージを受けていた。

真鶴は光刃に捉えられる直前、光の中に消えていた。

鷲丞が盾を、素早く頭上に掲げる。

　その盾に、細くまばゆい光条が突き刺さった。

それは小さな、長さわずか数センチの光矢だった。

盾の表面に光の波紋が広がり、微少な光の矢が溶けて消える。

盾は肉眼では分からないレベルで厚みを減じていた。

光矢が、今度は右側面から鷲丞に襲いかかる。針のような光矢が次元装甲の表面で光となって爆発し、内部の鷲丞に衝撃を伝えた。

直感で剣を振る鷲丞。打ち払われた次の矢がエネルギーに還り、光になって広がる。

その光に照らされて、小妖精となった真鶴の姿が空中に浮かび上がった。身長およそ十五センチ。背中に四枚の光翅を広げて弓を携えている。Sフェーズによる変身だ。

鷲丞の変化もSフェーズへのシフトによるもの。身体のサイズは変わっていない。だが兜の形状変化で、真鶴たち「紫」はそれに気付いた。

Sフェーズとその前段階であるNフェーズとでは、出力が段違いだ。いや、段階が違うと言うより次元が違うと表現する方が適切かもしれない。Sフェーズはそれ程までに強力で、それに応じて装着者の負担も大きい。まさしく、神鎧兵の切り札と言える。

アカデミー生である真鶴たちの力は、邪神の正戦士である鷲丞にただでさえ劣る。その鷲丞のSフェーズだ。真鶴たちもSフェーズにならなければとても対抗できない。だから、変身が間に合わなかったクロエとメイは呆気なく倒され、変身が間に合った真鶴だけが抵抗を続けている。

もっとも、真鶴も攻撃を回避するのが精一杯だ。Sフェーズ同士の力量差は、Nフェーズの時よりも広がっていた。

真鶴が鷲丞と戦い続けていられるのはF型のSフェーズが持つ「小型化しても出力は落ちない」という特性の御蔭と言えるだろう。攻撃力は落ちていないから真鶴の光矢を鷲丞は無視できない。速力を維持したまま的が小さくなった所為(せい)で、鷲丞(しゅうすけ)は中々攻撃を当てられずにいる。――今のところは。

G型のSフェーズは、F型のそれとは対照的に巨大化する。マルチバースには空中戦艦や大型機動兵器、巨大改造生物を軍事力として運用する文明もある。G型の巨大化能力は元々、それらと効率的に戦う為(ため)のものだった。

巨大兵器が主戦力として活躍する戦場であっても、全ての戦闘ユニットがそのサイズというわけではない。体高数十メートルの機動兵器が闊歩(かっぽ)する横で、身長百数十センチの機械化兵が強力な武器を向けてくるというケースも決して珍しいものではなかった。

巨大化している間は同じスケールの敵にしか対応できない――というのでは、神々の戦士は務まらない。自分よりも小さな標的に対する攻撃手段も当然備えている。

鷲丞(しゅうすけ)の神鎧(じんがい)は通常のG型を邪神の力で強化カスタマイズした物だ。普通のG型神鎧(じんがい)兵にできることが、鷲丞(しゅうすけ)にできないはずはなかった。

鷲丞(しゅうすけ)が身体(からだ)ごと振り返る。

そこでは今まさに真鶴(しづる)が、光矢(こうし)を鷲丞(しゅうすけ)に射掛けようとしていた。

鷲丞(しゅうすけ)が盾を真鶴(しづる)に向かって突き出す。

円形の大盾が、全面にわたって光を帯びた。目を焼く程の強烈な輝きではないが、同時に見逃しようがない明るさだ。太陽より暗く満月より明るい光が真鶴(しづる)を照らした。

女性らしい悲鳴ではなく、投げられて叩き付けられた時に発するような苦鳴が真鶴の口から漏れる。あるいは、重量級の相手から体当たりを受けた時に発するような。

鷲丞の盾から放たれた光は「エネルギー放射によるシールドバッシュ」とでも呼ぶべき性質の攻撃だった。その光は前方に向かって均等に拡散する形で放たれた。収束されていない分、有効射程は短い。しかし広範囲を照らす為、回避は困難だ。これは照準が難しい標的を攻撃する為の「技」だった。

苦鳴を上げヘルメットの下の顔を歪めた真鶴が落下する。糸が切れた操り人形のように手足を投げ出して地に伏せた真鶴の身体が小妖精のサイズから人間の大きさに戻った。鷲丞の攻撃によるダメージの所為で、Sフェーズを維持できなくなったのだ。

亜空間の戦場に立っている戦士は、鷲丞ただ一人となった。

後輩の救助に来た「紫」のアカデミー生を全て倒して、鷲丞は一つ息を吐いて、Sフェーズを解除する。まだ任務は完了していないが、障碍は全て排除した。標的も、身体こそ起こしていないものの既に抵抗する力を失っており、後は連れて帰るだけだ。

だが、安心するのは少し早すぎた。

鷲丞の意識内に警報が鳴り響く。神鎧のセンサーが脅威につながる変化を感知した報せだ。

鷲丞は火災報知器の非常ベルの音に設定した警戒音——これは装着者がカスタマイズできる

項目だ――に意識を向けた。

しかし、彼が脅威の正体を理解するよりも早く。

『鷲丞。残念だが、時間切れだ』

鷲丞の許へ、彼が信奉する神の声が届いた。

最初の内は亜空間の制御をすぐに回復できると、アカデミーでは考えられていた。亜空間を形成しているのはアカデミーのシステムだし、邪神の技術に対する神々の技術の優位を疑う者は皆無だったからだ。

だから余計に職員の焦りと動揺は大きく、激しいものになった。

既に十分以上、亜空間のコントロールが回復していない。人間の職員の間では「こんなはずでは」という焦りと当惑と疑念が混じり合い、大きく育ちつつあった。

『アカデミー職員の皆さん』

そんなタイミングで、アカデミーの亜空間制御セクターに代行局から通信が入った。

「白銀卿⁉」

通信機のモニターに登場した銀髪の男性型ディバイノイドの顔を見て、職員が驚きの声を上げる。そのディバイノイドは代行局でも特殊な個体だった。

『以後の空間制御オペレーションはこちらで引き受けます』

ディバイノイド・白銀の言葉を聞いて職員の間に安堵の空気が流れる。中には、思わずのことだろうが、あからさまにホッと息を吐く者もいた。

アカデミー職員から戸惑いが払拭され、その動作に秩序と積極性が戻る。白銀は神々の統治システムに関する高い管理権限を与えられた三種類のディバイノイドの一つ。その白銀が「引き受ける」と明言したのだ。システム修復の目処が立ったということだろう。

『皆さんは候補生の救出に専念してください』

白銀の言葉に、アカデミー職員は秩序と活気を取り戻した。

ひび割れた空間が修復される。

鷲丞がこの亜空間に侵入する際に生じた暗黒をのぞかせる大穴も、真鶴たちが助けに来た際にこじ開けた裂け目も、見る見る内に塞がっていく。

しかし、暗黒へつながる穴が完全に閉ざされてしまう直前に灰色の靄が穴の縁にへばり付き固形化して、修復を阻む枠となった。

『鷲丞、急いで戻りなさい』

鷲丞の意識に帰還を促す邪神のテレパシーが届く。

それを聞いた鷲丞は帰還路である暗黒の穴に飛び込むのではなく、上体を起こしただけでまだ立ち上がれずにいる荒士へ向けて突進した。

咄嗟に陽湖が弓を構え、荒士は片膝立ちで槍を構えようとする。

だが二人とも体勢が不十分だ。鷲丞の防御を撃ち抜き、剣撃をしのぐには不可能。二人ともそれを自覚していた。

今度こそダメか――。荒士と陽湖がそう思った時。

「――そこまでだ」

上空から一人の戦士が降り立った。舞い降りるのではなく勢いよく落下したその戦士の長剣は亜空間の、偽りの大地に亀裂を刻んだ。

再びタイミング良く、援軍が訪れたのだ。

アカデミーの女生徒ではなく男性の戦士。関節部からわずかにのぞく、甲冑の下のボディスーツは光沢のある黒。つまり、正規の従神戦士だ。

ご都合主義にも見えるが、この亜空間を作ったのはアカデミーで、アカデミーには代行局が隣接している。むしろギリギリになるまで従神戦士が駆け付けられなかったことの方が、邪神側に都合が良すぎるとも言えるだろう。

助かった、という思いを懐いたのは、荒士と陽湖の二人だけではなかった。

邪神側の当事者である鷲丞には「ご都合主義」などと愚痴を零す余裕は無かった。彼はフェイスガードの下で顔を引き締め、長剣をしっかり握り直した。

鷲丞は緊張していた。相手はアカデミーの生徒ではなく正規の従神戦士。――理由はそれだけではなかった。

荒士たちの救助に現れた従神戦士が着けている神鎧はスタンダードなG型だ。ぱっと見の印象はスマートなフルプレートアーマー。兜にも角や鍬形や羽根のような飾りは付いていない。

ただ兜には通常、両目だけがのぞいているフェイスガードが付属しているのだが、その従神戦士は顔を露わにしていた。

その顔を、彼が何者であるかを鷲丞は知っていた。

(魔神の英雄……今能翔一)

この地球の人間で最初に神鎧兵となった七人の内の一人で、唯一今も現役として第一線に立ち続けている従神戦士の象徴的な存在。

鷲丞の緊張は恐れにより生み出されたものではなかった。

(ここでこいつを倒せば……)

興奮の裏返しの緊張。功名心がもたらす、武者震いのようなものだった。

今能翔一は現在地球防衛の任に当たっている従神戦士の、精神的支柱のような存在だ。ここで彼を倒すことは、今後の戦いに大きな意味を持つ。鷲丞の意識は、その思考で占められた。

今能翔一が手強い敵であることは、見ただけで分かる。今までで最強の敵だ。

(だが、勝てない相手じゃない)

(いや、勝つ! こいつは必ず、ここで倒す!)

鷲丞はもう、荒士を見ていなかった。目の前にちらつく大金星に、彼は目的も状況も見失っていた。

闘志をむき出しにした鷲丞の眼差しを、翔一は冷静に受け止めている。——いや、「冷静」と言うよりも「機械的」という表現の方が相応しいかもしれない。

相手にしていないのではない。見下してもいない。翔一は鷲丞のことを、敵としてきちんと認識している。応戦の構えも取っている。

だが、それだけだ。翔一は任務を遂行する為に牽制の攻撃を仕掛けた。攻撃されれば、反撃する。そこに感情の介在は見えない。

ただ、為すべきことを為す。そこにあるのはインプットに従ってアウトプットを返す、機械のような分かり易さだった。その揺らぎの無さが、翔一から隙を消していた。

対峙する鷲丞に焦りが生じる。「倒す」と決めたにも拘わらず、攻撃に移る切っ掛けを彼は摑めずにいた。無理に仕掛けても手痛い反撃を喰らうだけ。それが理解できるから、鷲丞は動けなかった。

焦りが段々と大きくなっていく。自分の精神状態がまずいものだと分かるから、焦りはますます膨張していく。今はまだ焦りを自制心が上回っている。だがそれも、何時まで持つか分からない。自分を抑えられなくなって無謀な突撃に走れば、待っているのは無様な敗北だ……。

鷲丞の精神状態は悪循環に陥っていた。焦りを意識すればするほど焦ってしまう。だからといって、この場を退くという決断もできない。

『戻りなさい、鷲丞』

この鷲丞にとって二進も三進も行かない状況を打開したのは、邪神アッシュだった。

『作戦は中止だ。鷲丞、これは命令だよ』

「ハッ、しかし」

「了解しました！」

自分自身の意思よりも「神の御心」が優先する。それは鷲丞にとって考える余地も迷う余地も無い真理だった。

鷲丞は直ぐ様「暗黒へつながる穴」へ飛び込んだ。

その直後、「穴」を固定していた灰色の靄が消え去り、「穴」は見る間に閉じていく。

翔一は鷲丞を、追跡も追撃もしなかった。

Worlds governed by Gods.

【6】反省会

「本心では
納得していないんだろう?」

背神兵の襲撃を受けた当日の富士アカデミーでは新入生だけでなく他の候補生についても、亜空間を使った演習は中止された。しかし翌日には何事もなかったように、亜空間での演習が再開されていた。

神暦十七年九月十六日。この日は土曜日だが、アカデミーの教練に土日は関係ない。昨日の遅れを取り戻すように新入生・第五位階「白」の少女たちは、朝から戦闘ロボット相手の模擬戦闘を繰り返していた。ただし昨日の襲撃に直接曝された三チームについては、本日の演習は中止となった。

だからといって教練が休みになったのではない。彼女たちは演習を免除された代わりに、現時点における自分のチームのウィークポイントを洗い出して報告するよう白百合に命じられていた。背神兵の直接のターゲットだった荒士が属するチームも、当然その中に含まれていた。

「私たちのウィークポイントはやはり、遠距離攻撃力の不足だと思う」

イーダの目は、正面に座る荒士に向けられている。

「私もそう思う。荒士の意見も理解できるけど、飛行能力よりも火力の充実が先だと思うわ」

左隣に座るミラが、やはり荒士の顔を見ながらイーダの意見を支持した。

「私も、その、そう思います……」

荒士の右隣に座る幸織は、目を泳がせながらイーダとミラに同調した。

彼らは寮の談話室で円卓を囲んで白百合に出された課題を議論しているところだ。他にも二チームが同じ課題を与えられているが、彼女たちはそれぞれ別の談話室を使っている。——ちなみに寮の談話室は小さな部屋が全部で十二室ある。

何故教室やゼミ室を使わないのかといえば、アカデミーにはそれらが存在しないからだ。座学はバーチャル空間で行われる（残念ながら全感覚VRではなく視覚と聴覚のみの限定的VR空間だ）。作戦の説明に使われるブリーフィングルームは存在するが、これは候補生が出動する昨日のような例外的事態にしか使用されない。

火力の不足を主張したのはイーダで、荒士は飛べないことを補強すべき問題点に挙げた。この違いは昨日の経験を反映している。

イーダの意識には、「自分の攻撃が通用しない」どころか攻撃の機会すら得られなかった背神兵相手に陽湖の弓矢が曲がりなりにもダメージらしきものを与えたシーンが、強く焼き付いていた。彼女が遠隔攻撃能力の欠如を指摘したのはその為だ。

一方で荒士は、空中に舞い上がった背神兵——グリュプスを名乗る鷲丞に自分の攻撃が届かなかったことに、強い敗北感を覚えていた。自分も飛べなければ同じ土俵で戦えないというのが荒士の実感だった。

ミラと幸織は昨日の戦いに参加していない。鷲丞の初撃で半失神・戦闘不能の状態だった。戦闘に参加していない二人の為、および自分たちの立ち回りを客観的に振り返る為に、議論に先立ち四人は昨日の戦闘映像を視聴した。これはあの場にいた候補生の神鎧を通じて記録されていた情報を再構成したもので、撮影した録画ではないが再現度は実写映像に劣らない。

その映像を見てミラが最初に口にしたのは、防御力不足だった。直接斬り付けられたのでもない、単なる剣一振りの波動で戦闘から脱落してしまったことを情けなく感じたのだ。

だがイーダの意見を聞いて考えを変えた。防御力不足はチームの問題点ではない。イーダと荒士はあの波動に耐えたし、他の二チームで耐えていたのは一人だけだ。教官に求められているのは「チームの弱点を報告」だから、自分の回答では不適当だとミラは考え直したのだった。

幸織は逆に火力不足というイーダの考えを聞いて、自分の不甲斐無さを痛感した。チームで飛び道具を選んだのは自分だけだから、遠距離攻撃力不足という指摘を自分が責められていると誤解した。イーダは慌てて「そうではない」と弁解し表面的には幸織もそれを受け容れたが、心の片隅で誤解は自責に姿を変えて居座っていた。

幸織がイーダを支持したのは、この自責の念によるものだった。

「分かった。俺もその結論で構わない」

そして荒士はイーダの視線から目を逸らさずに、自説を引っ込めた。

◇◆◇◆◇◆◇

アカデミーの外観は外の一般社会、旧暦（西暦）で言う二十一世紀の現代社会の風景と大きく異なるものではなかった。内部に使われている技術は一般社会を大きく超えるものだが、単に暮らしていくだけなら外の社会との違いを意識する機会は少ない。仕事や任務以外で圧倒的な技術差を意識するのは、アカデミーに出入りする為に転送システムを使用する時くらいだろうか。今、荒士とイーダが歩いている職員棟へと続く道はレンガで舗装された小径だ。これも外で使われているレンガ舗道と、見た目は何も違わない。

荒士とイーダが肩を並べて歩いているのは議論の結果を教官に報告する為だ。ゾロゾロと四人全員で報告に行くのもメリハリが無いのではと懸念する意見が出されて、まず議論を纏めたイーダが報告役に選ばれた。そしてイーダは、自分一人では客観性が担保できないかもしれないという理由で対立意見の論者だった荒士に同行を求めたのだった。

「……荒士、本心では納得していないのだろう？」

しかしイーダの本当の狙いは、荒士の真意を問い質すことにあった。

「いや、報告内容はあれで良い。遠距離の火力もあった方が良いのは確かだ」

イーダの疑念を、荒士はあっさりと否定する。

　余りにもあっさりとしすぎていて、イーダは面食らった様子だった。

「……私も空戦能力はあった方が良いと思うぞ」

「つまり俺たちの間で相違があるのは優先順位だけということだ。だったら、多数決で良い」

「荒士。お前は、その、何と言うか……大人びているな」

　荒士が歩調を緩めてイーダをまじまじと見詰めた。

「いきなり何だ？」

「いや……私たちくらいの年頃の男子は、もっと自己主張が強いと思っていたんだが」

　イーダの声には戸惑いと意外感が込められていた。

「日本人ははっきりものを言わない、と思われているんじゃなかったのか？」

　それに応える荒士の口調は、からかい混じりのものだった。

「そういう噂も耳にしたけど、言っていたのは主に年配の方々だった。同級生の口からはほとんど聞いたことが無いよ」

「それでも、そういうイメージのヤツもいたんだな」

「それは仕方が無い。じゃあ荒士は私の国にどういう印象を持っているんだ？」

　イーダに切り返されて、荒士は両手を挙げた。

「降参。実は良く知らないんだ」

「フフッ。知ったかぶりをされるよりははっきり言ってくれた方がポイントは高いぞ」

今度はイーダが、からかうようなではなくからかう口調で、笑みを浮かべながらそう言った。

◇◆◇◆◇◆◇

荒士とイーダは講堂の隣にある職員棟の一階、第二指導室で白百合の向かい側に並んで座っていた。二人と白百合の間には簡素なテーブルがあり、入学式の日のように荒士が目のやり場に困ることはなかった。

「——サイコキネシスという概念を知っていますか？」

教官の白百合にチームのウィークポイントに付いての結論を報告し、その流れで遠距離攻撃手段の修得方法について訊ねたところ、返ってきたのはこの反問だった。

「はい、一応は……。思念が物理的な力に変換される現象のことですよね？　主に物体を動かす能力として表現される……」

その質問に荒士が、少し自信無さそうな歯切れが悪い口調で答える。

「そうですね。もう少しアカデミー流に表現すると、思念エネルギーを物体に作用する力に変換する技術のことです」

技術なのか、と荒士は思った。だが考えてみれば神鎧も物質化したエネルギーを思念でコントロールする技術の産物だ。ＰＫが技術として実装されていても不思議ではない。

荒士だけでなくイーダも、今の説明を一応は理解できているようだった。それを見て、白百合が本題に移る。

「エネリアルアームにはPKを光速のビームとして撃ち出す機能があります」

「質問をよろしいでしょうか」

「新島候補生、許可します」

「それは銃や弓矢のエネリアルアームから撃ち出される光弾とは異なるものなのですか？」

「別です。PKビームは、元々射出するものとして形成されている矢弾のように安定したものではありません。ただ神鎧にダメージを与えられるという点では、同じ効果を持っています」

つまり裏技的なものか、と荒士は理解した。安定していないということは、そう何発も撃てるものではないのだろう。だが神鎧にダメージを与えられるなら荒士としては文句は無かった。

「私からもよろしいでしょうか」

今度はイーダが発言の許可を求める。

白百合は「どうぞ」と言って質問を促した。

「昨日の背神兵が剣から飛ばした衝撃波や盾から放った光も、PKビームなのでしょうか？」

「私たちのものと同一ではありませんが、原理的には同じです」

神々の戦士と邪神群の戦士の武装には細かい違いがあるようだ、と荒士は思った。興味深いテーマだったが、今の自分が知ってもおそらく役に立たない。もっと力を付けてから改めて訊ねることにして、荒士はその疑問を忘れぬよう心に留めた。

「PKビームの教練は再来月を予定しています。ですが自主的に修得するのは構いません。具体的な修得手順はチューターを頼ると良いでしょう」

「何方にお願いしても良いんですか？」

「ええ。それも彼女たちに与えられた課題ですから」

荒士の質問に白百合は微笑みながら頷いた。

その日の夜。寮の自室で一般社会のニュースをチェックしていた荒士の許に、インフォリストを使ったメールが届いた。

発信者名は「古都真鶴」。それが誰の名前なのか、荒士はすぐに思い出した。入学式で歓迎の辞を述べた主席候補生だ。昨日の救援部隊にも参加してくれていた。

メールの内容は、今日、白百合に相談した件だ。PKビームの技術を自主的に修得するならチューターを頼れと彼女は言っていた。投げっ放しにするのではなく、チューターの上級生に根回ししてくれたのだろう。

もしかしたらこの上級生は、唯一の男子である荒士の方からは声を掛けにくいのではないかと気を遣って、自分の方から連絡をくれたのかもしれない。

そんなことを考えながら荒士はメールの本文に目を通した。内容を要約すると「話したいことがあるから今から会えないか」。こんな時間から？　と荒士は思ったが、彼の方に断る理由は無い。荒士はすぐに応諾の返事を送った。

返信があったのは五分ほど経ってからだった。内容は「自分の部屋に来てくれ」というもの。候補生の寮は三棟に分かれている。このメールによれば、真鶴の部屋は別棟の最上階だ。つまり彼女の誘いに乗るならば、夜遅く寮を出て別の寮を訪問し最上階まで共有スペースを通って行かなければならない。

荒士はアカデミー唯一の男子候補生。候補生の寮にいるのは女性ばかりで実質、女子寮だ。他の寮棟に荒士が立ち入ることを禁止する規則は無い。ただこんな時間に独りで女子寮に足を踏み入れることには、心理的な抵抗があった。しかも訪問先は、年上とはいえそんなに年齢も変わらない女子の個室だ。荒士は遠慮を通り越して尻込みを覚えた。

応えが返ってくるまでに五分も掛かったということは、先方にも躊躇があるのだろう。しかしこれは、遊びの誘いではない。最上位階の候補生として指導に時間を割いてくれるという申し出だ。しかもいったんは誘いに応じる返事をしている。今更「断る」という選択肢は無かった。

荒士は「すぐにお邪魔させてもらいます」旨の返事を送った。

そして彼は精一杯身嗜みを整えて部屋を出た。本音を言えばシャワーを浴びて汗と汚れを落としたかったが、相手を待たせるのは気が引けた。

真鶴の部屋の前に立った荒士は、不意に白百合の言葉を思い出した。入学式直後に指導室で言われたことだ。

——候補生相手のセックスはなるべく控えて欲しい。

インターホンのボタンを押す手が、途中で止まる。手だけでなく全身が硬直した。

意識しすぎだとは分かっている。そもそも白百合の指導には「恋人ができても」という前提条件が付いていた。言うまでもなく、古都真鶴は彼の恋人ではない。

滑稽な独り相撲だ、と自分が可笑しくなった。自嘲の念が湧き上がる。しかし一度懐いた性的妄想は、簡単には消えてくれなかった。彼はまだ十六歳。性欲を思いどおりにコントロールできる年齢ではなかった。

それでも意識の半分が自分を客観視したことで、硬直状態から辛うじて脱出する。彼は途中で止まっていた手を動かして、インターホンのボタンを押した。

インターホンでの応答は無く、すぐにドアが開いた。

「入ってください」

真鶴は荒士の名前を事前に確認することもなく、彼を部屋の中に招き入れた。

間取りが自分の部屋と全く同じだったことに、荒士は軽い意外感を覚えた。

寮の個室は「ウナギの寝床」と言うほど狭くはないが、ワンルームマンション並みと言えるほど広くもない。机、椅子、ベッド、クローゼット以外には折り畳みの小さなテーブルと椅子を置ける程度だ。なお机は壁面収納になっていて、それとは別に、やはり壁面収納のテーブルと椅子が備わっている。

今は机が引っ込められ、テーブルが出されている。そのテーブルの上にはポットが一つと、カップが二脚。荒士が使っているような金属のマグカップではなく磁器のティーカップだ。その違いに荒士は異性を感じて密かにドキッとした。

「どうぞ、掛けてください」

真鶴は入り口から見たテーブルの奥に座って、荒士にも向かい側の椅子を勧めた。

「失礼します」と言いながら荒士が腰を下ろす。

真鶴はポットを手に取りカップにお茶を注いだ。予想に反して、紅茶ではなく緑茶だった。湯呑みではなくティーカップを使っているのが何となく同年代の女子っぽく感じられて、口元が緩みそうになる。――御蔭で少し、緊張が解れた。

「どうぞ」

「いただきます」

お茶を一口飲んで、さらに緊張が抜ける。彼の中にようやく、目の前の少女を直視する余裕が生まれた。

入学式で遠目に見た印象に違わず、美しい少女だった。自分とそんなに年は変わらないはずだが——アカデミーの仕組み上、最大でも四歳差——、可愛いと言うより綺麗な女性だ。

ただその美貌には今、憂いが宿っているように見えた。

「白百合教官からうかがいましたが、ＰＫビームをカリキュラムに先んじて修得したいそうですね？」

そんな余計なことを考えているところにいきなり本題を切り出されて、荒士は焦りを覚えた。

「はい」

その所為で、最低限の答えを返すだけで精一杯だった。自分では狼狽を隠せたつもりだが、上手くできたという確信は持てなかった。

「エネリアルアームは安定して出せるのですか？」

「……すみません。エネリアルアームは神々の技術で物質化しているものではないんですか？」

質問の意味が分からなかった荒士は一瞬だけ躊躇った末に、無知を正直に告白した。

「エネリアルアームは戦闘に使用すると摩耗します。制御能力が不足していると、短時間で消えてしまうのです」

それを聞いて荒士は背筋に冷たいものを覚えた。昨日の戦闘で、打ち合っている最中に武器が消えるなどという事態に見舞われたら、ここにこうしていられなかった。自分で思っていた以上に昨日は綱渡りだったのかもしれない……。

「しかしそういう疑問を覚えるのならば、エネリアルアームの制御は十分にできているようですね」

「……そうなんですか？」

「ええ。エネリアルアームの安定性に不安が無いということですから」

慰められているのかもしれないが、これを聞いて荒士は少し安心できる気がした。

「実戦でエネリアルアームを安定的に使えるのであれば、PKビームの修得に進んでも問題無いと思います。夕食後で構わないなら、明日からでも始められますが」

「夕食後？　俺は構いませんが、良いんですか？　古都さんもお忙しいのでは？」

夕食後と聞いて目を丸くする荒士。

彼の反問を聞いて真鶴は大人っぽい、落ち着きが感じられる笑みを浮かべた。

「私の教練を気にしているのなら大丈夫ですよ。『白』の指導も『紫』の課題ですから」

「……ありがとうございます。チームメイトの都合を確認して俺の方からご連絡します」

荒士が応えを返すまでに少し間が空いたのは、真鶴の笑顔に見とれていたからだった。

彼は年上が好きとか綺麗系が好きとか、そういうステレオタイプな女性の好みは持っていない。故郷では、真面目な交際経験こそ無いものの、それなりにモテていた彼は「好きになった相手が今の自分の好み」というタイプだ。陽湖には「童貞君」とからかわれたが、実は反論しなかっただけで既にセックスも経験している。ちなみに相手は恋人ではない年上の女性だ。

年頃の男子らしく、誘惑されればそちらに目と心を奪われる。異性に対する欲は人並みで、決して枯れてはいない。だが笑顔一つで心を奪われるほど単純かつ純情ではない、と自分では思っていた。

真鶴に惹かれている自分を荒士は自覚した。だが同時に陽湖の顔を――ではなく、入学式の後に釘を刺してきた白百合の言葉を思い出した。女性との交際というプライベートにまで口出しされることに対する反発を覚える一方で、深入りする前にブレーキを掛けられて良かったという思いもあった。

何故なら目の前のこの女性、古都真鶴は、おそらくあの男の――。

「ええ、そうしてください。……少し、個人的なお話をさせてもらっても良いですか？」

自分の心の声でフラグが立ったような予感に見舞われて、荒士の背筋に悪寒が走った。

「ええと、はい、どうぞ」

「個人的なお話」の内容は何となく、分かるような気がした。だが話を聞く前に「嫌だ」と言える場面ではなかった。こんなシチュエーションでなければ拒絶できた、というものでもなかったが。

「ありがとう。早速ですけど……昨日の背神兵について、何か知っていることはありませんか？」

来たか、と荒士は思った。

「あの後、教官に教えていただきました。新島君、貴男は入学式の直前にも背神兵に襲われているそうですね。もしかして、同じ相手だったのではありませんか」

質問の形を取っているが、真鶴の目は確信の光を宿している。彼女は教官から――その「教官」が白を担当する白百合なのか紫を担当する菖蒲なのか荒士には分からない――襲撃者の背神兵について、自分が話さなくても詳しい情報を得ているのではないかと荒士は感じた。

「はい。同じ背神兵でした」

だから荒士はあの背神兵について自分が知っている情報を、隠す必要性を覚えなかった。

「あの背神兵は自分のことをグリュプスと名乗っていました」

「グリュプス……コードネームですね？」

自明とも思われる真鶴の問い掛けに「そうです」と頷いて、

「そして名月さん……入学前に襲われた際、俺を助けてくれた従神戦士の平野名月さんは、あいつのことを『こみやしゅうすけ』と呼んでいました」

荒士は彼女が本当に知りたかったであろう事実に言及した。

「やっぱり……」

荒士は真鶴がもっと驚くと思っていたが、彼女は目を見開くとか口に手を当てるとか、その類のリアクションは見せず、淡々と呟いただけだった。余りショックを受けているようにも見えないのが、荒士には意外だった。

「……新島君は名月さんとお知り合いなのですね」

「祖父君と御縁がありまして。古都さんこそ、名月さんとは親しくされているのですか」

「背神兵グリュプス……古都鶩丞は私の兄です」

荒士の脳裏に浮かんだ言葉は「やはり」だった。

「兄は姿を消す直前まで、名月さんとお付き合いしていました」

「――っ！」

しかしこの事実には、驚愕の余り声が出なかった。

強張った顔で真鶴を凝視する荒士。

そんな彼に真鶴は、どんな顔をすれば良いのか困っているような笑みを返した。

「そのご縁で、名月さんとは親しくさせていただきました。今は時々お目に掛かるだけですけど、その度に気を遣わせてしまっています」

「そうだったんですか……」

何の意味も無い応え。しかし荒士の中からは、他のセリフが出てこなかった。

「兄はマウナ・ケアアカデミーに所属していて、一昨年の『黒』の採用試験中に事故で行方不明になったんです」

つまりあの背神兵——真鶴の兄は神々の戦士となるまであと一歩の実力者だったということだ。道理で、正規の従神戦士となった名月と互角に渡り合えるはずだ。

真鶴の今にも泣き出しそうな声を聞きながら、荒士はそう思った。彼の意識は目の前の女性の悲しみよりも、敵の強さに向いていた。

「兄のことは諦めていたんです。でも、まさか背神兵に……」

遂に顔を両手で覆って真鶴は俯いた。手の下から嗚咽が漏れてくる。

「………」

それを荒士は黙って見ていた。

何も感じていなかったわけではない。むしろ激しく動揺していた。

だがこのシチュエーションで泣いている女性に声を掛けるには、荒士は経験値が圧倒的に不足していたのだ。

荒士は途方に暮れた。

およそ、五分後。

「ご、ごめんなさい。泣いたりして……」

泣き腫らした真鶴が、恥ずかしそうに謝罪する。

肩を窄めて上目遣いにこちらを窺う真鶴は、荒士に幼気な印象を与えた。先程までの大人びた美女のイメージとは対照的だ。庇護欲をそそる可愛らしさで、自分より年下にすら見える。

「い、いえ……」

そんな真鶴に荒士は動揺し、混乱していた。強く惹かれているのは否めない。だが、恋愛的な意味で魅了されていると認めることには抵抗があった。

真鶴は確かに美少女で、今まで彼の周りにはいなかったタイプだ。年上の美女というなら名月もそうだが、彼女と真鶴では印象が違う。名月のイメージは「明るく頼り甲斐がある姉」だ。

それに対して真鶴は、何処か危うかった。単に陰があるというだけではない。病んでいるという感じでもない。深く関われば巻き込まれ、呑み込まれてしまう……。彼女は、そんな漠然とした危機感を懐かせる少女だった。凛としていた彼女には、そんな危機感は懐かなかった。だが幼気な側面を見せた途端、荒士の意識の片隅で警鐘が鳴り始めたのだった。

「……俺は気にしていません。先輩も余り気にしない方が良いと思いますよ。ご家族であっても、あの男と先輩は別の人間なんですから」

ぶっきらぼうな言い方になってしまったのは、惹かれる気持ちと遠ざける危機感、相反する心理が荒士の中でぶつかり合って纏まりが付かなくなっているからだ。

「……そうですね。どんな理由があったとしても、邪神の僕になった兄と神々に仕える私は最早敵同士。そう割り切るしかないのでしょう……」

真鶴が荒士の言葉に頷き、自分に言い聞かせるような口調で「割り切るしかない」と呟く。

明らかに強がりだった。だが強がって自分を納得させなければ、現実を受け容れられないのだろう。

実の兄、鷲丞の裏切りは、神々に対するものばかりではない。家族、親族、友人、恩師など彼に関わってきた全ての人々に対する裏切りでもある。

アカデミーへの入学が決まった時、地元では町ぐるみで鷲丞を祝った。

鷲丞が背神兵になったと知れ渡れば、今度は街中の人々が掌を返して鷲丞の——真鶴の家族を責めるだろう。苦楽を共にした富士アカデミーの仲間は態度を変えたりしないだろうが、今後同僚となる従神戦士や代行局の職員は真鶴を「裏切り者の妹」という色眼鏡を掛けて見るに違いない。

いっそ鷲丞を憎めれば、真鶴は楽になれるはずだ。だが真鶴はまだ、兄のことを嫌いになれなかった。彼女にできるのは、「兄は兄、自分は自分」と自分に言い聞かせることだけだった。そうすることで真鶴の表情から寄る辺ない子供のような脆さが消え、元の凛然とした雰囲気が戻った。

「——それにしても、フフッ、『先輩』ですか。何だか新鮮ですね。男子からそう呼ばれるのは三年ぶり……いえ、四年ぶりでしょうか」

こちらに対する真鶴の親密度がいきなり増したのは、自分の錯覚だと荒士は思うことにした。

◇◆◇◆◇◆◇

「──あっ、お邪魔してまーす」

「陽湖……何故お前がここにいる」

　自分の部屋に戻ってきた（逃げ帰ってきた？）荒士を待っていたのは、彼のベッドの上に座るラフな服装の陽湖だった。

「えっ？　遊びに来たからだけど」

「……何当たり前のこと言ってんの？　みたいな顔をしているけど、当たり前じゃないからな」

　額に手を当てて荒士がため息を吐く。

「だって、鍵が掛かってなかったんだもの。これはもう、自由に入って良いと言われているとしか──」

「鍵は最初から付いてないだろ！」

　陽湖のセリフを遮って荒士が喚く。彼が言うように、アカデミーの寮には鍵が付いていない。部屋の中の浴室とかトイレは内側から鍵が掛かるようになっているのだが、個室の扉には鍵が無かった。

一応ロッカーやクローゼットは鍵が掛かるようになっているが――これらの鍵は精神波認証だ――、神々の施設で犯罪をやらかす度胸がある人間などいるはずもなく、面倒だからと鍵を掛けない候補生の方が多い。

ここは個室だが、寮なのだ。ワンルームマンションでもなければ学生向けアパートでもない。部屋の中といえど個人が占有する空間ではなく、管理権はあくまでもアカデミーにある。相部屋ではないだけで、基本的に各部屋の出入りは自由になっている。

ただ生活する上で、お互いがプライバシーを尊重し合うルールが成立している。そのほとんどが元はヨーロッパのマナーで、それがグローバルスタンダードと化したものだ。「部屋に入る時はノックをする」というのもその一つ。――もっとも各部屋にインターホンが備わっているので、実際にはノックではなくインターホンのボタンを押すという手順になっている。

そして「部屋の住人に無断で中に入らない」というのは、ノック以前の問題だ。このケースではどう見ても荒士に理があり陽湖に非がある。

「固いこと言わないの。男でしょ」

だが女性には許される決まり文句で陽湖は荒士の正論を封じた。昨今の社会は「女だから」には不寛容でも、「男だから」は非難しない。むしろ積極的に後押しする傾向がある。この場面でも荒士が折れた。

「……で、何をしに来たんだ」

「遊びに来たって言ったと思うけど」

「こんな時間からか？」

本当のことを言え、と荒士は目で圧を掛ける。

「話を聞きに来たの」

これ以上荒士の神経を逆撫でするのは得策ではないと陽湖も考えたようだ。肩を竦めるジェスチャーが似合いそうな口調で前言を翻した。

「荒士君が一号棟に入って行くのが見えたから。夜這い？」

候補生が暮らしている寮は三棟。その内一つは寮生全員が「白」。一つは「白」と「緑」。残る一つは「赤」以上の位階の候補生に割り当てられている。名称は順に三号棟、二号棟、一号棟だ。なお寮の建物は四棟あるが、四号棟は現在空き家になっている。

「夜這いなわけあるか！　大体この三号棟から一号棟の玄関は、間に二号棟が挟まっているから見えないだろ。鎌を掛けているつもりか？」

「あれっ、分かっちゃった？　荒士君の方にも、隠す気は無いみたいね」

陽湖は全く悪びれなかった。

「荒士君が一号棟の方に歩いて行くのが見えたのは本当だよ。で、何しに行ったの？」

何故そんなことが気になるんだ、とか、何故それを陽湖に話さなければならない、とか荒士は疑問を覚えたが、後ろめたいことは何も無い。隠す必要性を覚えなかった。

「チームのウィークポイントについて話し合った結果を報告に行ったら、教官からチューターの上級生に指導してもらうよう言われたんだ」

「今日の教練のテーマだね。それで？」

「教官から話を受けた上級生から部屋に来るよう指示された」

「……何かおかしくない？　何故こんな時間に呼び出すの？」

「それは……」

荒士の中で躊躇いが生まれる。背神兵グリュプスに襲われた二回とも陽湖は一緒だった。あの背神兵の本名が『こみやしゅうすけ』だということを陽湖も知っているし、真鶴と同じ苗字なのは偶然ではないと察してもいる。

ただそれでも、背神兵グリュプスが真鶴の実兄であるという事実は彼女のプライバシーだ。他人の口から広めて良い事柄ではない。

「俺も疑問を覚えないでもなかったが、指導してくれるというのをこちらから断るわけにも行かないだろう」

荒士は答えの中で、訪ねた相手を明かさなかった。

「怪しいなぁ……。指導に関するお話だけだったの？　本当に？」

客観的に見て、荒士は上手く誤魔化した。陽湖が疑いを覚えたのは、荒士との付き合いの長さによる嗅覚か。それとも最初から邪推していたのか。

「何が怪しいんだよ」

「指導だけなら、こんな時間じゃなくても良くない？」

「他に何があるって言うんだ」

荒士の反問は反射的な物で、決して急所を突くような問い掛けではない。それは本人も自覚していた。

「それは、その……」

だからここで陽湖が口籠もるとは、荒士は予想していなかった。

「……陽湖。何か変なことを考えていないか？」

「変なことって何よ!?」

「訊いているのは俺だ」

向きになった陽湖に、荒士は冷たく言い返す。

「チューターの上級生は、夕食後で良ければ明日からでも実技指導をしてくれると言ってくれた。『紫』には『黒』になる為の試験が控えているんだ。日中は時間が取れないんだろう」

その上で、もっともらしい事実を切り取って突き付けた。

「それは、そうかもしれないけど……」

陽湖が目を泳がせる。

頃合いか、と思った荒士は話を変えようとした。

「——荒士君、教官に言われてるでしょ！」

しかし彼が新しい話題を切り出すよりも、陽湖の詰るような声の方が早かった。

「候補生相手にエッチなことをしちゃダメだって」

「はぁ？」

突拍子のないセリフ、ではない。真鶴を前にした荒士の脳裏にも過ったことだ。

しかしこのタイミングで出てくるとは思っていなかった荒士は、意表を突かれた。

「お前……そんなことを考えていたのか？」

ただ陽湖の方にも、荒士の動揺を見抜けるだけの余裕は無かった。

彼女の顔は、控えめに言っても赤かった。

「べ、別におかしくないでしょ！　こんな時間に若い男女が同じ部屋でふ、二人きりなんて」

「……もしかして嫉妬か？」

「ち、違……心配しているの！　教官の命令を破ってるんじゃないかって！」

「寮の部屋には、鍵が掛からないんだぞ？」

「そ、そんなの、盛り上がっちゃったら関係無いわよ！」

「俺は嫌だけどなぁ……」

荒士は本気で顔を顰める。

「……第一、夜遅くに二人きりと言うなら今だってそうじゃないか」

そして、呟くようにそう言った。

その何気ないセリフに、陽湖は激しい動揺を見せる。

荒士のベッドに座ったまま、勢い良く後退る陽湖。壁に背中をぶつけた彼女は、両腕を交差させて自分の胸をかき抱いていた。

「ダ、ダメなんだからね！」

荒士がため息を吐く。彼は鈍感系主人公ではないので、陽湖が何を考えているのかすぐに理解した。

「言っただろ。俺は、鍵が掛からない所でそういうことをするのは嫌だって」

陽湖は勢い良くベッドから飛び降り、部屋の扉を乱暴に開けて、身体を半分廊下に出したところで振り返った。

「荒士君のバカ！　せっかく心配してあげたのに、もう知らない！」

そして涙目で叫ぶ。興奮していても汚い罵り文句が出てこない辺りが、彼女らしかった。

「陽湖、靴を忘れているぞ」

荒士は身を屈めてベッド横に揃えられている靴を手に持ち、陽湖に向けて差し出した。

「――っ！」

陽湖は真っ赤な顔で自分の靴を引ったくり、その場で履くのではなく手に持ったまま、荒士の部屋から走り去った。

彼女の背中を見送る荒士の口元は綻んでいた。愛しげな、ではなくほのぼのとした笑みだ。

陽湖が本気で勘違いしていたとは、荒士は考えていない。彼女は万が一にも自分が過ちを犯さないようにと、注意しに来てくれたのだ。荒士の方から手を出すケースばかりではなく、荒士が誘惑されるケースもあるのだと言いたかったに違いない。

陽湖は自分のことを過ちの対象になる女子だと、多分思っていない。荒士を男扱いしていないのと同時に、自分が女扱いされていないと思い込んでいるのではないだろうか。だから性的に襲われる可能性を匂わせただけで、あれほど動揺したのだと思われる。

——本当に、可愛い友人だ。

微笑ましい気分に満たされた荒士の意識から、真鶴に対して懐いた気の迷いは消えていた。

荒士が真鶴の課外指導を受け始めてから一週間が経った。

「真鶴先輩、本日もよろしくお願いします！」

「ええ、頑張りましょう」

背筋をピンと伸ばし腰から上体を倒す荒士に、真鶴は柔らかい笑みを浮かべて頷く。

荒士が真鶴のことを名前で呼んでいるのは彼女のリクエストだった。苗字で呼ばれると背神兵に堕ちたの兄のことを思い出してしまうから、という理由で真鶴は名前呼びを荒士に求めたのだ。

「真鶴先輩、申し訳ございません。他の班員は、今夜はやはり、休ませて欲しいそうです」

指導が始まる前に、荒士が申し訳なさそうに真鶴に謝罪する。

荒士が「班員」と言っているのは言うまでも無く彼のチームメイトのことだ。アカデミーでは「班」という言い方はしないのだが、彼にとってはしっくりくるのか、教官のいない所では無意識に「班」「班員」という呼び方をすることが少なくなかった。

「あらかじめ連絡をもらっていましたし、白百合教官からも聞いていますから気にしなくても良いですよ。新島君は休まなくて良かったんですか？」

彼のチームメイトが今夜の自主訓練を休んでいるのは、日中の教練の疲労が無視できない水準で蓄積しているという理由で教官から完全休養を勧告されたからだ。

それを前以て知っていた真鶴は嫌そうな顔一つ見せず、それどころか気遣う口調で荒士の体調を訊ねた。

なお荒士は自分が名前呼びをしているという理由で、真鶴に同じことを求めはしなかった。

「俺は大丈夫です。先輩さえお差し支えなければ、ご指導をお願いします」

自分一人だけの為に真鶴に時間を使わせるのは申し訳ない、と荒士も思わないでもなかった。だが彼の中では、早く強くなりたいという思いが遠慮する気持ちに勝っていた。

「大丈夫そうですね。やはり男子の方が体力があるのでしょうか……。では、始めましょう」

真鶴の言葉に、荒士は「はい！」と勢い良く答えながら再度一礼した。


亜空間で真鶴の指導を受ける荒士の訓練風景を、教官の白百合はカメラで観察していた。

（新島候補生のＰＫビームは実戦レベルに達していると判断します）

（まだ持続性に問題があると思われますが）

白百合の思念に応えて異議を唱えたのは、同じ白百合の思念だ。

教官・白百合は単一の個体ではない。同一データから作られ記憶と思考を共有する複数個体の白百合が第五位階「白」の教官を務めている。これは他の位階の教官も同様で、同じタイプのディバイノイドが複数人で教練に当たっている。

（継戦能力には確かに不安がありますね。しかし単発の威力は既に、「黒」に迫るものがあります）

（安定性に欠け出力に優れている。最初に計測した能力値のとおりですか。これは本当に、使いどころが難しい戦士になりそうです）

（しかし戦力になるのは、間違いありません）

（戦士になった彼をどう使うか。それは、神々が決めることです。私たちは自分の仕事をしましょう）

（第四位階への進級は現段階で既に条件を満たしていると判断します）

（賛成です）（同意します）（異議はありません）

（第三位階への進級を判断するのは若葉(わかば)ですが、教練評定に意見を付けておきましょう）

若葉(わかば)は第四位階「緑」の教練を担当するディバイノイドだ。第三位階「赤」への進級は「緑」の教官である若葉(わかば)に決定権がある。

（現段階の実力がどうであれ彼も一年間は「白」のままです。結論を急ぐ必要は無いでしょう）

白百合(しらゆり)の一人が「現段階の」と言ったのは、候補生の実力は後退するケースもあるからだ。いったん覚えた技術を失うことはないが、出力が落ちたり思いどおりに発揮させられなくなったりということは珍しくない。

特に新入生は能力が不安定だ。新入生は技術の習得状況に拘(かか)わらず一年間は進級しないというアカデミーの制度は、この点を踏まえていた。

（そうですね。教練が始まってまだ一ヶ月も経(た)っていません。進級のことよりＰＫビームのレベルアップを考えるべきです）

（連射が不得手なのは通常のＧ型と同じですか。これは仕方がありません）

（それよりＰＫビーム使用直後に訪れる防御力低下について注意喚起すべきです）

（私から注意するより、指導を行っているチューターに言わせる方が良(い)いでしょう）

（では私から菖蒲(あやめ)に依頼します）

カメラの映像を実際に見ている白百合(しらゆり)の個体が思念波による会話の場から退席して、代行官(アルコーン)を通じた思念回線で真鶴(しづる)の教練を担当する菖蒲(あやめ)タイプのディバイノイドへコンタクトを求めた。

Worlds governed by Gods.

【7】奇襲

「援軍は期待しても無駄だ」

荒士たちがアカデミーに入学して一ヶ月が過ぎた。昨年までのカリキュラムであれば演習用の亜空間で仮想敵との模擬戦を通じて神鎧の様々な機能に新入生を馴染ませている頃だ。

しかし今年は、富士アカデミー内部においては演習用亜空間に対する襲撃、外部においては背神兵による香港祭壇の破壊という邪神群陣営からの、これまでに無く深刻な打撃を受けている。特に祭壇の破壊を許したことは、代行局の地球人スタッフに激しい衝撃を与えた。

祭壇は代行局が直接建造した神々の統治装置。その破壊は、この地球上における代行局の権威の絶対性に穴を空けるものだ。

このような失態は、二度と繰り返してはならない。それは富士代行局だけでなく、この地球上全ての代行局の総意だった。その危機感を反映して代行局は各地のアカデミーに、候補生の即戦力化を求めた。

神鎧の機能をフルに発揮できなくても、使える機能は限定的であっても、邪神群の軍勢から地球を防衛する為の戦士を一日でも早く、一人でも多く育成する。それが代行局から発せられた、アカデミーに対する新たなリクエストだ。

それを受けて各アカデミーではカリキュラムの見直しが行われていた。演習用亜空間に背神兵の侵入を許した富士アカデミーでは特に、この風潮の影響が強く表れていた。

富士アカデミーが計画している今月実施予定の「白」の陸上演習も、即戦力化カリキュラムの一環だった。

神暦十七年十月二日。一日の教練の終わりに教官の白百合から「白」の候補生に対して演習用亜空間ではなく、通常の陸上環境で実施される演習の概要が告げられた。

実施日は十月二十日、場所は硫黄島。今年度の「白」が初めてアカデミーの外で行う演習、荒士たちにとって初の遠征だった。

入学当初こそ一人で食事をしていた荒士だが、チームメイトと交流を深めるのも教練の内と女性ばかりの席に混じる気まずさをねじ伏せて、一緒に食事をするようにしている。この日も荒士は、イーダ、ミラ、幸織と夕食のテーブルを囲んでいた。

「ねえ。さっきの話、どういうことだと思う？」

全員がテーブルについた直後。荒士の向かい側に座るミラがそんなことを言い出した。

「どういう、とは？」

ミラの視線を正面から受け止める形になっている荒士が、彼女に問い返す。

「演習用亜空間は広さも環境も自由に設定できるのに、なんで態々遠くの島で演習をするのか、ということだけど」

「移動には転送機を使うから距離は関係ないぞ」

このセリフはミラの隣に座るイーダのものだ。

「でも作り物の亜空間と違って現実の世界は地形とか気候とかの自然条件による制限を受けるでしょう？　いえ、それだって神々の技術なら変えられるのかもしれないけど」

「それが狙いじゃないでしょうか」

荒士(こうじ)の隣に座っている幸織(さおり)が口を挿(はさ)んだ。

「えっ、幸織(さおり)は環境改変技術の実験を兼ねていると思うの？」

「え、いえ、そうではなくて……」

「ミラ、幸織(さおり)は現実世界の環境に合わせた戦い方を学ぶのが目的ではないかと言っているんだ」

イーダが幸織(さおり)をフォローし、ミラの疑問に答えた。

「俺もそれが二十日の演習の目的だと思う」

荒士(こうじ)もイーダと同じ考えだった。

「それなら亜空間の演習場でもっと経験を積んでからでも良くない？　私たちは入学してまだ一ヶ月よ。急ぎすぎだと思うんだけど」

ミラが疑問を呈する。

「それは私も思った」

イーダがそれに同調する。

「香港の祭壇が破壊されたそうだからな。地上施設防衛の為の戦力増強が求められているのだろう」

荒士が二人の疑問に、一つの回答を示した。

「祭壇が破壊された？　荒士、それ本当？」

ミラが驚きに目を見開く。

「噂だ」

「……何処から手に入れた噂なんですか？　代行局に関するネット情報は検閲されているはずですけど」

幸織が不思議そうに訊ねた。

「人の口に戸は立てられぬ、と言うだろう」

荒士は諺を持ち出してニュースソースを誤魔化そうとした。

「そうは言いますけど、代行局の検閲技術ですよ？」

「独立派の連中が態と流した情報かもな。もちろん噂だ。偽情報という可能性もあるが、事実ならこれほど急に絶海の孤島で演習が実施される理由も納得がいく」

「確かに、そんな事件があったのなら教練を焦るのも頷けるな……」

呟くようにそう言ったイーダだけでなく、ミラと幸織も取り敢えず納得した様子だった。

　夕食後、荒士の部屋に陽湖が押し掛けてきた。彼女はセクハラ（?）に遭っても懲りることなく荒士の部屋に入り浸っている。

「荒士君、ダメじゃない。香港祭壇の件は秘密だと言ったでしょ」

　陽湖は仁王立ちになり腕組みをして、椅子に座っている荒士を見下ろしている。しかしセリフやポーズとは裏腹に、彼女は悪戯っぽく笑っていた。愉快犯の笑みだ。口では荒士をたしなめているが、同期生の驚きようは彼女にとって満足がいくものだったのだろう。

「すまん、うっかりしていた」

「荒士君ったら、仕方が無いなぁ。黙っていると言うから教えてあげたのに。こんなに口が軽いんだったら、もう特ダネを仕入れても教えてあげないよ」

「迂闊だったことについては謝るが、俺が教えて欲しいと言ったんじゃないからな？　陽湖が自分から口を滑らせただけだからな?」

　香港祭壇が襲撃を受けて破壊された件のニュースソースは陽湖だった。彼女の父親・平野隆通は代行局と太いパイプを持つ政商だ。代行局が外部に漏らさないようにしている情報にも触れる機会がある。

現在は正戦士「黒」になっている陽湖の姉・名月も富士アカデミーの出身だ。名月の在学中から隆通は頻繁に、富士アカデミーに出入りしていた。名月と入れ替わるように陽湖が入学したことで、隆通が富士アカデミーに顔を見せる頻度はますます上がっている。

アカデミーの候補生が家族に会うのは、そう簡単なことではない。だがそれは候補生の外出が厳しく制限されていることと、外部の人間にアカデミー訪問の許可が下りにくいことに起因している。アカデミーを訪れた家族と教練終了後に面会するのは特に禁止されていない。入学前に彼女自身が言っていたように、陽湖が父親に会う機会は意外に多かった。

香港祭壇の件を陽湖が聞いたのは背神兵グリュプスによる襲撃があった直後のことだ。愛娘の安否を直接確かめに来た隆通が、世間話の中でこのスキャンダルを漏らしたのである。

ただそれは、陽湖の無事を確認した隆通が気を緩めて口を滑らせたのではない。彼の意図的なリークだった。

「情報が自分を守る」というのが隆通のモットーだ。経営者として情報の重要性は骨身に染みている。商売上の競争だけではない。彼のような政商は本当の意味で命が掛かっている。情報一つが生死を左右する世界で隆通は生き延びてきた。

情報を活かすのは自分次第だ。だが、知らなければ活かしようも無い。「敗北の事実」は特に、扱い方次第で運命を変える。そんなものを愛する娘にまで黙っていることなど、隆通にはできなかったのである。

　そして荒士が言うとおり、父親から聞いた極秘情報を他愛も無い雑談の中でポロッと口にしたのは陽湖だ。荒士が彼女から聞き出したのではなかった。

「細かいことに拘らないの。男の子でしょ」

　だが陽湖はこういう古臭いセリフを、有無を言わせず通用させてしまう女子力（？）の持ち主だった。

「もう男の『子』って年じゃねえよ」

　陽湖の決めゼリフ（？）を前にして、荒士は今夜もこの程度のことしか言い返せなかった。

　富士アカデミー「白」の硫黄島遠征計画に関する情報は、密かに協力者となっている高級官僚から半日遅れで邪神アッシュの許に届けられた。
「──その演習の場からあの者を連行すればよろしいのですか？」
　そしてその日の夜、アッシュの神殿に呼ばれた鷲丞は、硫黄島演習を襲撃して荒士を拉致してくるよう邪神に命じられた。
「そうだ。多少手荒な招待になっても構わない。我々が接触したことで魔神の洗脳が早まる恐れがあるからね」

「ハッ。……我が神よ。畏れながら、一つ質問をお許し願えますでしょうか」

顔を伏せたままの体勢で全身から緊張を滲ませる鷲丞の言葉に、アッシュは「おやっ？」という意外感を示す表情を浮かべた。人間くさい反応だが、人間と同じように感じているのかどうかは神ならぬ人の身には分からない。

「良いとも。何でも訊いてくれ」

鷲丞が顔を上げる。

アッシュは柔らかな笑みを浮かべていたが、鷲丞の緊張は緩和されなかった。

「お言葉に甘えさせていただきます。我が神よ、何故あの男……新島荒士に拘るのですか」

「鷲丞は、彼を同志に迎え入れるのは反対かい？」

アッシュは相変わらず柔和な笑みを浮かべたままだ。口調にも威圧的な要素は無い。

だが鷲丞の全身は力み、硬直していた。

「畏れながら……」

鷲丞の声は震えている。だが彼は言葉に詰まったり口ごもったりはしなかった。

「あの男は危険です」

「戦ってみてそう感じたのかい？」

「はい。あの男はおそらく、人殺しに躊躇がありません。追い詰められて我を忘れるでもなく、戦いの興奮に呑まれるでもなく、冷静に人を殺せるヤツです」

「そうか……。戦士としては、頼もしい資質のようにも思われるが」

「それは……」

鷲丞は反論できない。仕える神の言葉だからではなく、アッシュの感想が一つの道理だったからだ。

「ああ、質問の答えがまだだったね」

言葉に詰まった鷲丞の意識は、アッシュの言葉で思考の行き詰まりから脱出した。

「彼は、不確定要素なんだよ」

しかしアッシュの回答は、鷲丞を新たな困惑の沼に沈めることとなった。

鷲丞がアッシュの神殿から退出し、入れ替わるように一人の背神兵が邪神の前に片膝を突く。それは異次元世界ウラスの背神兵、ウガルラムのコードネームを持つキングゥだった。

「主よ。ウガルラムのキングゥ、参上しました」

ウラスは統一帝国が支配する世界だ。主従関係が人々の意識に根付いている。キングゥの「主よ」という呼び掛けもそれに基づくもので、アッシュも無理に改めさせようとはしなかった。

「良く来てくれたね、キングゥ。早速だが、君が率いる部隊にジアース世界を攻撃してもらいたい」

アッシュの言葉に、キングゥは訝しげに眉を顰めた。

「ジアースの解放にはまだ時間が掛かると仰っていたのでは？」

キングゥは先月、鷲丞と引き合わされた後に、アッシュの口から「ジアース解放の準備はまだ調っていない」と聞かされていた。

「本格的な解放戦ではないよ。今回も頼みたいのは陽動だ」

「——ご命令とあれば、喜んで」

恭しく頭を下げてアッシュの命令を受諾したキングゥだが、答えを返すまでにわずかなタイムラグがあったのは、前回の陽動作戦で多数発生した犠牲者が頭を過ったからだった。

「攻撃目標は月の裏側。作戦は橋頭堡確保を偽装。今回は可能な限り直接戦闘を避けてくれ」

「つまり橋頭堡を建設する振りをして、ジアースの戦力を第三次神域外縁に引き付けるということでございますか」

第三次神域は月軌道の内側を指している。神々も邪神群も敵が支配する「地球」の第三次神域内には直接力を及ぼすことができない。逆に言えば月軌道の外側では、両者が全力で戦うことが可能だ。しかし神々も邪神群も、相手と直接戦おうとはしない。お互いに、そうしないだけの理由があった。

「そうだよ、キングゥ。実はマテル世界から新兵器の提供を受けていてね。その運用実験も兼ねているんだ」

「マテル世界……確か、ワイズマン殿が治めている世界でしたか」

ワイズマンというのはアッシュと同じ邪神群の一柱で、アッシュが特に親しく交流している邪神だ。ワイズマンが支配するマテルは人間も言語もジアースに極めて良く似ている。文化的な類似性はキングゥの故郷であるウラスよりも上だ。ただ科学技術はジアースより数百年単位で進歩している。マテルの姿は、ジアースの人々が前世紀に空想した「未来の地球」のイメージに近い。

「そうだ。マテルの科学者が作った装置が有効に機能すると確認できたら、ジアースのみならず他の世界の解放も大きく進展するだろう」

「重要な実験ですね……了解しました。陽動の任、確実に遂行致します」

握り締めた手を胸に当て頭を垂れるキングゥの身体には、気合いが満ちている。

「頼んだよ、キングゥ」

そんなキングゥを見下ろしながら、アッシュは満足げに微笑んだ。

神暦十七年十月二十日。それは富士アカデミーから硫黄島へ、転送機で「白」が全員転移し終わった直後に起こった。

富士(ふじ)代行局に、敵襲を告げる警報が鳴り響く。

警報は富士(ふじ)だけでなく全世界の代行局で同時に響き渡っていた。

何が起こったのかを問う声とそれに対する答えが至るところで交わされる。正確な情報も、不十分な情報も、事実に反する憶測も、そこでは等価だった。だが最初の衝撃が通り過ぎ局員が冷静な判断力を取り戻すに連れて、虚偽は淘汰(とうた)され事実が共有されていった。

「月の裏側に背神兵(はいしんへい)の大部隊が？」

「映像、出ます！」

「月面に直接転移(テレポート)してきたのか……」

「大量の資材も一緒に送り込んでいるな」

「資材に建設工事用の作業ロボットも混ざっている。月の裏側に橋頭堡(きょうとうほ)を築くのが敵の目的か」

富士(ふじ)代行局で防衛を担当するセクションの上級職員が背神兵(はいしんへい)の目的を推断する。この意見に局内で異論は無かった。

この地球上の代行局の数は十二。その内の半数の代行局に所属する防衛隊が月の裏側に出撃することになった。富士(ふじ)代行局からは代行官(アルコーン)——巨大人工頭脳・オラクルブレインの防衛に当たる従神戦士(じゅうしんせんし)を残して、今能翔一(こんのしょういち)と平野名月(たいらのなつき)の二人の「黒」、そして防衛隊に所属する「紫」

の全員が出動した。

アカデミー生の「紫」には出撃命令が下されなかった。

背神兵の大部隊が襲来したという緊急事態にも拘わらず、富士アカデミー「白」の演習は予定どおり始まった。背神兵が姿を見せたのは月の裏側。地表で行う演習には影響が無いと考えられたのだ。

今回の演習は戦闘ロボットと戦う何時もの教練とは違って、候補生同士の模擬戦形式だ。神鎧を身に着けた候補生がエネリアルアームで実際に戦う。

ただ当然、実戦ではなく演習なので候補生が怪我をしない為の措置は講じられている。ディバイノイドを通じて、オラクルブレインが候補生のコンディションをリアルタイムでモニターし、クリティカルな攻撃が不可避の状況に陥った候補生を演習場内に持ち込まれた短距離転送機で退避させるという仕組みになっている。

「白」の中には現段階で既にNフェーズ――次元装甲を使いこなせる者もいれば、全く使えない者もいる。演習はチーム単位ではなく、次元装甲を展開できる者とそうでない者に分けて開始された。現段階でNフェーズを使いこなせる「白」は全体の約一割。その一割の中には荒士、イーダ、陽湖が含まれていた。

荒士が操る槍の穂先がイーダの喉元に突き付けられた。実戦形式の模擬戦だが、寸止めが禁止されているわけではない。

「参った」

イーダが武器のハルバードを手放して負けを認める。

「荒士、強いな」

次元装甲を解いたイーダが荒士に握手を求める。荒士の流儀ではお互いに一礼して終わりだが、彼は相手に合わせて握手に応じた。

「イーダもな。正直に言って、何度もヒヤヒヤさせられた」

「光栄だ」

二人は同時に手を離して、控えの位置に移動した。

荒士は地面に直接腰を下ろす。

陽湖が近寄ってきて、彼の隣に足を崩して座った。

「やるね。負け知らずじゃん」

何処か挑発的な口調で話し掛けられた荒士は、「お前もだろ」と陽湖に返した。

総当たり形式の模擬戦はまだ半分を消化し終えた段階だが、二人が言うように荒士も陽湖も今のところ全勝だった。

二人はしばらく、無言で同期生の模擬戦を見学していた。

「……荒士君、次は私とやらない？」

そして不意に、陽湖が荒士に話し掛けた。

何の前置きも無く挑戦のセリフを口にした陽湖の瞳には強い光が宿っている。

「決めるのは教官だ」

そう応える荒士の顔には「望むところだ」と書かれていた。

「次は新島候補生と平野候補生。前へ」

まるで二人の会話が聞こえていたように、白百合が荒士と陽湖の試合を告げた。


Nフェーズが使いこなせていない候補生は集団戦形式の模擬戦を行っていた。「白」全体の約九割、ちょうど百人を四つの部隊に編成して、部隊同士で相手の人数が半減するまで戦うという形式だ。

二戦目をなんとか辛勝に持ち込んで一息吐いた幸織は、ふと個人戦を行っているフィールドに目を向けた。集団戦と個人戦のフィールドは離れている。地形の関係で視線は遮られていないが、一キロ以上離れている為に細かい動きは見えない。

だが、荒士がそのフィールドに立っているということは分かった。富士アカデミーでただ一人の男性候補生。神鎧のデザインも微妙に他の候補生とは異なっているが、そんな細かい部分まで見分けられたわけではない。ただ何となく、荒士が戦っているということだけは分かった。

「幸織、何を見ているの？」

不意に背後から話し掛けられた幸織は、ビクッと身体を震わせた。

「ミラ……」

「ゴメン、驚かせちゃった？」

「う、ううん。私の方こそ、変な反応しちゃってごめんなさい」

振り返った幸織は、申し訳なさそうに俯いた。

「それで、何を見ていたの？」

ミラはカラッとした笑みを浮かべて、同じ質問を繰り返した。

「ああ、個人戦……。あら、荒士が戦っているのね」

そして幸織が向けていた視線をなぞって、自分で答えにたどり着いた。

「うーん、よく見えないなぁ……」

ヘルメットのシールドを透明にして目を凝らすミラ。

『視界はズームにすることができますよ』

いきなり耳元から聞こえてきた声に、ミラは「ひゃあ！」という素っ頓狂な悲鳴を上げた。

「きょ、教官。これは、その……申し訳ございません！」

その声が白百合のものだと認識して、ミラはその場で「気を付け」の姿勢を取った。

『構いませんよ。チームメイトの試合が気になるのは当然です』

「は、はい！」

『朱鷺候補生も、新島候補生の試合を見学するのは構いません。ただ、その後はこちらの試合もしっかり見学してください』

「はいっ、申し訳ございませんでした！　ありがとうございます！」

白百合との通信が切れ、ミラと幸織は同時に全身の力を抜き息を吐いた。

「幸織、せっかくのお許しよ」

ミラがのぞき込むように幸織と目を合わせ、ニコッと笑う。

「荒士の試合を観戦することにしましょう」

「そうですね」

二人は個人戦が行われているフィールドに目を向けた。

視界をズームにする方法は、何故か自然に分かった。

荒士の得物は槍、陽湖の得物は弓矢。

二人の戦いは必然的に距離を詰める荒士と、彼から逃げて距離を取る陽湖の展開になった。

「くっ、このっ」

距離重視の低い跳躍を繰り返しながら弓を引く陽湖。

（矢を槍で打ち落とすなんて、荒士君、頭がおかしいんじゃない⁉）

心の中で悪態を吐く陽湖。彼女が放った矢はまたしても、盾を出現させて防ぐのではなく槍で払い除けられた。

荒士の足下で光が爆発し、彼の身体が急加速した。荒士は走るのではなく、地面すれすれを滑っている。PKビームの応用で足の裏に斥力場を発生させて浮いているのだ。身体を加速させたのも原理は同じ。次元装甲に外的な力として作用するPK力場で自分を押し出したのだ。

陽湖は真上に跳躍して荒士の穂先を避けた。彼女の背中に四枚の光翅が広がる。彼女の身体はそのまま空中に舞い上がった。

「陽湖、狡いぞ！」

足を止め空を見上げて荒士が叫ぶ。この展開は初めてではなかった。課外の自主トレで荒士がPKビームを真鶴から教わったように、陽湖は別の「紫」から飛行技術を教わっていたのだ。

陽湖が空中から矢の雨を降らせる。

荒士は跳び退きながら「遮るものよ！」と叫んだ。

槍が形を失って光の塊と化し、光は盾に姿を変えた。長方形のライオットシールド、あるいは古代ローマのスクトゥムに似た大盾。足を止めた荒士はその盾を頭上に翳し、矢を防ぐ。

荒士が得意とするエネリアルアームは槍だが、盾の強度も高い。陽湖の矢では、荒士の盾を貫けない。

「またそれ⁉」

空中で陽湖が、大声で愚痴を零す。この展開は三度目だ。盾を貫けない陽湖が側面から攻撃しようと降下すると、そこへ待ってましたとばかり荒士が襲い掛かる。二回とも、危ういところでKOされそうになった。

だからといって今の陽湖の力量では、ずっと飛び続けていることはできない。我慢比べか、と陽湖は思った。

陽湖の矢を射る手が止まる。それは、荒士が待っていた瞬間だった。

「嘘っ⁉」

荒士が跳躍する。陽湖が浮いている約十五メートルの高さを超えて、彼は舞い上がった。

「貫くものよ！」

荒士の叫びに応えて大盾が槍に変わる。彼の得物は大身槍。穂先に短い剣を付けたフォルムだ。攻撃パターンは鎌槍や斧槍ほど多彩ではないが、突くだけでなくその刃で斬撃を加えることもできる。

荒士が槍を振り上げた。

陽湖は半ば反射的に弓を頭上に翳した。

荒士が落下の勢いを乗せて、槍を振り下ろす。

陽湖は心の中で「あっ、ダメだ……」と呟いた。荒士の槍は弓による防御を押し潰して自分を直撃するだろう。受け止めるのではなく躱すのが正解だったと、彼女は覚った。

そして、心の中で敗北を受け容れた。

だが、荒士の槍は陽湖の頭上に振り下ろされなかった。

神鎧の通信機能から伝えられた警報が、彼の腕を止めた。

富士アカデミーの「白」が演習を行っているのは硫黄島北東部にある台地になった平坦な部分だ。海面からは百メートルほど高くなっている。

本日の教練には四人の白百合が同伴している。だが百人以上の訓練を監督しながらでは、オラクルブレインのバックアップを受けているディバイノイド四人がかりでも、海岸部まで目が行き届かなかった。

訓練開始から少しして、その海岸部には四人の背神兵、鷲丞とその仲間たちが潜入していた。海岸線間際の海底には、行政組織内に潜む鷲丞たちの協力者によって邪神群の新兵器が四機設置されている。それを同時に起動することにより新兵器は効力を発揮し、この地上における背神兵の不利を覆すことになっている。

「全員、用意は良いな」

そして今、鷲丞たち四人は新兵器のスイッチに手を掛けていた。

『準備完了』『何時でも行けます』『グリュプス、合図をお願いします』

紬実、花凜、明日香から次々に応えが返ってくる。全員の声に意気込みが満ちていた。

「良し。作戦開始！」

鷲丞は仲間に向けてそう命じると共に、新兵器——『テレポートジャマー』のスイッチを入れた。

◇◆◇◆◇◆◇

ここは月の裏側。神鎧兵は月面でも宇宙空間でも自由に行動できる。何なら太陽の表面でも活動可能だ。高温も低温も真空も宇宙線も高重力も低重力も、神鎧が全て無害化する。

「今能隊長」

「何だ」

姿を隠した背神兵を捜しながら平野名月が、富士代行局から出撃した部隊を指揮する今能翔一に話し掛けた。

「敵の狙いは陽動ではないでしょうか」

距離を置いて交戦し、すぐに転移(テレポート)で姿を隠す。こちらが捜索を中止しようとするタイミングを見計らって襲ってくる。背神兵(はいしんへい)はこのパターンを既に三度繰り返していた。

翔一(しょういち)が「そうだな」と頷(うなず)く。

今は三度目の索敵中だ。名月(なつき)でなくても、陽動と考えるのが自然だった。

「でも、何の為(ため)に？」

会話に須河(すが)彩香(あやか)が加わった。彩香(あやか)は「紫」で卒業し、富士(ふじ)代行局の防衛隊に所属している。

「防衛隊を地球から引き離す為(ため)じゃないでしょうか」

名月(なつき)の答えに、翔一(しょういち)は再び「そうだな」と一言だけ言葉を返す。

「私も名月(なつき)の意見に賛成だけど、それって意味が無くない？　私たちは月から地球に、自由に転移(テレポート)できるんだから」

しかし彩香(あやか)は、名月(なつき)の回答に疑問を呈した。

「距離だけなら彩香(あやか)さんが仰(おっしゃ)るとおりですけど時間は無意味じゃありません」

彩香(あやか)の指摘に名月(なつき)が反論する。なお位階は正戦士「黒」である名月(なつき)の方が上だが年齢は彩香(あやか)の方が上だ。名月(なつき)は先輩後輩の関係を優先して彩香(あやか)に敬語を使っている。

「神々の御力を以(もっ)てしても二箇所同時に存在することはできませんから」

人間には解放されていない技術だが、神々のテクノロジーで時間を遡行(そこう)することはできる。元の時間に復帰することも可能だ。だが名月(なつき)が言うように、同じ時間に同じ物体が――生物、非生物を問わず――別々に存在することはできない。

「陽動の目的が何であれ、撃退すれば良いだけのことだ」

翔一が淡々とした声で二人を叱責した。いや、声に感情が込められていないから分かり難いが、これは名月と彩香を諭したのかもしれない。

「そうですね」「仰るとおりです」

彩香も名月もすぐに、言葉の矛を収めた。

「索敵を続行する」

そして、翔一の命令に「はい」と声を揃えて返事をした。

神鎧を通じて届けられた警報は、演習の中断を告げるものだった。二人ともエネリアルアームは手にしたままだが、Nフェーズを解いてEフェーズになっていた。

荒士が重力に任せて着地し、その隣に陽湖が舞い降りる。

「何があったんだろう?」

次元装甲を解除した荒士の耳に陽湖の肉声が届く。

「妙な圧力を感じた気がするんだが……」

「圧力？　そういえば一瞬、高層ビルのエレベーターで一気に降りた時みたいな、変な感じがしたね。何だったんだろう？」

陽湖も荒士と同じ、異様な感覚を経験していたようだ。

「分からん。それもすぐに教官が説明してくれるだろう」

荒士は自分が感じたものの正体について、考えようとはしなかった。

陽湖はそんな荒士の態度を非難、もしくは揶揄しようとしたが、彼女がその言葉を口にするより早くヘルメットの通信機能が白百合の切迫した声を伝え始めた。

『現在、外部からの空間波による干渉で転送機が機能不全に陥っています』

「空間波の干渉だって⁉」

白百合が話している途中であるにも拘わらず、荒士は思わず荒い声を上げた。空間波はまだ、原理が人類に開示されていないテクノロジーだ。

「転送機を使えなくするなんて、それって……」

同時に陽湖が不安げに呟く。転送機はこの地球の人類にとって完全なオーバーテクノロジー。神々に仕える代行局員ですら、与えられた装置を教えられたとおり操作できるだけだ。作動原理は理解していない。

空間波を操り転送機の機能に干渉できるのは、つまり……。

『干渉が除去されるまで演習は中断します』

荒士も陽湖も、白百合のセリフの後半は頭に入っていなかった。二人は次元装甲を再展開し、示し合わせることなく背中合わせの警戒姿勢を取った。

彼らの臨戦態勢に触発されたのか、イーダを始めとする観戦していた他の候補生たちも神鎧をNフェーズにシフトし、エネリアルアームを手に取った。

それは、無駄ではなかった。

候補生の頭上から突如光矢が、雨霰と撃ち込まれた。矢弾の雨は明らかに荒士を狙うものだったが、ピンポイントな狙撃ではなく個人戦を行っていたフィールドに広く降り注いだ。

敵の姿はまだ見えない。だが、背神兵の襲撃であるのは明白だった。

個人戦のフィールドに集まっているのは「白」の中でもNフェーズをある程度維持できる、第四位階「緑」に近付いた候補生だ。彼女たちの次元装甲は光矢の第一波に能く耐えた。矢の雨の中心にいた荒士は方形の大盾を槍と同時に呼び出して頭上に翳し、陽湖を背後にかばって真っ直ぐ立っていた。

荒士に対して効果が薄いと判断したのか、最初から射撃で決着するつもりはなかったのか。光矢の驟雨が止んだ。

その直後、空中にF型の神鎧を纏った三人の背神兵が姿を見せた。転移してきたのでも透明化技術で隠れていたのでもない。千メートルを超える高度から急降下していたのだ。

彼女たちは対地高度二十メートル前後、大体五階建てから六階建てのビルの高さに浮いている。そして彼女たちに遅れて、背神兵グリュプスが地上に降りてきた。

「またあんたか」

今回、先に言葉を掛けたのは荒士だ。

荒士のうんざりした声に、鷲丞はこれまでと違って苦笑いも浮かべなかった。兜の下の彼の顔は、硬い表情のままだった。

「新島荒士、一緒に来てもらおう。抵抗するなら、それ相応の覚悟をすることだ」

本気と言うより殺意が込められた声に、荒士は盾を消した。そして槍を両手で構える。

「今更だな。覚悟なんて、とっくにできている」

「──っ」

荒士の口調は軽い。だが彼が構えた槍の穂先には、鷲丞が息をのむ程の、本物の殺気が宿っていた。

鷲丞は既に顕現済みの長剣を一振りして、同じく事前に実体化を済ませていた円盾を身体の前に構えた。

「陽湖、下がれ！　イーダたちと協力して、他の三人を抑えてくれ」

「分かった！　荒士君、無理しないでね！」

陽湖は叫びながら後ろ向きに跳躍すると共に、光翅を広げてイーダがいる所まで後退した。

「倒そうなんて思っちゃいないさ。もっとも無理をしなきゃ、時間稼ぎすらできそうにないけどな」

荒士の呟きは陽湖に答えるものではなく、自分に言い聞かせるものだった。

「援軍を期待しても無駄だ。我が神より賜った新兵器によって転移を封じている」

荒士の声が聞こえたわけではなかったが、鷲丞はまさに荒士の思惑を鼻で笑うセリフを、大真面目な口調で言い放った。

「ああ、そうかよ！」

荒士が刺突を繰り出し、鷲丞が円盾でその鋭鋒を受ける。

鷲丞が長剣で横薙ぎに斬り付け、荒士が槍の柄で斬撃を受け止める。

後方では陽湖が明日香と矢を射交わし始めた。

こうして硫黄島では、乱戦が始まった。

◇◆◇◆◇◆◇

富士アカデミーではパニックが発生していた。第五位階「白」の候補生を対象にした、異例に早い時期の校外演習が実施されている遠洋の島で自然現象ではあり得ない空間異常が発生し、転送機が現地とつながらなくなったのだ。

神々が支配する神域内で、神々の道具が使えなくなる。それだけでも人間の職員の正気を奪うには十分な異常事態だ。そしてその直後、訓練中の候補生が背神兵に襲われたことで、職員を襲ったショックは破滅的なものとなった。

この二つの連続する事実から導き出される答えは、邪神群の技術が神々の技術を凌駕したということだ。職員は足下の大地が崩れていくような錯覚にすら囚われていた。

だが幸い、ディバイノイドがそのようなパニックに巻き込まれることはない。彼女たち神造人間は興奮や恐怖、錯乱とは無縁の存在だ。そもそも彼女たちには神々に対する信仰もなければ忠誠心も無い。神々を神格化、神聖視することが無いので、神々と邪神群の優劣に心を左右されることも無いのだ。――彼女たちに「心」はあるのか、という問題は別にして。

人間の職員が右往左往する中、第一位階「紫」の教官である菖蒲は自分が担当する七人の候補生をブリーフィングルームに呼び出した。

「――硫黄島の現状は以上です」

「背神兵が四人、うち一人は先日のG型亜種ですか……」

「紫」の一人で先日、演習用亜空間を襲撃した鷲丞と戦ったクロエ・トーマが緊張を隠せぬ声音で呟いた。

「そうです。前回の襲撃から分かるとおり――」

クロエのセリフは独り言だったが、菖蒲はそれを質問として処理して次のセリフにつなげた。

「特殊G型背神兵グリュプスの戦闘力は、上位の『黒』に匹敵します。それに加えてF型背神兵三人。そのいずれもが『紫』の戦闘力を備えていると見るべきでしょう。それに対して富士代行局には出動可能な戦力が残っていません。代行局を無防備にはできませんから」

菖蒲が自分の生徒たちの顔を見回す。全員が硬い表情をしていた。

「貴女たち全員で出撃しても、おそらく不利は免れません。アカデミーとしては、貴重な『紫』を失うリスクは避けたいところです。よって今回は、出撃の辞退を認めます」

菖蒲がもう一度、今度は問い掛ける目付きで候補生を見回した。

「出撃を志願します」

最初に答えたのは真鶴。菖蒲の問い掛けとは正反対の意思表明だった。

「私も出撃させてください。雪辱の機会を頂戴したく存じます」

クロエがそれに続く。彼女の瞳には、本人の言葉どおり雪辱の念が炎となって宿っていた。

「二人の意志は分かりました。他の皆さんはどうですか？　辞退したからといって恥じる必要はありませんよ。皆さんの評価にも影響しません」

菖蒲が念を押す。それでも、出撃を忌避する者はいなかった。

「良いでしょう。全員に出撃を命じます。現地への転移は妨害されていますので、ソーサーを使ってください」

ソーサーは神々の無人機動兵器だが、速度に優れ従神戦士の移動手段としても使用される。

「現地に転移を妨害している装置があるはずです。ウェーバー候補生はその調査と妨害装置の排除を。他の六人は背神兵から『白』を守ってあげてください。倒す必要はありません。月の裏に出撃した防衛隊が戻ってくるまで持ちこたえてください」

「了解しました！」

「では、出撃してください。勇敢な戦士に神々のご加護があらんことを」

「はい！　神々に栄光あれ！」

真鶴たち七人は一斉に神鎧を纏い、整然とブリーフィングルームを後にした。

硫黄島では激戦が続いていた。鷲丞たち背神兵の攻勢に、富士アカデミーの「白」は能く耐えていた。

人数は富士アカデミーの候補生が圧倒的に多い。だがSフェーズを使いこなす鷲丞の仲間たちとEフェーズしか使えない「白」とでは、人数差では埋まらない戦力格差がある。せめて次元装甲を展開するNフェーズでなければSフェーズとは戦えない。

ただこの場には教官のディバイノイドが四人もいた。彼女たちは白百合同士で意識を共有すると共に、オラクルブレインのバックアップを利用して候補生一人一人に対し同時並列的に指示を送る能力を有している。

転移が妨害された空間でもオラクルブレインとのリンクは正常に維持されている。富士アカデミーから、援軍を送った旨の連絡も受けていた。

白百合はNフェーズを使えない候補生の半数に盾を、残る半数に銃を持つよう命じた。どちらを持つかは、白百合が各候補生に対して個々に割り振った。そして盾を持つ候補生に銃を持つ候補生を守らせ、銃を持つ候補生はNフェーズを纏ってF型背神兵との戦いの前面に立っている候補生の為の掩護射撃を行わせた。

では、特殊G型背神兵グリュプス――鷲丞に対しては、荒士が独りで相手をしているのか？

無論、そんなはずはなかった。白百合はそのような真似を認めなかった。

鷲丞の正面に立って剣と槍で激しく打ち合っているのは荒士だ。その彼を側面からイーダと、陽湖のチームメイトであるリン・リージュン（林麗君）という候補生が掩護している。リン・リージュンは陽湖よりさらに小柄な少女で、普段はハーフツインの髪型も相俟って二、三歳年下に見える。だが小型の盾を左手に持ち、右手で柳葉刀のエネリアルアームを振り回す姿は武侠映画のヒロインのように勇ましい。

そしてもう一人。陽湖は飛行能力修得により手に入れた機動力で四方八方から矢を射掛け、鷲丞の集中力を殺いでいた。分かり易く言えば嫌がらせである。

イーダにしろリージュンにしろ実力は鷲丞に大きく劣る。陽湖も鷲丞に決定打を与える攻撃力が無いので、まともに戦えばあっと言う間に距離を詰められてジ・エンドだろう。

だが、荒士がそれを許さなかった。

（くっ……。こいつ、まだ一ヶ月半だぞ!?）

鷲丞は心の中で呻いた。本気で防ぎ、本気で斬り付ける。だが、倒せない。

自分が押しているのは確実だ。一対一なら、強がりではなく疾うに無力化できていただろう。

だが自分が相手をしているこの男は、神鎧を与えられてからまだ一ヶ月半しか経っていない。

それなのに、手こずっている。

（我が神より特別な神鎧を与えられたこの俺が、何故……!?）

一対四は言い訳にならない。ハルバードの女も柳葉刀の女も、鷲丞にとっては全く脅威ではなかった。このレベルの相手なら、同時に数十人相手にしても苦労しないに違いなかった。弓矢の女は少し面倒だが、鬱陶しいというだけで放っておいても自分の神鎧にダメージを与えられないと鷲丞は見極めている。

本来ならばすぐに片付けられる相手。だが、荒士がそれを許さない。守勢に追い込まれながら、わずかな隙を逃さずに的確な攻撃を繰り出してくる。

（口惜しいが、武器を操る技術はこいつの方が上か……）

鷲丞も剣道の段持ちだ。中学生時代の三年間、剣道部に所属していた。これは彼の年代では珍しいことではない。神々の戦士となることが最高のエリートコースと見做されるようになって、世界中で武器術が盛んになっていた。

背神兵となってからも、エネリアルアームを使いこなす練習は毎日欠かさずやっている。

(それに、槍の技術だけじゃない)

武器を器用に振り回すだけなら、鷲丞が手を焼く理由にはならなかった。現にイーダの斧槍術もリージュンの刀術も、武器術のレベルでいえば荒士の槍術に引けを取るものではなかった。

問題は荒士が繰り出す槍の穂先に宿っている、神鎧兵としての力だ。盾で受け止めて分かった。直撃されれば、無視できないダメージを負う。鷲丞の実感では、香港祭壇の守備兵よりも単発の攻撃力は上だ。

(確かに、味方にできれば頼もしいだろう。——単純に、戦力としてだけ見るならば)

剣と槍を打ち交わしながら鷲丞は荒士の表情を窺う。顔の上半分を覆う半透明のシールドで荒士の目付きは見えない。だが鷲丞はそのシールドの下から自分を睨むギラギラとした視線を感じていた。野獣の、いや、修羅の目だ。

(こんな奴を善神の使徒に加えて良いのか?)

迷いが手を鈍らせたのか。

荒士の槍がディフェンスを掻い潜って鷲丞の兜を掠めた。

クルリと回転した槍の石突きが、鷲丞の長剣を下から跳ね上げた。

間髪を容れず連続で繰り出された荒士の槍が、鷲丞の右肩を捉える。

エネリアルの穂先と次元装甲の衝突で火花が散った。

次元装甲を支えている鷲丞の精神に衝撃が伝わる。

彼は右足を半歩引く形で後退った。

それを好機とみたのか、左右からハルバードと柳葉刀が撃ち込まれる。

柳葉刀を剣で、ハルバードを盾で受け止めた鷲丞は、「図に乗るなっ！」と叫びながら爆発的な勢いで跳ね返した。

イーダとリージュンがよろけるように後退する。

荒士が追撃を繰り出すが、鷲丞は飛び上がってそれを躱した。

射掛けられた光矢を、鷲丞は後ろに避けて間合いを取った。

着地の隙を狙って鷲丞に突き掛かろうとした荒士が足を止める。

鷲丞の雰囲気がこれまでとは違う。それを荒士は感じ取ったのだ。

猛禽類の頭部を模した鷲丞の兜が変化した。フェイスガードの両目がミラーシェードのようなもので塞がれ、見た目の上ではむき出しになっていた口の部分も黒銀の装甲で覆われている。

荒士は直感的に「受けに回ってはダメだ」と感じた。その直感に従い、中断した突進を再開する。

だが突進の勢いを乗せた彼の穂先は盾で小揺るぎもせず受け止められる。

そして、次の瞬間。

荒士は、身体ごと吹き飛ばされた。

十メートル近く飛ばされ仰向けに倒れた荒士だが、神鎧の御蔭で転倒によるダメージは無い。

だが吹き飛ばされた際に受けた衝撃で一瞬、視界が暗くなった。受け身を失敗して後頭部を強打した時のようなダメージだ。

ゾクリと。

悪寒が背筋を駆け上った。

仰向けに倒れたまま、勘に任せて槍を水平に掲げる。

その両腕が、強烈な衝撃に痺れた。

回復した視界に映るのは槍の柄を両断せんとばかり押し込まれる長い刃と、長剣を振り下ろした体勢でのし掛かる黒銀の背神兵。

槍を支える荒士の両腕が震え出した。

ただでさえ体格で劣っている上に、圧倒的に不利な体勢。客観的に見て、状況は詰みだった。

それでも荒士は、最後まで諦めるつもりはなかった。いや、「つもり」とかではなく、そもそも「諦める」などという余計なことを考えている余裕は、荒士には無かった。

（緊急事態に付き——）

何も考えられなくなった荒士の意識に、他者の思念が滑り込む。

白百合の声だ。しかしこの瞬間の荒士にとっては、自分ではない何者かの声でしかなかった。

（——Sフェーズのロックを解除します）

その瞬間「カチッ」という鍵が回る音が聞こえた、ような気がした。

身体が熱くなった。火に炙られているのではないかと錯覚する熱が、身体の奥から皮膚に、さらにその外へと押し出される。

無敵の陶酔に誘う全能感が全身を駆け巡った。

その興奮に任せて荒士は両腕を前に突き出した。

不利な体勢にも拘わらず、槍の柄は長剣を鷲丞ごと撥ね除けた。

外縁から中央に向けてなだらかに膨らんでいる円盤、神々の兵器ソーサーに乗って、七人の「紫」が空を翔る。富士アカデミーから硫黄島まで千キロ以上。その距離を五分で翔破して、彼女たちは後輩が襲われている現場を視界に捉えた。

全員がソーサーから飛び降り、背中に光翅を広げた。ソーサーはそのまま「白」の支援に向かう。六人がその後を追い、一人はディバイノイドの指示どおり転移を妨害している装置の捜索に向かった。

絶対的に有利な体勢を覆された鷲丞は、無様に土を付けられるのではなく翼を広げて空中で体勢を立て直した。

(まさか、Sフェーズだと……!)

これまでも散々荒士に驚かされた鷲丞だったが、今回は自分の目が信じられなかった。

眼下に見える荒士の姿が変わっていた。顔は半透明のシールドの代わりに、仮面で覆われている。日本甲冑の総面(顔全体を覆う面頬)と同じタイプの仮面だが、厳つい武者の仮面ではなく、端整な青年神を模った仮面だ。口は薄く閉じられ目の部分には濃い色のシールドがはまっている。身長は変わっていないが、装甲が厚みを増した所為か、身体全体のシルエットが一回り大きく、がっしりとしたものになっている。

鷲丞が知るF型の小妖精形態とはまるで違う姿だが、伝わってくるプレッシャーは間違いなくSフェーズのものだった。

荒士が鷲丞を見上げた。仮面に覆われている顔がどんな表情を浮かべているのか鷲丞には全く分からないが、自分に向けられている視線は感じ取れた。

感情の温度が感じられない、研ぎ澄まされた敵意。

(来る!)

鷲丞がそう思ったのと、荒士が行動を起こしたのは同時だった。

荒士が跳んだ。

飛行ではなく跳躍だが、弾丸の如き勢いに回避は間に合わない。

突くのではなく上から叩き付けてくる槍を鷲丞は盾で受け止めた。

先程は、刺突を止められた荒士が逆に吹き飛ばされた。だが、その再現にはならなかった。

二人の身体は、同じ勢いで後方に跳ね飛ばされた。二人が放出するエネルギーは、拮抗していた。

放物線を描いて落下した荒士は着地と同時に、空中に留まる鷲丞目掛けて槍を投じる。

前回の戦闘の反省でこの攻撃を警戒していた鷲丞は、砲弾の速度で飛来する槍を躱した。

そして荒士目掛けて、猛禽の勢いで襲い掛かる。

振り下ろされる長剣。

しかしそれは、荒士の手の中に再出現した槍に受け止められた。

鷲丞の驚きは小さい。Sフェーズを展開しているのだ。エネリアルアームの連続実体化程度の芸当はできても意外ではない。

鷲丞は着地と同時に剣を引き盾を突き出した。落下の勢いを乗せた体当たり、シールドバッシュだ。

後ろに跳ね飛ばされる荒士。いや、危なげなく着地したところから見て、逆らわずに自分から跳んだのか。

荒士が槍の打ち払いを繰り出した。バックステップする鷲丞。彼は十分に余裕を持って躱したつもりだった。だが、水平に振り回された槍を鷲丞は長剣で受け止めなければならなかった。槍の柄が伸びたのではない。打ち払いの途中で荒士が持ち手の位置を変えて間合いを伸ばしたのだ。

武器のテクニック勝負では分が悪いと感じた鷲丞が空に舞い上がる。彼は三十メートル程の位置で停止し、長剣の刃に眩い光を宿して振り下ろした。

光の斬撃が宙を翔け、咄嗟に掲げた荒士の槍に衝突した。

激しい閃光を伴う爆発が生じ、荒士の身体が吹き飛ばされた。今度は自ら跳んだのではない。

彼の身体は背中から地面に、勢い良く落ちた。

荒士はすぐに上半身を起こした。その素早い動作からは、それほど大きなダメージを負っていないように見える。ただその顔からは仮面が消えていた。身体のシルエットも元に戻っている。今の爆発の影響か、荒士のSフェーズが解除されていた。

槍を杖代わりにして荒士は立ち上がろうとする。だが途中で腰が落ちた。片膝が地に着く。地面に立てた槍を支えにして、完全に座り込んでしまわないよう何とか耐えている——そんな姿だ。

鷲丞は空中に留まったまま、辺りを見回した。前回は似たような状況で横槍が入った。それが頭を過ったのか。

ハルバードと柳葉刀のアカデミー生——イーダとリージュンは地面に倒れたまま動かない。この二人は鷲丞がSフェーズにシフトした直後に倒されていた。荒士に追撃を加えようとした鷲丞を妨害しようとしたので、邪魔だとばかり薙ぎ払われたのだ。Nフェーズの次元装甲の御蔭で怪我は無い。だが防御力を超えた衝撃にNフェーズは強制解除され、その際に精神が受けた衝撃で動けなくなっているのだった。

弓矢のアカデミー生——陽湖は、鷲丞が広範囲に放った衝撃波に撃ち落とされて遥か後方で倒れている。こちらも動き出す気配は無かった。

外部からの援軍も、今のところ姿は見えない。今回は転移による奇襲を警戒しなくても良いコンディションだ。鷲丞は本来の敵である荒士に視線を戻した。

そして反射的に盾を翳す。

自分に向けられた槍の穂先には、ＰＫビームの強烈な光が宿っていた。

（新島候補生、援軍が接近しています。反撃ではなく、防御に徹してください）

Sフェーズがダウンした衝撃で朦朧としている荒士の耳に白百合の声が届いた。

（平野候補生にもリンドグレーン候補生にもリン候補生にも動かないように伝えてあります）

ああ、彼女たちは無事なのだな……、と荒士は思った。だったらこれ以上彼女たちが傷付けられないように、一刻も早く敵を排除しなければならない――続けて、そう考えた。

（新島候補生、私の指示が理解できないのですか？）

ヘルメットの内側から伝わってくる白百合の声は何時もと変わらぬ口調だが、注意深く聞けば焦りが垣間見える。しかし今の荒士に、その注意力は無かった。

もっと言うなら白百合の言葉は、彼の意識を素通りしていた。

一刻も早く、敵を排除しなければならない。

眼前の敵を墜とさなければならない。

荒士の心は今、この一念に占められていた。

彼はまだ、空を飛べない。今回は投槍術も通じなかった。

ならば空を舞う敵を攻撃する為の手段は一つだ。

荒士は真鶴から警告を受けていた。

彼のPKビームは連射が効かない。

ビームを発射した直後は神鎧の防御力が低下する。

だから使いどころは十分に吟味しなければならない——。

荒士は思った。確信した。

今がその「使いどころ」だと。

彼は槍を杖代わりにする振りをして、己の得物に念を込めた。

力なく座り込む振りをして、膝射の姿勢を取った。

都合良く、敵が自分から注意を逸らした。

後は、心の中で引鉄を引くだけだ。

荒士は躊躇わなかった。

荒士が放ったPKビームを、鷲丞が盾で受け止める。

激しい爆発が生じた。

ビームを受け止めた盾の表面で爆発が生じたのではない。盾が爆発したのだ。

もっともこれは、盾に組み込まれた機能だった。盾を構成するエネルギーを半球状に放出することで、一点に集中するビームのエネルギーを拡散させたのだ。

(何て威力——貫通力だ!)

ただ盾を構成するエネルギーの全てを放出しなければビームを無害化できなかった点は、鷲丞の想定外だった。

激しい爆発に煽られて鷲丞が体勢を崩す。五メートルほど落下して、彼は何とか姿勢を立て直した。

盾は失ったが、鷲丞が苦杯を喫したわけではない。彼自身のダメージは小さく、失った盾もすぐに再出現させられた。

一方で荒士は、今度こそ戦う力を失っているように見えた。

（もう騙されん！）

しかし鷲丞に油断は無い。彼は地上に降りて、荒士にゆっくりと歩み寄った。

ところで日本には「羹に懲りて膾を吹く」という諺がある。

鷲丞はいささか、慎重になりすぎていた。

鷲丞の神鎧に組み込まれたセンサーが、彼に対する攻撃の徴候を感知した。

鷲丞は慌てて飛び上がった。

ほとんど同時に、たった今まで彼が立っていた地面がクレーター状に抉られた。

鷲丞がハッと横を向く。

眼前に迫る無人機動兵器ソーサーを、彼は躱せなかった。鷲丞が剣を振るってソーサーを破壊した時、彼の身体は百メートル以上の距離を押し流されていた。

そこへ、富士アカデミーの「紫」が襲い掛かる。

「――背神兵グリュプス、覚悟！」

光翅を煌めかせ叫びながら、真鶴が太刀で鷲丞に斬り掛かる。

鷲丞はそれを長剣で受けた。

真鶴は現在、等身大だがSフェーズを展開している。だがF型のSフェーズはG型のそれと違って、サイズ以外にNフェーズから外見の大きな変化は無い。顔の上半分は半透明のシールドで隠れているが、見えている部分だけでも近しい者ならば誰だか見分けが付く。

例えば伴侶。例えば本物の恋人同士。例えば長い時を共にした親友。そして例えば、肉親。

長剣と太刀、刃で競り合っているこの至近距離で、実の妹の顔が分からないはずはなかった。

前回、富士アカデミーの演習用亜空間で戦った時も、鷲丞に動揺が無かったわけではない。

彼は元々義理人情に厚い正義漢。邪神に寝返ったのも真実を教えられて、神々の欺瞞が許せなかったからだった。人類の未来の為に自分が戦わなければならないという義心から、敢えて汚名を甘受する決意をしたのだ。

前回はその使命感で肉親の情をねじ伏せた。だがわずか一月で実の妹と再び刃を交えなければならないというのは、鷲丞にとってもきついものだった。

その躊躇いが彼の刃を鈍らせる。せめて距離を取ろうと鷲丞は真鶴を突き放し、自分も後ろに飛んだ。

そこへ、高威力の光弾が飛来し鷲丞の神鎧を叩く。「紫」メイ・マニーラットの大口径ライフル（アンチマテリアルライフル）による狙撃だ。鷲丞の実力は「黒」相当、格下である

「紫」の銃撃で決定的なダメージこそ負わなかったものの、体勢は崩された。今度はランスを構えた「紫」のレベッカ・ホワイトが突撃してきた。ランスは盾で防御したものの、体勢が崩れた状態では勢いを受け止められず押し込まれてしまう。「紫」の波状攻撃で、鷲丞はますます荒士から離されることとなった。

転送機の機能を妨害している装置の捜索を命じられたソフィア・ウェーバーは、まだ発見には至っていないものの妨害がどのような性質で行われているのかはすぐに突き止めた。いや、正確に言えばソフィアの神鎧をモニターしていた富士アカデミーの菖蒲が、転送妨害フィールドの性質を把握した。

「黒百合、聞こえていますか」

『ええ。聞こえていますよ、菖蒲』

黒百合は富士代行局で防衛システムを管理している女性型ディバイノイドだ。防衛隊の予備兵力としてのポジションも与えられている「紫」を担当する菖蒲とは関係が深い。なお菖蒲同様、黒百合も単一の個体ではない。

「硫黄島への転移を妨害しているフィールドの性質が判明しました。広さは海岸線から五キロ、海面から五キロの円筒形。機能は存在確率の変動を抑制するものです」

『それでは背神兵（はいしんへい）も転移（テレポート）できないのではありませんか？』

「そこは何らかの抜け道が用意されているのでしょう」

神々の転送機は、物質を電磁波に変換して送信するものではない。物質が特定の座標に存在する確率に干渉して、転送目標地点に存在する事実を世界に強制する物だ。ゲート型の転送機も転送途中で亜空間に存在する事実を挟んでいるだけで、空間をねじ曲げて接合しているわけではなかった。

世界には己の在り方を維持しようとする機能がある。因果律を守る機能と言い換えても良い。存在する確率が小さな因果律に反する現象を、事実として固定するのが神々の確率操作技術。邪神群の技術も本質的には同じだ。それに対して転送機の機能を阻害しているテレポートジャマーは世界の因果律維持機能を補強する物だった。

「転移（テレポート）を妨害している装置の詳細は、事態が落ち着いてからじっくりと調べることにしましょう。今重要なのは、妨害フィールドが海抜五キロを境界にしているという点です」

『五キロ以上の上空ならば転移（テレポート）できるということですね』

黒百合（くろゆり）の念押しに、菖蒲（あやめ）は「そうです」と答えた。

『分かりました。今能（こんの）隊員を呼び戻します』

黒百合（くろゆり）は菖蒲（あやめ）が言いたいことを、皆まで聞かずとも理解した。

「よろしくお願いします」

菖蒲も、自分の依頼が正確に伝わったことを疑わなかった。

花凜と紬実は、鷲丞と一緒に暮らしている明日香ほど彼との連帯感は強くない。二人が背神兵になった背景もアッシュが語る真実に心を動かされたと言うより、危ないところを助けられた恩に報いる為という面が強かった。代行局やアカデミーに対する反感・敵意も、鷲丞ほど強くない。

アカデミーの候補生を殺傷することに対して、二人には躊躇いがあった。敵相手ならばともかく、まだ神鎧の力を十分に引き出すこともできない新入り相手に弱い者苛めのような真似は、気が咎めた。

だから彼女たちはここまで、鷲丞の邪魔にならないよう「白」の候補生を足止めするに留めていた。Nフェーズを使えるようになっている候補生も、練度不足で花凜と紬実の脅威にはならない。「白」として見れば荒士だけでなく陽湖やイーダ、リージュンたちが異常なレベルにあるのだ。

しかもNフェーズを使用してくる候補生は明日香が一人で相手をしていて、花凜たちはEフエーズの候補生を相手にアリバイ作りのような戦闘を続けているだけだった。

だが、富士アカデミーの「紫」が参戦して状況が変わった。

「アカデミーの援軍到着が予想よりも早かったわね」

「白」の銃撃を盾で防ぎ、お返しに銃弾の雨を降らせながら花凜が空中で紬実に話し掛ける。

「援軍が早かったと言うより、グリュプスが予想外に手こずっているのではないかしら」

紬実が弓を引きながら応えを返した。彼女の本来の武器は薙刀だが、殺傷力を押さえる為に敢えて不得手なエネリアルアームを使っていた。

「このままでは『黒』の援軍が来るかもしれない」

「そうなればこちらが不利ね」

紬実が示した懸念に花凜も同意する。

「スノウ。予定とは違うけど、貴女がターゲットを確保してくれない。ここは私が独りで抑えるから」

花凜と紬実は同い年だが、一緒に暮らしていて花凜の方がイニシアティブを取るようになっている。普段の生活が反映して、戦闘時にも花凜が主導権を握ることが多い。

「分かったわ。ラビットも援軍には注意して」

そう言い残して紬実は花凜と別れた。

明日香はNフェーズを操る「白」に思い掛けない苦戦を強いられていた。相手は十人近いとはいえ、邪神アッシュにより「紫」に届くレベルにまで引き上げられた戦闘力を以てすれば、本来ならば苦戦するはずはなかった。

いや今も、苦戦と言ってもやられそうになっているというわけではない。一対六で手間取っている鷲丞の加勢に行こうとして、足止めを食っている状態だった。

明日香を悩ませている最大の要因は、「白」とは思えない巧みな空中機動でちまちま、ち、ち、いち嫌がらせを仕掛けてくる陽湖だった。

陽湖は「紫」が駆け付けるまで「死んだふり」をしていた。白百合の「動くな」という指示に従って、撃ち落とされた振りをしていたのだ。完全な演技というわけではない。Sフェーズを展開した鷲丞の攻撃を受けて、しばらくは本当に身動きできなかった。

だが鷲丞の攻撃は余波のようなものだった。荒士の砲撃を受けた鷲丞が空中から地上に戻った頃には、ダメージはほとんど抜けていた。そしてソーサーと「紫」の攻撃で鷲丞との距離が生じたのを見て戦闘に復帰したのだった。

明日香が得意とするエネリアルアームは弓矢。陽湖の得物も弓矢。二人の戦いは必然的に距離を置いた矢の撃ち合いになる。——普通ならば。

だが陽湖は仲間が持つ盾を巧みに利用しながら明日香の攻撃を回避し、彼女に接近戦を仕掛けていた。

近距離からの撃ち合いは、攻撃力よりも防御力と回避の為の機動力が重要になる。どちらもスペック上は明日香の方が上だった。明日香はNフェーズのまま戦っているが、次元装甲の強度一つ取っても明日香が上回っている。飛行能力にはさらに大きな差があった。陽湖はまだ、短時間しか空中に留まることができない。それなのに明日香は、陽湖にクリーンヒットを与えられずにいた。

　これは神鎧兵としての能力によるものではない。陽湖が備えている天性の「目」と「勘」によるものだった。

　敵味方の位置を瞬時に読み取る「目」の広さ。明日香が矢を放つ瞬間を見切る「目」の鋭さ。相手より劣っている飛行能力を最大限有効に活かす為の使いどころを見極める「勘」の良さ。そして相手の出鼻を挫く為の機を逃さない眼力と勝負勘。ある意味、陽湖は才能だけで経験と能力の差を補っていた。

「クレイン。何を手間取っているの！」

　そこへ荒士を狙った紬実が飛来した。Nフェーズを使えるとはいえ「白」に手間取っている明日香に対する苛立ちを、紬実は薙刀の斬撃に換えて陽湖に叩き付けた。

　幾ら陽湖が才能に溢れていても、格上二人を同時に相手取れる程の桁違いな天才ではない。寸前で気付いた陽湖は、辛うじて紬実の薙刀を躱した。これだけでも称賛に値する身のこなし。だが、すかさず撃ち込まれた明日香の矢は避けられなかった。

「陽湖っ！」

イーダに介抱されていた荒士は、陽湖が被弾した瞬間を見ていた。

彼の心の中で怒りの炎が燃え上がる。

陽湖が撃たれたことに対する単純な怒りではない。

自分などの為に己を危険に曝した陽湖に対する怒り。

彼女に危険な真似をさせた自分の不甲斐なさに対する怒り。

そして何より、勝手な理由で一方的に襲ってきた邪神の一味に対する怒り。

怒りはエネルギーとなって彼を突き動かした。否、残り少ないエネルギーが怒りによって荒士の中から絞り出された。

「荒士!?」

疲れ切って座り込んでいたはずの荒士がスッと立ち上がる。

「おい、馬鹿！　止めろ！」

イーダの制止は聞こえていた。認識もできていた。だがそれに従うという選択肢は今の荒士には無かった。

荒士が槍を構える。その穂先には既に青白い光が宿っていた。

彼の怒りを示すような、冷たく激しい光。

空の上ではまともに飛べず何とか墜落を回避しようと高度を落とす陽湖に、紬実が薙刀で止めを刺そうと迫っていた。

「やらせるかっ！」

荒士が吼える。

咆哮と共にPKビームが放たれた。

火花を散らしながら空を斬り裂き突き進む光の鋒は紬実の肩に命中した。

「危ない！」

明日香が警告を叫ぶのと、地上からPKビームが発射されたのは同時だった。

「――っ！」

紬実の悲鳴は、声にならなかった。地上から伸びた光の槍の如き尖光は、次元装甲を突き破りエネリアルの肩当てを破壊し、その下で守られていたはずの紬実の肩を焼いた。

紬実の背中から光翅が消え、地上に落下する。

「スノウ！」

半狂乱の声音で明日香が叫ぶ。

「グリュプス！　スノウが！」

自分を必死に呼ぶ明日香の声に、鷲丞は斬り合っていた真鶴とクロエを全力で振り払って自分を取り囲む「紫」の包囲網を抜けた。

そして、彼は見た。

地上に墜落した紬実と、彼女を背中に守って立つ明日香の姿を。

「紫」のルシア・ペレス・ロドリゲスが両手持ちの戦斧で背後から斬り掛かってきた。

「邪魔だ！」

鷲丞は反転して盾で戦斧を受け止め、ルシアの腹を前蹴りで蹴飛ばした。

吹き飛ぶルシア。

蹴りの反動で勢いを付けて、鷲丞は明日香と紬実の許へ飛ぶ。

アカデミー生を牽制するように明日香の前に立ち、背中を向けたまま鷲丞は「何があった」と問い掛けた。

「つ……スノウが」

「紬実」と言い掛けて、明日香は慌ててコードネームで言い直す。

「スノウが作戦目標のPKビームで、げ、撃墜されました。装甲を貫かれて、重傷です」

震える声で返ってきた答えに、敵のただ中であることを忘れて、鷲丞が思わず振り返る。

「貫かれただと!?」

見れば紬実は右肩に酷い火傷を負っている。炭化して抉れた組織。皮膚と筋肉だけでなく、骨も砕けているかもしれない。腕がつながっているのが奇跡のように思われる重傷だ。

『グリプス！　敵の新たな援軍です！』

そこへ今度は花凜から、悲鳴混じりの通信が入った。

『上空五キロ、相手は「黒」の今能翔一！』

「ラビット、テレポートジャマーに緊急停止信号を送れ！　クレイン、スノウを頼む！」

『はい！』「はい！」

わずかな時間差で、花凜と明日香から同じ返事が届いた。

「俺は今能翔一相手に撤退の時間を稼ぐ！」

鷲丞が翼を広げる。しかしすぐには飛び上がらず、彼は力を使い果たして両膝を突いている荒士を睨み付けた。

「新島荒士！　仲間を傷付けたお前は、俺の敵だ！　最早、容赦はしない！」

捨て台詞を残して、鷲丞は空へ舞い上がった。

残された明日香と紬実を、この場に残った「白」の候補生は攻撃しようとしなかった。イーダとリージュンは今度こそ立ち上がれなくなった荒士をかばって明日香と睨み合い、陽湖は弓に矢を番えて明日香を牽制していた。

上空では鷲丞が翔一と斬り結んでいる。

不意に、空間が震えたような錯覚を皆が覚えた。

次の瞬間、明日香と紬実の姿が消える。

邪神のテクノロジーによる瞬間移動だ。第一次神域内であるにも拘わらず一瞬で消えたのは、テレポートジャマーに邪神の転送機の座標設定を補助する機能が追加されていたからだった。

上空でも鷲丞の姿が消えていた。

互角以上に戦いを進めていた翔一が地上に降りてくる。

その姿を見ながら、荒士は「今更、敵？」と呟いた。

「あいつは敵でもない相手と真剣で斬り合っていたのか……？」

独り言となって漏れた荒士の疑問に、答える声は無かった。

邪神の神殿に帰還した鷲丞たちは、すぐさま重傷を負った紬実の治療を願い出た。

無論、邪神アッシュはその願いを聞き入れた。

「紬実！」

「花凜……他の皆も……」

「紬実、良かった……」

アッシュの力により、骨まで炭化し掛けていた紬実の傷は一瞬で元に戻った。

癒えたのではない。物質創造の神力により、作り直されたのだ。

肉体の傷が消えたと同時に紬実は意識を取り戻し、祭壇に横たわったままの彼女に花凜が泣きながら抱き付いた。

花凜が背神兵になったのは一昨年の晩秋。紬実は昨年の初夏。二人は約一年間、同じ隠れ家で共同生活を送ってきた。

一年間という時間は客観的に見れば、それほど長くはないかもしれない。だが血縁地縁、それまで関わりがあった人々との交流を全て断ち切り、外見まで変えて隠れ住む生活の中で心を開くことができる相手はお互いだけだ。

花凜にとって紬実は、半年以上続いた、任務以外は真に孤独な生活に終止符を打ってくれたパートナー。紬実にとって花凜は、それまでの人間関係の全てから切り離された新生活の拠り所。二人はわずか一年間で、精神的に強く依存し合うようになっていた。

紬実に抱き付く花凜の姿を見て、明日香も貰い泣きの涙を流している。

そして鷲丞は片膝を突いて頭を垂れ「ありがとうございました」とアッシュに感謝を表した。

「鷲丞。他にも私に訴えたいことがあるんじゃないか？　遠慮は要らないから言ってみなさい」

優しい声で促すアッシュ。

「はっ。お言葉に甘えまして……」

それに応えて、鷲丞が顔を上げた。

鷲丞は片膝を突いた体勢のまま、アッシュに強い視線を向けている。敵意ではないが、並々ならぬ決意が湛えられた眼差しだった。

「今回もまた、ご命令を果たせなかったことをお詫びいたします。ですが、我が神よ。このご命令はお考え直しくださいませんか」

「力不足で諦めるというわけではないのだろう？　何故だい？」

「無論、力が及ばなかったことの言い訳ではございません」

そう答えて、鷲丞は大きく息を吸い込んだ。そして余分な息を吐き出し、神に意見する気力を自分の中に蓄えた。

「あの男はやはり、危険すぎます。戦闘への躊躇が無さ過ぎる。敵を倒す為なら、非戦闘員の市民を巻き込むことも厭わない——そんな危うさを感じます」

「狂戦士の気質が見られると言うんだね？」

「はい。それに……、仲間にあれほど深い傷を負わせた者を味方として受け容れることは、申し訳ありませんが心情的にできません」

鷲丞は私的な好悪を命令拒否の理由に挙げた。相手は自分が信じる神だ。アッシュが宗教的な存在ではないとわかっていても、これを口にするには蛮勇とも呼べる勇気が必要だったに違いない。

だが鷲丞の予想に——恐れに反して、アッシュは怒らなかった。

「ならば仕方がないね」

アッシュは怒りではなく理解を示した。

「……よろしいのですか？」

鷲丞は「俄に信じ難い」という表情を浮かべていた。自分から願い出たことだが、鷲丞はこんなにあっさりと許しを得られるとは、全く考えていなかった。最終的に許しが得られるとしても、それまでに厳しい叱責を受けるに違いないと覚悟していた。

「テレポートジャマーの性能が実戦で証明されて、ジアース世界解放の目処が立った。鷲丞には今後、もっと直接的な解放作戦の為に働いてもらうつもりだ」

「承知いたしました。何なりとお申し付けください」

アッシュの答えに、鷲丞は奮い立った。この言葉は彼がずっと待ち望んでいたものだった。

「それにね……」

また、アッシュの回答は、そこで終わりではなかった。

「あの者は未来への不確定要素として無視し得ない存在だが、君たちの心を踏みにじってまで仲間に加える価値は無いよ。君たちの心こそが、私にとって何物にも代えがたい財産なのだから」

「もったいないお言葉……」

感極まった口調で鷲丞が呟く。

――この時の彼は、「心が財産」というアッシュの言葉の真の意味を知らなかった。いや、真意を理解する日が来るかどうかすら、定かではなかった。

（続く）

あとがき

完全新作です。本作を御手に取っていただきありがとうございます。如何でしたか？　お楽しみいただけましたでしょうか。

本作は電撃文庫三十周年記念企画作品でした。特設ページの「完全新作、続々刊行」のコーナーにこの作品も名前を連ねるはずでしたが、残念ながら間に合いませんでしたね……。

ただ一つ言い訳させていただきますと、原稿自体は半年以上前、上巻だけなら約一年前に書き上がっていました。それが諸般の事情により今月の刊行となった次第です。

まあ、その辺りの事情は読者の皆様には関係も無ければご興味も無いと思いますので、作品自体の話題に移りましょう。

まずこの点でしょうか。いきなり上下巻です（笑）。それも同時刊行です（再笑）。

読者の皆様の財政事情的には連続刊行の方が良いのではないかと私は思ったのですが、一ヶ月もお待たせしない方が良いという編集サイドのアドバイスがありまして、「なる程、それも顧客志向だな」と同時刊行に踏み切りました。

いいえ、一冊に纏める案もあったのですけどね。昔ヤングアダルト小説で主流だった新書版なら一冊にしていたと思います。しかし文庫で六百ページ超は……やはり分厚いのではないかと。それを売りにできるなら良いのですが、まだそのレベルには達していませんので。

読者の皆様の中には「聖闘士星矢のオマージュ？」と思われた方もいらっしゃるかもしれません。しかしオマージュと言うなら、車田正美先生の『聖闘士星矢』よりむしろ特撮の『スーパー戦隊』シリーズや『メタルヒーロー』の中の『宇宙刑事』シリーズでしょうか。『聖闘士星矢』の影響も確かにありますが、神鎧のイメージは『聖闘士星矢』の聖衣より雨宮慶太先生の『牙狼〈GARO〉』に出てくる魔戒騎士の鎧の方が近いです。

ですから私の頭の中では、本作のキャラクターたちがワイヤーアクションで飛び回っていました（笑）。特にキャストのイメージはありませんので、顔は無かったのですけど（苦笑）。

その顔を谷裕司先生が素敵に具現化してくださいました。ああ、彼らは、彼女たちは、こういう顔をしていたのだな、と。今後はワイヤーアクションの特撮ではなく、アニメーションで各キャラが動き回ってくれそうです。

さて、まだ上巻ですのであとがきはこの位で締めたいと思います。本作を世に出してくださった関係者の皆様に改めて御礼申し上げます。

ご多忙の中、重厚な雰囲気の美麗なカバーイラストをご提供いただいた浪人先生、作品の世界観にマッチした巻頭・本文イラストを描いてくださった谷裕司先生、本当にありがとうございました。

刊行に至るまでに忌憚なきご意見をくださり、また様々にご尽力くださったストレートエッジ及びＫＡＤＯＫＡＷＡの各位にも、この場を借り、改めて御礼申し上げます。

そして何より、本作を御手に取ってくださった読者の皆様に多大なる感謝を。

下巻もよろしくお願い致します。

（佐島　勤）

◉佐島 勤著作リスト

「魔法科高校の劣等生①〜㉜」（電撃文庫）
「魔法科高校の劣等生SS」（同）
「魔法科高校の劣等生 Appendix①〜②」（同）
「続・魔法科高校の劣等生 メイジアン・カンパニー①〜⑧」（同）
「新・魔法科高校の劣等生 キグナスの乙女たち①〜⑥」（同）
「魔法科高校の劣等生 司波達也暗殺計画①〜③」（同）
「魔法科高校の劣等生 夜（ヨル）の帳に闇（ヤミ）は閃く」（同）
「ドウルマスターズ1〜5」（同）
「魔人執行官（デモーニック・マーシャル） インスタント・ウィッチ」（同）
「魔人執行官（デモーニック・マーシャル）2 リベル・エンジェル」（同）
「魔人執行官（デモーニック・マーシャル）3 スピリチュアル・エッセンス」（同）
「神々が支配する世界で〈上〉」（同）
「神々が支配する世界で〈下〉」（同）

本書に対するご意見、ご感想をお寄せください。

ファンレターあて先
〒102-8177　東京都千代田区富士見2-13-3
電撃文庫編集部
「佐島 勤先生」係
「浪人先生」係
「谷 裕司先生」係

本書は、著者の公式ウェブサイト「佐島 勤 OFFICIAL WEB SITE」に掲載された『神々が支配する世界で』を加筆・修正したものです。

電撃文庫

神々(かみがみ)が支配(しはい)する世界(せかい)で〈上〉

佐島(さとう) 勤(つとむ)

◇◇◇

2024年7月10日　初版発行

発行者　山下直久
発行　株式会社KADOKAWA
〒102-8177　東京都千代田区富士見2-13-3
0570-002-301（ナビダイヤル）
装丁者　荻窪裕司（META＋MANIERA）
印刷　株式会社暁印刷
製本　株式会社暁印刷

●お問い合わせ
https://www.kadokawa.co.jp/（「お問い合わせ」へお進みください）
※内容によっては、お答えできない場合があります。
※サポートは日本国内のみとさせていただきます。
※ Japanese text only

※定価はカバーに表示してあります。

ISBN978-4-04-915544-0　C0193　Printed in Japan

電撃文庫　https://dengekibunko.jp/

電撃文庫DIGEST　7月の新刊

発売日2024年7月10日

恋は双子で割り切れない6
著／髙村資本　イラスト／あるみっく

晴れて恋人同士となった二人。そして選ばれなかった一人。いつまでもぎくしゃくとしたままではいかないけれど、立ち直るにはちょっと時間がかかりそう。そんな関係に戸惑いつつ、夏休みが終わり文化祭が始まった。

レプリカだって、恋をする。4
著／榛名丼　イラスト／raemz

「ナオが決めて、いいんだよ。ナオとして生きていくか。それとも……私の中に戻ってくるか」決断の時は、もうまもなく。レプリカと、オリジナル。2人がひとつの答えに辿り着く、第4巻。

彼女を奪ったイケメン美少女がなぜか俺まで狙ってくる2
著／福田週人　イラスト／さなだケイスイ

「お試しで付き合う一か月で好きにさせる」勝負の期日はもうすぐそこ。軽薄な静乃だけど、なんで時々そんな真剣な顔するんだよ。それに元カノ・江奈ちゃんも最近距離が近いような？　お前らいったい何考えてるんだ！

少女星間漂流記2
著／東崎惟子　イラスト／ソノフワン

可愛いうさぎやねこ、あざらしと戯れられる星、自分の望む見た目になれる星に、ほっかほかの温泉が湧く星……あれ、なんだか快適そう？　でもそう上手くはいかないのが銀河の厳しいところです。

吸血令嬢は魔刀（おれ）を手に取る2
著／小林湖底　イラスト／azuタロウ

ナイトログの一大勢力「神殿」の急襲を受け仲間を攫われた逸夜たち。救出のため、六花戦争の参加者だった苦条ナナの導きで夜ノ郷に乗り込むことに!?

教え子とキスをする。バレたら終わる。3
著／扇風気 周　イラスト／こむぴ

元カノが引き起こした銀を巡る騒動も収まり、卒業まではこの関係を秘密にすることを改めて誓いあった銀と灯佳。その矢先、教師と生徒が付き合っているという噂が学校中で囁かれ始めて――。

あんたで日常（せかい）を彩りたい2
著／駿馬 京　イラスト／みれあ

穂含祭での演目を成功させた夜風と棗。しかし、その関係性は以前と変わらずであった。そんな中、プロデューサーの小町は学年末に開催される初花祭に向けた準備を進めようとするが、棗に「やりたいこと」が無く――？

新作　神々が支配する世界で〈上〉
著／佐島 勤　イラスト／浪人
本文イラスト／谷 裕司

ある日、世界は神々によって支配された。彼らは人間に加護を与える代わりに、神々の力を宿した鎧『神鎧』を纏い、邪神と戦うことを求める。これは、神々が支配する世界の若者たちの物語である。

新作　神々が支配する世界で〈下〉
著／佐島 勤　イラスト／浪人
本文イラスト／谷 裕司

神々の加護を受けた世界を守る者。邪神の力を借りて神々の支配に抗う者。心を力とする鎧を身に纏い、心を刃とする武器を手にして、二人の若者は譲れない戦いに臨む。

新作　こちら、終末停滞委員会。
著／逢縁奇演　イラスト／荻pote

正体不明オブジェクト“終末”によって、世界は密かに滅んでる最中らしい。けど、中指立てて抗う、とびきり愉快な少年少女がいたんだ。アングラな経歴の俺だけど、ここなら楽しい学園生活が始まるんじゃないか？

新作　異世界で魔族に襲われても保険金が下りるんですか!?
著／グッドウッド　イラスト／kodamazon

元保険営業の社畜が神様から「魂の減価償却をしろ」と言われ異世界転移。えっ、でもこの世界の人、魔族に襲われても遺族にはなんの保障もないの!?　じゃあアクション好きJKといっしょに保険会社をはじめます！

ソードアート・オンライン
SWORD ART ONLINE
S
A
O
川原 礫
イラスト/abec
「これは、ゲームであっても遊びではない」
《黒の剣士》キリトの活躍を描く
究極のヒロイック・サーガ!
電撃文庫